BRIGITTE KANITZ

Immer Ärger mit Opa

Buch

Vor dreizehn Jahren flüchtete Nele Lüttjens aus dem Lüneburger Dörfchen Nordergellersen nach München, um so viel Abstand wie möglich zu ihrer schrecklich verrückten Familie zu bekommen – und zu Karl Küpper, dem gut gebauten Sohn des Nachbarhofs, der ihr beim Heideblütenfest das Herz brach. Als wie aus heiterem Himmel Opa Herrmann an der Tür ihrer schicken Münchner Wohnung klingelt, wird ihr durchgeplantes Leben in einem Atemzug auf den Kopf gestellt: Opa sackt prompt im Treppenhaus in sich zusammen und stirbt. Ehe sie es sich versieht, muss Nele seine Asche in die Heimat transportieren – und vergisst sie im ICE. Zu Hause angekommen stolpert sie noch ihrer verflossenen Jugendliebe vor die Füße, bevor sie sich dem ganz normalen Familienwahnsinn ergibt – über dem sie jedoch Opa Hermanns attraktiven Anwalt Paul Liebling nicht vergessen kann …

Autorin

Brigitte Kanitz, Jahrgang 1957, hat nach ihrem Abitur in Hamburg viele Jahre in Uelzen und Lüneburg als Lokalredakteurin gearbeitet. Die Heide und ihre Menschen hat sie dabei von Grund auf kennen- und lieben gelernt. Sie tanzte auf Schützenfesten, interviewte Heideköniginnen, begleitete einen Schäfer mit seinen Heidschnucken über die lilarote Landschaft und trabte mit der berittenen Polizei durch den Naturschutzpark rund um Wilsede. Inzwischen lebt und schreibt sie in Italien.

Weitere Informationen:
www.BrigitteKanitz.de

Zur Erinnerung an gemeinsame Ausritte, Heideblütenfeste, Reiterbälle und Partys im Stall widme ich diesen Roman meiner alten Freundesclique vom Overbeckhof in Lühmühlen – auch wenn mich die meisten inzwischen bestimmt vergessen haben werden: Anke, Astrid, Birthe, Blocki, Daddy, Didi, Fritzi, Gabi, Jane, Jockel, Otti, Trixie – und natürlich Kalli.
Fehlt jemand? – Sorry, ist echt lange her.

1.
Nur keine Umstände

»Sehr vernünftig«, sagte die weißhaarige Dame und deutete auf die Tupperdose in meinem Arm.

»Wie bitte?« Vor Schreck hätte ich Opa beinahe fallen lassen. Zumindest das, was von ihm übrig war. Besaß sie etwa einen Röntgenblick? Und was fand sie daran vernünftig?

»Dass Sie sich Ihr eigenes Essen für die Zugfahrt mitbringen. Im Bordrestaurant schmeckt es doch nicht und ist sowieso zu teuer, finden Sie nicht auch?«

Ich schluckte hart und kniff die Augen zusammen. Sinnlos. Ein Tränensturzbach ergoss sich auf den Plastikdeckel und wurde dort zur Miniaturpfütze.

Oh Gott! Hoffentlich war der Deckel dicht, sonst würde es jetzt Matsch geben. Schnell wischte ich mit dem Ärmel drüber.

»Liebes Kind, bitte verzeihen Sie. Ich wollte Ihnen nicht zu nahe treten.«

Das Gesicht der alten Dame war ein einziges Fragezeichen, aber sie war zum Glück zu höflich, um mich weiter auszuhorchen. Sie kramte einen Plastikbehälter aus ihrer Tasche. Keine Tupperware, das sah ich mit einem Blick. »Darf ich Ihnen auch etwas von meinem Proviant anbieten? Ich kann das gar nicht alles essen. Hertha Kowalski ist übrigens mein Name. Wissen Sie, ich habe in München meine Tochter besucht. Seit mein armer Mann nicht mehr lebt, habe ich viel zu viel Zeit. Heute geht es heim nach Hamburg. Hier, Schwarzbrot mit Leberwurst und… Oh jemine! Gleich noch mal?«

Ich heulte schon wieder los. Leberwurst war Opas Lieblingswurst gewesen. Wie oft hatte er mir erzählt, dass früher auf dem Hof beim Schlachten eines Schweins alles verwendet wurde, von den Ohren bis zum Ringelschwanz. Und die Leberwurst hatte er persönlich hergestellt.

Mein Magen hob sich, aber wenigstens versiegten die Tränen.

»Ach, du liebes Lieschen! Ist Ihnen schlecht? Sie sind ja ganz blass. Oder nein, eher grün.«

Jetzt, wo sie es aussprach, wurde mir erst recht übel. »Können Sie mal halten?«, presste ich hervor und überreichte Hertha Kowalski die Tupperdose.

Sie nahm sie und stieß einen erschrockenen Laut aus, weil die Dose so leicht war. Es musste sich anfühlen, als wollte sie in Richtung Waggondecke aufsteigen. Ihr Gewicht entsprach nicht Herthas Erwartungen von vier belegten Broten, zwei Äpfeln und ein paar Schokoriegeln.

Aus den Augenwinkeln sah ich gerade noch, wie sie die Dose trotzdem gut festhielt. Dann stürzte ich durch den Mittelgang in Richtung Toilette.

Ich blieb ziemlich lange dort. Mir war nicht wohl bei dem Gedanken, Opa mit Hertha Kowalski allein zu lassen, aber meine Übelkeit war stärker. Während der ICE sich Würzburg näherte, kam ich langsam wieder zur Ruhe.

Anschließend wusch ich mir das Gesicht, trocknete es mit Papierhandtüchern ab und betrachtete die Fremde da im angerosteten Spiegel. Dieser matte Blick, die beiden tiefschwarzen Schluchten unter den Augen, die Mundwinkel, die wie zwei Pfeilspitzen in Richtung Kniescheiben zeigten – das sollte ich sein? Nele Lüttjens, dreiunddreißig Jahre alt, immer perfekt durchgestylt, immer gut drauf, karrieretechnisch tipptopp auf der Überholspur? Nee, ne?

Der Spiegel gab aber kein anderes Bild her, solange ich auch draufstarrte. Unterhalb der Kinnlinie konnten mein burgunderfarbener Zweiteiler von Jil Sander und die weiße Seidenbluse von Giorgio Armani einiges rausreißen, zumal beide zum Glück fleckenfrei geblieben waren. Aber weiter oberhalb sah man mir an, was ich in den letzten Tagen durchgemacht hatte.

Bevor Opa Hermann Lüttjens beschloss, überraschend nach München zu reisen, war ich die schon erwähnte gepflegte Tipptopp-Nele gewesen, die sich in den letzten dreizehneinhalb Jahren von einem schüchternen Landei aus der Lüneburger Heide zu einer trendigen Großstädterin entwickelt hatte. Inklusive Aufstieg zur Ersten Hausdame im Nobelhotel *Kiefers* am Maximiliansplatz, Dachwohnung (korrekterweise »Penthouse ohne Terrasse«), riesigem Freundeskreis, aufregendem Nachtleben und, am wichtigsten überhaupt, definitiv durchtrennter Nabelschnur.

So wollte ich wieder sein, so wollte ich wieder aussehen. Blöd nur, dass man die Zeit nicht zurückdrehen kann. Bisher war ich in meinem Leben über dieses Naturgesetz immer ganz froh gewesen.

Jetzt nicht mehr.

Ach, Opa, dachte ich, und ignorierte ein energisches Klopfen gegen die Toilettentür. Was ist bloß passiert?

Die reinen Fakten kannte ich ja. Hermann, vierundneunzigjähriger Patriarch der Lüttjens aus Nordergellersen, einem hübschen Heidedorf westlich von Lüneburg, das nur von der Dorfjugend einer jeden Generation als verschnarchtes Kaff bezeichnet wurde, Hermann also hatte sich in den Zug nach Süden gesetzt, ohne irgendjemandem was davon zu sagen. Zum ersten Mal seit ungefähr zwanzig Jahren verließ er für mehr als ein paar Stunden das große niederdeutsche Hallenhaus seiner Familie. Am Hauptbahnhof München nahm er sich ein Taxi, wohl wissend, dass Oma Grete ihn wegen eines solchen Luxus für den Rest seines Lebens ausschimpfen würde, nicht ahnend, dass sie dazu keine Gelegenheit mehr haben würde, weil der Rest seines Lebens nicht mehr besonders lang sein würde.

Vor meinem Wohnhaus in Schwabing angekommen klingelte er bei mir und schrie: »Nele! Mach auf! Hier ist dein Opa! Ich muss dringend mit dir reden!«

Ich hätte ihn auch ohne Gegensprechanlage gehört.

»Opa Hermann?«, schrie ich fassungslos zurück.

»Welcher denn sonst? ’nen anderen hast du nicht. Oder ist der alte Herr deiner übergeschnappten Mutter wiederauferstanden, ohne mir was zu verraten?«

Über bestimmte Dinge sollte man nicht scherzen, dachte ich noch, bevor ich auf den Summer drückte und knapp sagte: »Fünfter Stock. Kein Fahrstuhl.«

Obwohl ich insgeheim seiner Meinung war, nahm ich

ihm das mit der *übergeschnappten* Mutter ein bisschen übel. Deshalb ging ich ihm auch nicht entgegen, sondern beseitigte rasch die gröbsten Spuren der letzten Partynacht. Braun gewordenes Sushi und zwölf bis auf den letzten prickelnden Tropfen geleerte Flaschen Berlucchi (für mich der beste Prosecco unter Italiens Sonne), wanderten in die Küche.

Ich hatte ein großes Ereignis gefeiert, eines, das mein Leben verändern konnte. Aber im Augenblick drehten sich meine Gedanken nur um Opa Hermann, der mittlerweile im zweiten oder im dritten Stock angekommen sein musste, selbst wenn man sein Alter berücksichtigte. Ich konnte mir also noch zirka zehn Minuten lang überlegen, was er bloß von mir wollte. Ausgerechnet von mir. Ich war doch die Abtrünnige, die größte Enttäuschung im Leben seines Sohnes, also meines Vaters, diejenige, die das Storchenpaar aus seinem Nest auf unserem Dachfirst vertrieben hatte. Klingt bescheuert, ich weiß; wurde damals aber behauptet, nachdem ich die Hotelfachschule gewählt hatte, die so weit wie möglich von Nordergellersen entfernt lag. Eben in München.

Aus sicherer Quelle wusste ich, dass das Storchennest seitdem verwaist geblieben war, aber mit mir hatte das nichts zu tun, ich schwöre! Und die Sache mit der größten Enttäuschung… Na ja, seit mein Bruder Jan ein bisschen älter geworden war, hatte sich das auch relativiert.

Vielleicht wollte Opa mit mir ja über Karl reden. »Du kannst zurückkommen«, würde er sagen. »Der Bengel hat Vernunft angenommen.« Mein Herz flatterte plötzlich aufgeregt in meiner Brust herum. Es konnte aber auch der Berlucchi sein, der noch in meinem Magen blubberte. War sowieso alles Blödsinn. Erstens war ich nicht wegen Karl Küpper aus Nordergellersen abgehauen, jedenfalls nicht *nur* seinetwegen, und zweitens hat Liebe nichts mit Vernunft zu tun. Gilt auch für eine abhandengekommene Liebe.

Bevor mein alter Kummer über mich herfallen konnte, ging die Türklingel. Endlich.

»Das ist aber eine Überr…«, setzte ich an und blickte in ein fremdes Gesicht. Jung, weiblich, ganz hübsch und hochrot.

»Ich bin die Evi und wohne unter dir.«

Die hatte ich ja noch nie gesehen. Aber ich kannte sowieso niemanden im Haus. In Nordergellersen war das anders gewesen. Da kannte im ganzen Ort jeder jeden, seit Ewigkeiten. Dagegen hatte Anonymität auch ihre Vorteile. Zum Beispiel, wenn man morgens einen Typen rauswarf, den man nachts vorübergehend interessant gefunden hatte, nur weil einen irgendwas an ihm an Karl erinnert hatte. Die Haarlocke in der Stirn, von der Farbe goldenen Weizens, die linke Augenbraue, die etwas höher als die rechte war, das Grübchen im Kinn oder der Leberfleck am Hals – ich war da nicht so wählerisch, fand es aber gut, dass meine Nachbarn die Kerle nicht zwangsläufig mir zuordneten. Seinen guten Ruf konnte man sich auch in einer partygeilen Stadt wie München ruinieren.

Kam auch echt nicht so oft vor, wie sich das jetzt vielleicht anhört. Höchstens zweimal im Jahr, na ja, maximal dreimal. Wenn mich mein Heide-Heimweh überfiel. Was völlig unlogisch war, denn an mindestens dreihundertzweiundsechzig Tagen war ich heilfroh, der Lüttjens-Sippe entkommen zu sein. Meine beste Freundin Sissi nannte das eher meinen Karl-Koller und versprach mir regelmäßig, mich demnächst einweisen zu lassen, wenn ich nicht endlich diesen rustikalen Bauersmann abhaken würde.

Ehrlich gesagt, fand ich den Vorschlag manchmal gar nicht so schlecht. Vielleicht gab es so was wie eine seelische Intensivstation für uralten, abgestandenen, unerträglichen Liebeskummer.

»Wollte der Opi zu dir? Der, der eben vor meiner Tür zusammengebrochen ist? Alle anderen habe ich schon gefragt.«

Zwei, drei Sekunden brauchte ich, bis ich Evis Worte kapiert hatte, dann stürmte ich an ihr vorbei die Treppe hinunter. Opa lag ganz friedlich da, als ob er sich nur für einen Moment hätte ausruhen wollen. Aber ich wusste, seine Lebensreise würde hier zu Ende sein.

Genau vier Worte bekam er noch heraus, bevor er starb: »Krematorium. Nur keine Umstände.«

So war er gewesen, mein Opa Hermann, bescheiden bis zum Schluss.

Evi musste wohl den Notarzt gerufen haben, denn irgendwann wurde ich sanft zur Seite geschoben, und zwei kräftige Männer legten Opa Hermann auf eine Bahre. Von dem, was danach geschah, wusste ich nicht mehr viel. Alles war wie hinter grauen Nebelschwaden verschwunden.

»Hallo da drinnen! Wollen Sie bis Hamburg auf dem Klo bleiben?« Eine Frauenstimme, nicht besonders nett.

Ich stieß mir vor Schreck die Stirn am Seifenspender und jaulte auf. Um meinem Spiegelbild zu entgehen, hatte ich mich offenbar auf den einzigen möglichen Sitzplatz sinken lassen.

»Alles in Ordnung? Brauchen Sie Hilfe?« Männerstimme mit warmem Timbre.

Hatte ich auf dem Gang für einen Menschenauflauf gesorgt, nur weil ich mal fünf Minuten für mich sein wollte? Was war eigentlich aus den schönen alten Zügen geworden, in denen man ein Sechserabteil für sich beanspruchen konnte, indem man die Vorhänge zuzog und bei jeder Art von Störung einen tuberkulösen Husten vortäuschte? Hatten wir so gemacht, Karl und ich, damals auf unserem Trip nach Südfrankreich.

Mist! Schon wieder Karl. Lag bestimmt an der Entfernung, die jede Sekunde schrumpfte. Und an meinem katastrophalen Zustand, jetzt um eine Beule am Haaransatz bereichert.

Ich musste an Opa Hermann denken, der eingeäschert auf Hertha Kowalskis Schoß saß. Höchste Zeit, dass ich ihn wieder an mich nahm. Man konnte ja nie wissen. Die schöne Urne, die ich im Krematorium ausgesucht hatte, war richtig viel Geld wert. Mindestens so viel wie ein Dinner für zwei Personen im Tantris. Einschließlich eines richtig guten Tropfens aus dem fünfzigtausend Flaschen starken Weinkeller. Kenner wissen, wovon ich rede. Für alle anderen: zwei Wochen *all inclusive* türkische Riviera im Fünf-Sterne-Hotel (ohne Baulärm, mit Meister-Proper-sauberen Zimmern und dem garantiert fäkalienfreien Meer direkt vor der Tür) kämen als Gegenwert hin.

Deswegen hatte ich den Inhalt der Urne, also meinen Opa, in eine Tupperdose umgefüllt. Die Urne lag tief vergraben in meinem Koffer. Sollte der verloren gehen oder geklaut werden, waren eben nur ein Dinner im Tantris oder eine Reise in die Türkei futsch. Die Tupperdose wollte ich während der sechsstündigen Bahnfahrt nicht aus der Hand geben. Wäre mir sonst pietätlos vorgekommen. Notfälle, wie ein dringender Gang zur Toilette, mal ausgenommen.

Sissi hat ja so was von recht, dachte ich plötzlich und sprang auf. Ich gehörte eingesperrt. Opa in der Tupperdose! Und jetzt auch noch in der Obhut einer gewissen Hertha Kowalski, die ich überhaupt nicht kannte.

Shit!

Ließ sich nur mit den Nebelschwaden erklären, die mich vor ein paar Tagen im Hausflur verschluckt hatten. Ich hatte danach funktioniert, alle Formalitäten erledigt und die Einäscherung veranlasst. Wirklich geistig anwesend war ich dabei jedoch nicht gewesen. Zum Beispiel konnte ich mich nicht daran erinnern, wie mir die Urne mit Opas Asche übergeben worden war. Sicherlich mit feierlichen Mienen, aber – keine Ahnung. Danach hatte ich mir im Hotel freigenommen und mein Zugticket nach Lüneburg gekauft. Mir war klar, dass Opa nicht in Bayern, sondern in heimischem sandigem Heideboden hatte beerdigt werden wollen. Und ich musste ihn hinbringen. Eine Erlebnisreise nach Kabul hätte ich vorgezogen, aber da musste ich nun durch.

Für fahrtüchtig hielt ich mich nicht. Der ICE war die bequemste Lösung.

Jetzt sprang ich auf, fummelte hektisch an der Türverriegelung herum und geriet in Panik, weil das doofe Ding nicht gleich funktionierte.

Endlich! Der Riegel sprang auf.

Ich stürzte auf den Gang und landete an einer harten wohlriechenden Männerbrust. Die Frauenbrust direkt daneben sah weicher aus, wogte dafür vor Empörung. »Frechheit«, sagte die dazugehörige Stimme, die wiederum zu einer Mittvierzigerin im Achtzigerjahre-Retrolook gehörte. Zwei Meter breite Schulterpolster und pinkes Pailletten-T-Shirt. Boah! Sah an ihr bloß nicht retro, sondern echt alt aus und irgendwie nach mit den Körpermaßen in den letzten fünfundzwanzig Jahren nicht ganz mitgewachsen. Sue Ellen aus Dallas in XXL. Als Kind hatte ich die Serie mit Großtante Marie verfolgt. Der Rest der Familie Lüttjens hatte über uns nur den Kopf geschüttelt, aber wir liebten den Ewing-Clan. Marie setzte sogar bei meinen Eltern durch, dass ich dienstagabends bis halb elf aufbleiben durfte. Für meine sonst wenig durchsetzungsfreudige Großtante eine wahre Meisterleistung!

Sue Ellen holte tief Luft. »Stundenlang das Klo besetzen. Das haben wir gerne! Wahrscheinlich Schwarzfahrerin.«

Jil Sander und Giorgio Armani machten auf sie keinen besonderen Eindruck. Oder sie hielt sie für Fakes *made in China*.

Ich blieb noch einen Moment lang an der Männerbrust kleben. Hatte ein bisschen Angst, ihr Begleiter könnte neonfarbene, karottenförmige Jeans und auf dem Kopf eine Vokuhila-Frisur haben. Vorne kurz, hinten lang, in den Achtzigern auch bekannt als Nackentapete oder Manta-Matte. Ein Lüttjens'sches Familiengerücht besagte, dass mein Vater vor dreißig Jahren mal so eine Frisur getragen hatte. Bis meine Mutter mit der Matte wortwörtlich kurzen Prozess gemacht haben soll.

Das warme Timbre wollte nicht so recht zu meiner Horrorvorstellung passen. »Nur keine Aufregung. Sie sehen doch, dass es der jungen Dame nicht gut geht. Und jetzt ist das Bad ja frei.«

Wenn er die Frau siezt, gehört er gar nicht zu ihr, folgerte ich messerscharf und linste nach oben.

Keine Schreckfrisur, sondern glattes, nach hinten gekämmtes braunes Haar. Auch kein noch so winziger Schnurrbart. Weiterer Punkt für ihn. Rascher Kontrollblick in die Tiefe. Keine Neon-Karotte, gut sitzende Markenjeans, schätzungsweise von Diesel.

Ich machte mich frei, trat einen Schritt zurück, seufzte erleichtert und dachte: Den kenne ich doch.

2.
Zederduft im ICE

»Geht's wieder?«

Der Zug legte sich mit geschätzten fünfhunderttausend Stundenkilometern in eine Kurve und drängte mich wieder in Richtung wohlriechende Männerbrust. Ich wollte nach einem Schulterpolster von Sue Ellen greifen, aber die hatte sich schon in die Toilette gequetscht.

Also wieder auf Tuchfühlung. Verflixt! Da wollte ich bleiben. Für immer.

Hätte ich bloß mein Gehirn ausschalten können. Nicht daran denken müssen, woher ich den Mann kannte und wieso es mir unangenehm war, dass es mir nicht einfallen wollte. Zwecklos. Ich scannte mich bereits durch die letzten Tage, dann Wochen und Monate. Nichts.

Der kommt mir bekannt vor, dachte ich nach der Kurve noch einmal, wieder mit fünfzig Zentimetern Abstand.

Schon erwähnt? Zu dem Timbre, dem Duft (Zedernholz und kanadischer Himmel, entschied ich) und der schnittigen Figur gehörten ein paar dunkelbraune, so richtig kuschelig blickende Augen.

Seufz!

»Kuschelig?«, kreischte Sissi, als ich sie vier Minuten

später anrief. Da hatte mein duftender Retter schon zweieinhalb Minuten lang den Kopf geschüttelt und war gegangen.

Hm, geflüchtet, trifft es wohl eher – so schnell, wie der weg war. Ob der wohl aus dem Zug gesprungen wäre, wenn ich die Verfolgung aufgenommen hätte? Ach nee, ging ja heutzutage auch nicht mehr. Alles hermetisch verriegelt. Egal. Blackberry raus, Sissi anrufen, brühwarm erzählen, was gerade passiert war.

»Kuschelig?«, kreischte sie gleich noch einmal. »Hat der Haare auf den Augen?«

»Nein. Mit dem Mann lässt es sich wunderbar sonntagmorgens im Bett kuscheln.« Alles Weitere verstand sich von selbst.

»Und das weißt du, nachdem er dich einmal angeschaut hat?«

»Genau.«

»Hast du dir irgendwo den Kopf gestoßen?«

»Ja«, erwiderte ich wahrheitsgemäß. »Am Seifenspender, als Sue Ellen so laut geklopft hat.«

»Nele«, sagte Sissi auf einmal ganz ruhig. »Mach dir keine Sorgen. Alles wird gut.«

Es dauerte, bis mir aufging, dass sie mich nun wirklich für durchgedreht hielt. Also holte ich tief Luft und erzählte ihr den Vorfall ein zweites Mal, diesmal mit allen Details, inklusive harter Männerbrust, Zederduft und kanadischem Himmel.

»Und jetzt sei so lieb, und google für mich mal ›partielle Amnesie‹. Ich muss wissen, warum ich mich an den Mann nicht mehr erinnern kann, wieso ich mich überhaupt erinnern will, und wann es so weit sein wird, dass ich mich erinnere.«

»Nele ...«

»Was denn?«

»Weißt du ... Ich glaube ... du solltest vielleicht ... Wenn du nur mal ...«

Rumstottern passte nicht zu meiner besten Freundin. Das hätte mich vielleicht stutzig machen sollen, aber ich war viel zu durcheinander, um darauf zu achten.

»Tust du mir nun den Gefallen?«

»Ich bin im Dienst«, erwiderte Sissi. Sie arbeitete am Empfang bei uns im *Kiefers*.

»Seit wann hält dich die Arbeit vom Skypen, Twittern oder Chatten ab?«, erkundigte ich mich spitz. »Nun mach schon. Hier im Zug bricht ständig die Verbindung ab. Schick mir alles, was du findest.«

»Geht klar. Sonst noch was?«

»Im Augenblick nicht. Muss schnell zurück zu Opa und Hertha Kowalski.«

»Ja, ja«, sagte Sissi, deren Bedarf an meinen Erlebnissen vorerst gedeckt schien. »Ich melde mich, wenn ich was hab. Aber sobald du wieder ein bisschen besser drauf bist, können wir auch in Ruhe über alles reden.«

»Ich brauche Infos, keine Therapeutin«, gab ich zurück und unterbrach die Verbindung.

Auf wackeligen Beinen ging ich durch den Großraumwagen zurück an meinen Platz. Ich fühlte mich auf einmal hundemüde. Kein Wunder nach so viel Aufregung. Viel geschlafen hatte ich in den letzten Nächten auch nicht.

»Da sind Sie ja wieder«, begrüßte mich Hertha freundlich. Aufmerksam forschte ich in ihrem Gesicht nach irgendwelchen Anzeichen eines erlittenen Schocks. Aber sie sah ganz normal aus. Offenbar gehörte sie nicht zu dieser Sorte neugieriger alter Damen, die überall ihre Nase hineinstecken mussten. Zum Beispiel in verdächtig gewichtslose Tupperdosen, die ihnen zur Aufbewahrung anvertraut worden waren.

Erleichtert nahm ich Opa wieder an mich und sank in den Sitz neben Hertha.

»Sie sollten sich aber für so eine lange Zugfahrt vernünftiges Essen mitnehmen«, sagte sie. »Nicht bloß Reiswaffeln. Mehr kann da ja nicht drin sein.« Sie deutete auf die Tupperdose. »Meine Tochter Anni isst die Dinger auch immer und geht dann heimlich an das Lübecker Marzipan, das ich ihr mitgebracht habe. Aber Sie, Kindchen, Sie haben das doch gar nicht nötig, dünn wie Sie sind.«

Ich fand Herthas Redefluss angenehm entspannend und schlummerte ein, während sie noch über ihre Tochter, deren Diäten und die harten Nachkriegsjahre plauderte, in denen die Leute froh über einen Zipfel Wurst und einen Kanten Brot gewesen waren. Letzteres träumte ich vielleicht auch nur noch, und in diesem Traum kamen irgendwann auch mein Opa Hermann, Oma Grete und Großtante Marie vor. Die drei stritten sich ganz fürchterlich, was mein Unterbewusstsein nicht besonders überraschte, denn es hatte offenbar meine realen Kindheitserinnerungen gut abgespeichert und verarbeitete diese nun fleißig drauflos. Der Streit hatte irgendwas mit meinem Vater Olaf zu tun, aber ich konnte nicht genau hören, worum es ging. Was daran liegen mochte, dass irgendwo in meiner Nähe mit leisem Poltern ein paar haushohe Zedern umfielen. Ihr würziger Duft ließ mich lächeln … Mein Traum brach an dieser Stelle ab, mein Schlaf jedoch hielt mich noch lange gefangen. Um ein Haar zu lange. Mein Blackberry und Hertha Kowalski mussten sich abgesprochen haben. Das eine gab ein durchdringendes *DriinDriin* von sich, die andere pfiff leise *La Paloma.* Mein Klingelton ist leicht zu erklären: Nachdem es schon zu einigen Verwechslungen mit den Handys und Smartphones meiner Freunde und Kollegen gekommen war – wieso stehen eigentlich so viele hippe Leute auf Musik von Lady Gaga? – hatte ich mich für das gute alte Telefonklingeln entschieden, das zu meiner Zeit in Nordergellersen von unserem lindgrünen Apparat in der Diele ausging. Hertha Kowalskis Musikgeschmack ist wiederum ganz allein ihre Sache, finde ich.

Erschrocken fuhr ich hoch.

»Infos später. Zwei japanische Reisegruppen angekommen«, stand auf dem kleinen Bildschirm. Frustriert steckte ich das Blackberry in meine Handtasche.

»Sie haben ja ganz wunderbar geschlafen«, sagte Hertha.

Ich rieb mir die Augen und gähnte.

»Dabei haben Sie sogar ihren Freund verpasst. Ein netter junger Mann, muss ich schon sagen. Aber er meinte, ich soll Sie lieber nicht wecken.«

Der Zederndufts!

Ich war jetzt hellwach. »Was … was wollte er denn?«

Hertha hob die Schultern. »Hat er mir nicht verraten. Aber er hat Sie ganz lieb angeguckt.«

Ein wohliges Gefühl machte sich in meiner Magengegend breit, nur gestört von diesem nachhaltigen Missbehagen, was meinen Retter mit den kuscheligen Augen betraf.

Gerade wollte ich Hertha noch ein bisschen mehr löchern, als die Durchsage kam: »Meine Damen und Herren, wir erreichen nun Lüneburg.«

Ich sprang auf und schnappte mir meinen Koffer aus der Gepäckablage. Der ICE hielt genau zwei Minuten in Lüneburg. Wenn ich nicht bis Hamburg durchfahren wollte, musste ich raus. Sofort.

Hertha Kowalski bekam noch ein hektisches »Auf Wiedersehen!« zu hören, dann zerrte ich meinen Koffer durch den Gang, betätigte den automatischen Türöffner und stand im nächsten Moment auf dem Bahnsteig. Täuschte ich mich, oder stieg ganz am anderen Ende auch mein Retter aus? Und verschwand der nicht so schnell und unauffällig im Bahnhofsgebäude, dass es schon wieder auffällig war? Ich kam nicht dazu, mir darüber Gedanken zu machen, denn hinter mir klopfte jemand hektisch gegen das Zugfenster.

Hertha.

Sie hielt etwas hoch.

Die Tupperdose!

Opas Asche!

Das Poltern der Zedern in meinem Traum!

Ich musste jetzt ohnmächtig werden. Auf der Stelle.

In alten Filmen springt der Held in so einer Situation auf sein Pferd, das rein zufällig fertig gesattelt bereitsteht, jagt dem Zug hinterher, schwingt sich auf die hintere Plattform und holt sich seine entführte Freundin/den Goldschatz/die Kiste mit den vierzig Winchesterflinten/den flüchtigen Schurken/die zwei Fässer Rum/die Schatzkarte einfach wieder.

War für mich keine Lösung. Zwar kann ich reiten, wie sich das in einem Pferdeland wie Niedersachsen gehört, aber mit dem Aufspringen hatte ich schon mit zwölf meine Schwierigkeiten gehabt. Ich war regelmäßig zurück auf den Boden geplumpst.

Karl und seine Kumpels hatten mich deswegen jahrelang aufgezogen, was ich ihm persönlich bis zu unserem ersten Kuss übelnahm. Auf die anderen Jungs war ich immer noch sauer. Davon abgesehen stand sowieso gerade kein Pferd bereit, der ICE düste bereits durch Winsen/Luhe, und eine Plattform hatte der ohnehin nicht.

Blieb nur noch die Ohnmacht.

Schon flatterten meine Augenlider, als ich ein sonores »Da bist du ja, mein Spatz« hörte.

Papa. Baumgroß, wettergegerbte, rötliche Gesichtshaut, aschblondes Haar (seit seiner Geschmacksverirrung in den Achtzigern streichholzkurz), blitzend hellblaue Augen. Jahrein, jahraus trug er am liebsten Gummistiefel, grobe Cordhosen, karierte Hemden, eine Lederweste, die im Winter mit Schaffell gefüttert war, und die obligatorische Schirmmütze.

Ich flog in seine Arme und nahm den Geruch nach Heimat und Kuhstall auf. Komisch, dass Papa immer noch wie ein Bauer roch. Die letzten Kühe hatten die Lüttjens Anfang der Neunzigerjahre verkauft, als Opa und Papa gemeinsam beschlossen hatten, sich ganz dem Fremdenverkehr zu widmen. Die Ställe wurden zu Ferienwohnungen umgebaut, die Kühe verkauft, und nur ein paar Pferde durften bleiben.

Seitdem mussten sich Vater und Sohn Lüttjens nicht mehr über sinkende Milchpreise oder fehlende Subventionen von »den Holzköppen aus Brüssel« aufregen. Nur noch über Großstadtkinder, die wissen wollten, warum die Kühe von Nachbar Küpper nicht lila waren und wieso die beiden Ponys Ernie und Bert nach zwei Stunden im gestreckten Galopp so komisch schnaubten und keine Lust mehr hatten, weiterzulaufen.

»Papa«, flüsterte ich in seinen Hemdkragen.

»Is' ja gut, Lütte, is' ja gut.«

Gar nichts ist gut, wollte ich erwidern, konnte ich aber nicht, weil ich wieder mal heulte. Ehrlich, so viel wie in den letzten drei Tagen hatte ich in den dreizehn Jahren zuvor nicht geheult. Die taffe Nele war jetzt grad mal ein kleines Mädchen, das sich darauf verlassen konnte, bei seinem Vater Trost und Schutz zu suchen.

»Hey, Süße, ich bin auch noch da.«

Schon wurde ich von Papa weggezogen und landete in Mamas Armen. Statt nach Kuhstall roch sie nach reichlich Patchouli. Sie strahlte auch nicht unbedingt Papas Bodenständigkeit aus. Mama zog es, zumindest innerlich, weg aus der Lüneburger Heide und hin nach Indien, was für sie gleichbedeutend war mit zurück in die Hippiezeit der Sechziger. Auf den Fotos, die sie mir regelmäßig per E-Mail schickte, konnte ich ihre Veränderung mitverfolgen. Vor zwei Jahren hatte Mama ihre hellen Haare noch im schlichten Zopf getragen. Daraus war im letzten Winter ein wilder Lockenkopf geworden. Inzwischen hatten wir Hochsommer, und ich entdeckte trotz tränenblinder Augen mehrere schwarze Strähnchen. Ihre Kleidung hatte sich von Jeans über weit schwingende Baumwollröcke bis zu bunt gemusterten Batikkleidern gewandelt. Ihr Schmuck, der früher nur aus ihrem schlichten Ehering und den Ohrsteckern von Großtante Marie bestanden hatte, gab nun in Form von Dutzenden silberner Armreifen und Ketten bis zum Bauchnabel bei jeder Bewegung leise klimpernde Töne von sich.

Trotzdem ähnelten sich meine Eltern so sehr, dass viele Feriengäste Olaf und Heidi Lüttjens anfangs für Geschwister hielten.

Mein Bruder Jan passte auch wunderbar ins Bild dieser Familie, die bestimmt in direkter Linie von den Wikingern abstammte. Er hatte zumindest reingepasst, bevor er sich – sagen wir mal: rein äußerlich – ein wenig verändert hatte.

Nur ich war anders.

3.

Nichts wie weg – zur Not mit dem Trecker

»Gut siehst du aus«, sagte Mama, »sehr schick. Aber die Heulerei passt nicht zu dir. Du hast Opa Hermann seit zig Jahren nicht mehr gesehen, also tu nicht so fürchterlich dramatisch.«

Mama mochte keine rührseligen Szenen. »Wir tragen seinen Tod mit Fassung. Er hätte es nicht anders gewollt.«

Der Moment im Treppenhaus stand mir wieder vor Augen. »Opa ist in meinen Armen gestorben.«

»Purer Zufall.«

Ich schniefte ein bisschen, machte mich von ihr frei und flüchtete wieder zu Papa und seinem Kuhduft. Zu ihm hatte ich früher immer kommen können, mit kleineren und größeren Sorgen. Er war mein Anker, mein Halt in der Familie gewesen. Bei ihm hatte ich mich immer gut aufgehoben gefühlt. Erst als Teenager hatte ich angefangen, ihn langweilig und, na ja, provinziell zu finden. Damals wusste ich schon, dass ich in die große weite Welt gehörte und mit meiner ländlichen Familie in gewisser Weise nichts zu tun hatte.

»Nu lass die Lütte doch«, mischte sich Papa ein und drückte mich mit seinen schaufelgroßen Händen wieder an sich, was meinem Rücken ein leises Knacken entlockte. Luft entwich pfeifend aus meiner Lunge.

Ich besaß eben nicht die Konstitution für diese Familie. Klein, schmal, dunkelhaarig, wie ich war, und mit beinahe schwarzen Augen. Eher sizilianisch als norddeutsch. Eher fruchtbare Vulkanerde als sandiger Heideboden.

»Dem Uropa Franz wie aus dem Gesicht geschnitten«, hatte es früher immer geheißen, und dann war ein sepiabraunes Foto herumgereicht worden. Als Kind suchte ich nach Ähnlichkeiten zwischen dem steifen Mann in der Kavallerieuniform und mir. Ja, es stimmte schon, wir waren uns ähnlich. Ich fragte mich dann, ob dieser Uropa sich bei den Wikingern auch nicht wohl gefühlt hatte und ob er sich zur Kavallerie gemeldet hatte, um wegzukommen. Mir gefiel diese Vorstellung. Wollte ich auch so machen. Und die berittene Polizei in Niedersachsen wäre so was wie die Kavallerie zu Uropa Franzens Zeiten gewesen. Später entwickelte ich dann aber doch einen anderen Berufswunsch.

Mamas klimpernde Armreifen holten mich in das Hier und Jetzt zurück.

Leider.

»Jetzt lass uns mal losfahren. Ich muss heute noch weg. Hast du die Urne, Nele?«

»Wohin?«, fragte Papa.

»Ja«, sagte ich. Stimmte ja auch.

Mama nickte mir zu und ignorierte die Frage ihres Mannes. Ich war im Moment zu sehr mit meinem eigenen Problem beschäftigt, um groß darauf zu achten. Hätte ich gleich gestehen müssen, was mit Opa und der Tupperdose geschehen war? Hätte ich dann das schlimmste Chaos vermeiden können?

Möglich. Oder auch nicht. Ich habe schon immer gedacht, dass es überhaupt nichts bringt, sich im Nachhinein blöde Fragen zu stellen wie: Hätte ich den Mann meines Lebens getroffen, wenn ich in der Einkaufspassage rechts statt links herum gegangen wäre? Mit Sissi hatte ich das mal ausprobiert. Die eine rechts, die andere links. Wir trafen uns beide als Singles wieder. Hm – hätten wir vielleicht andersrum gehen müssen? Die Frage ließ uns eine Weile nicht mehr los, und wir tigerten bis Ladenschluss durch die Passage.

Am Ende hatte ich dann dieses ganze Was-wäre-gewesen-wenn?-Getue für krassen Mist erklärt. »Ich hab das nur aus Jux mitgemacht. Glauben tu ich nicht dran.«

Sissi hatte mir ins hochrote Gesicht gegrinst. »Klar, du würdest nie einen Halbmarathon laufen, nur weil Mr Right vielleicht grad um die andere Ecke biegt.«

Also gut, ich geb's zu: In ganz seltenen Fällen stelle ich mir die Was-wäre-gewesen-wenn?-Frage vielleicht doch. Aber seit der Rennerei in der Passage immer seltener. Und an diesem Tag auf dem Bahnsteig in Lüneburg schon gar nicht. Brachte ja nichts.

Klappe halten, rein ins Auto, so tun, als würde mich die alte Salzstadt mit den abgesackten ausgebeulten Mauern und den prächtigen Giebelfassaden noch interessieren, auf der Fahrt übers Land dann Weisheiten von mir geben wie: »Ich wusste gar nicht mehr, wie flach die Landschaft hier ist. Wenn ich aus München rausfahre, bin ich immer schnell in den Bergen.«

Oder, eine gute Autostunde später: »Oh, die Heide blüht schon bald. Ich sehe die ersten lila Blüten. Und dieser würzige Duft – einfach himmlisch.«

Die Tatsache, dass es sich hierbei nur um ein kleines privates Fleckchen Heide handelte, während sich drumherum Weiden, Mais- und Weizenfelder aneinanderreihten, fand ich nebensächlich.

Der Anblick eines baufälligen Schafstalls entlockte mir sogar ein sehnsuchtsvolles Seufzen. Ich wollte mir mal eben einbilden, alles wäre gut. Ich kehrte zu meiner vollkommen normalen Familie zurück, und alle empfingen mich mit offenen Armen. Verloren hatte ich nichts, schon gar keine Tupperdose mit brisantem Inhalt. Am Abend würde ich »Gute Nacht, John-Boy!« rufen und ab morgen früh das harte, aber glückliche Leben im Schoß der Meinigen genießen.

Mama schaute mich über die Schulter an wie eine grenzdebile Touristin. Papa runzelte die Stirn und warf mir einen schnellen Blick durch den Rückspiegel zu. »Geht es dir gut, Spatz? Muss ja ein Schock für dich gewesen sein, als Hermann so einfach bei dir aufgetaucht ist und dann … na, dann eben …«

»Olaf«, sagte Heidi. »Unsere Tochter ist nicht mehr ganz bei sich. Siehst du, jetzt heult sie schon wieder. Ist ja unerträglich. Hermann war vierundneunzig. Da darf man ja wohl mal abtreten, ohne dass die Nachkommen sich in einen Wasserfall verwandeln.«

»Ich heule überhaupt nicht«, widersprach ich schniefend.

»Das merke ich«, entgegnete Mama und reichte mir ein

Päckchen Papiertaschentücher. »Wie hast du es eigentlich geschafft, die Urne zu bekommen? Wir haben uns ziemlich gewundert, als deine Nachricht kam, dass du Opa gleich mitbringst.«

»Was?« Ich verstand gerade gar nichts.

Mama musterte mich scharf. »In Deutschland ist es per Gesetz verboten, den Angehörigen die Asche eines Verstorbenen auszuhändigen. Nur ein Bestatter hätte die Urne zu uns in die Heide bringen dürfen.«

Nebelschwaden, bitte kommt zu mir zurück!

»Wir haben uns gedacht, dass du in München die richtigen Leute kennst und deshalb eine Ausnahmegenehmigung bekommen hast«, warf Papa ein.

»Äh … genau.«

Was war da passiert im Krematorium? Konnte mich mal bitte jemand auf der Stelle aufklären?

Mama ließ das Thema zum Glück fallen. »Hat Opa noch was gesagt, bevor er gestorben ist? Wir fragen uns alle, was er von dir wollte. So einfach verschwinden – das passte überhaupt nicht zu ihm.«

Zu ihm nicht, dachte ich. Zu einigen anderen Lüttjens schon. Dann beobachtete ich Mama. Täuschte ich mich, oder wirkte sie auf einmal sehr nervös?

»Jetzt überhol endlich diesen Trecker! Ich hab doch gesagt, dass ich noch mal weg muss.« Letzteres galt Papa, der trotz gerader Strecke stur hinter dem stinkenden Traktor blieb. Dieselgeruch wehte zum Fenster herein und vertrieb den Duft nach blühendem Heidekraut. Mir war das ganz recht. Idyllische Düfte passten grad nicht zu meiner Stimmung.

»Dösbaddel«, murrte Mama.

Papa schwieg. Er hatte so eine Art zu schweigen, die mich auf einmal sehr an Großtante Marie erinnerte. Marie war Oma Gretes jüngere Schwester, und ich hatte sie mal »die stille Weltmeisterin« genannt. Sie konnte tagelang stumm bleiben.

Phänomenal!

Angefangen hatte das schon in meiner Kindheit, aber richtig gut wurde sie darin kurz bevor ich nach München verschwand. Ihr Rheuma war damals sehr schlimm geworden, und weil sie nicht mehr weggehen konnte, verzog sie sich nach innen. So hatte ich das jedenfalls gesehen.

Kurz tippte ich Papa auf die Schultern. »Sag mal, kriegst du Rheuma?«

»Was?«

»Nichts, vergiss es.«

Ich lehnte mich wieder zurück und ließ ihn schweigen. Schien ihm gutzutun. Möglicherweise war Mama ja sein persönliches Rheuma.

»Also?«, wandte sich Mama wieder an mich. »Hat er nichts mehr gesagt?«

»Nur dass er eingeäschert werden möchte«, gab ich Auskunft und schluchzte noch ein bisschen rum. Aus den Augenwinkeln registrierte ich dabei ganz eindeutig, wie erleichtert sie war.

Merkwürdig. Wovor sie wohl Angst hatte? Mama war der furchtloseste Mensch, den ich kannte. Die Familienlegende besagt, dass sie als junge Frau mal ganz allein unseren ausgebüxten Bullen Hector eingefangen hat. In einer Zeit, zu der es noch keine künstliche Besamung gab und so ein muskelbepacktes Riesenvieh zum Hof gehörte. Ob das wirklich stimmt, weiß ich nicht. Zuzutrauen war's ihr allemal.

Opa Hermann war aber kein Bulle gewesen. Nur ein alter Mann, der alles wusste, was in den vergangenen sieben, acht Jahrzehnten in der Familie Lüttjens so passiert war. Insofern war er wahrscheinlich gefährlicher gewesen als der wilde Hector. Meiner Meinung nach war in dieser Sippe schon so viel unter die dicken Teppiche gekehrt worden, dass dort für keine Staubfluse mehr Platz war.

Wirklich wahr. Die Lüttjens konnten supergut verdrängen, verschweigen … verlieren. Mist! Schnell an was anderes denken.

Mama fixierte mich aus schwarz umrandeten Augen. »Und wie war das so? Jetzt erzähl doch mal, und lass dir nicht alles aus der Nase ziehen. Ich will wenigstens wissen, ob mein verehrter Herr Schwiegervater würdig verbrannt worden ist.«

Papa stieß ein Schnauben aus.

Ich hob hilflos die Schultern. »Äh … ja. Es war eine schöne Zeremonie.« In Wahrheit wusste ich nicht mehr viel davon. Der Bestattungsunternehmer trug einen dunklen Anzug und wirkte ein bisschen jung, ein bisschen seriös, ein bisschen merkwürdig. So wie Nate Fisher in *Six Feet Under – Gestorben wird immer*, eine meiner absoluten Lieblingsserien, natürlich längst wieder abgesetzt und dann auf irgendeinem Spartenkanal vergraben, was sonst?

Sissi war gekommen und hatte einen hübschen kleinen Kranz mitgebracht, und ein paar alte Frauen, die sich vielleicht gerade an den Gräbern ihrer längst verblichenen Gatten gelangweilt hatten, schauten auch kurz vorbei. Dann war da noch … was? Ich rieb mir über die Stirn und stöhnte leise auf, als ich gegen die Beule stieß. Irgendwie war ich in den Besitz von Opas Urne gelangt. Und dann …

Was war noch gewesen? Keine Ahnung.

»Hast du eine Rede gehalten?«, wollte Mama wissen.

»Warum sollte sie?«, fragte Papa dazwischen. Ich war ein bisschen beruhigt. Ganz so schlimm war das mit seinem »Rheuma« wohl doch noch nicht.

»Opa ist in München nur eingeäschert worden. Die Beerdigung feiern wir zu Hause. Pastor Gräve wird schon die richtigen Worte finden. Sie kannten sich ja seit sechzig Jahren. Der ganze Ort wird kommen, und den Leichenschmaus gibt's im *Heidekrug*. Mit Heidschnuckenbraten, Rosenkohl und jungen Salzkartoffeln. Zum Nachtisch Rote Grütze, und danach unbedingt noch Butterkuchen.«

Ich sah genau, wie er sich schnell und genießerisch die Lippen leckte.

»Ist ja ekelhaft«, schimpfte Mama. »Du kannst nur noch ans Futtern denken. Sogar, wenn dein geliebter Vater gerade gestorben ist.« Eben noch hatte sie sich über meine Heulerei beschwert, jetzt forderte sie von ihrem Mann die angemessene Trauer ein. Mir schien, ich war hier nicht die Einzige, die durcheinander war.

Papa tat, als würde er sie nicht hören, und tuckerte weiter hinter dem Trecker her.

»Jetzt überhol doch endlich!«

»So schnell schießen die Preußen nicht.«

Dann setzte er aber doch den Blinker, und während er an dem braungrünen Ungetüm vorbeizog, überlegte ich, ob es Sinn hatte, mich in James-Bond-Manier aus dem Fenster zu hangeln und auf den Trecker zu springen. Ich konnte damit querfeldein flüchten und den Bauern, der jetzt zu uns herüberlinste, entführen oder irgendwo im Wald gefesselt zurücklassen.

So bald würde mich keiner kriegen. Keine Familie Lüttjens, die noch nichts von meinem kleinen Versehen ahnte, kein Pastor Gräve, der an einer Rede für eine leere Urne schrieb, und keine Dorfbewohner, die in ein paar Tagen nach dem Butterkuchen noch ein paar Köm auf den verschollenen Verstorbenen kippen würden. Der Gedanke an Köm, wie in dieser Gegend hochprozentiger Weizenkorn der Einfachheit halber hieß, gefiel mir. Im Vollrausch hätte ich meine katastrophale Lage eher ertragen. Unglücklicherweise mochte ich das Zeug nicht mehr, seit ich mich mit vierzehn mal an Opas Vorrat vergangen hatte und drei Tage lang sterbenskrank gewesen war. Ein paar Flaschen Berlucchi wären eine Alternative gewesen, aber die hatte ich gerade nicht bei mir.

Plötzlich gab Papa kräftig Gas. In weiter Ferne kam ihm ein Fahrzeug entgegen. Mist. Den richtigen Augenblick für meine Flucht hatte ich nun verpasst.

»Und wie war die Reise?«, fragte Mama arglos.

Gleich würde ich wieder losheulen.

Mein Blackberry rettete mich. »Entschuldigung, ist beruflich«, sagte ich und gab mich geschäftstüchtig. Die Rolle des traurigen kleinen Mädchens musste ich jetzt mal ablegen. Brachte eh nichts. Als taffe Karrierefrau bot ich eventuell weniger Angriffsfläche.

Ich scrollte den Text runter, den mir Sissi geschickt

hatte, und biss mir auf die Lippen. Lautes Lachen hätte jetzt nicht gepasst. »Amnesie bezeichnet den wohligen Zustand der geistigen Umnachtung, gilt sowohl für vollständigen als auch teilweisen Ausfall des Gedächtnisses. Der Zustand der Amnesie äußert sich durch handfeste, auch von Laien erkennbare, körperliche Symptome. Zu den häufigsten zählen glasiger Blick, offener Mund, dümmliches Grinsen und Wortstümmel wie Hä?, Was?, Echt?, Kann mich nicht erinnern! Zur Behandlung von Amnesie eignen sich Maßnahmen, die die zerebralen Funktionen anregen. Darunter fallen beliebte, wenn auch umstrittene Heilverfahren. Das berühmteste ist der gemeine Elektroschock. Ein Schlag in die Fresse tut auch Wunder. Amnesie muss nicht immer schlimm sein. Zuweilen hilft sie, neue Bekanntschaften zu schließen. Diese sind jedoch geprägt von Kürze. Eine wahrhaft gigantische Amnesie wird in Fachkreisen als Alzheimer bezeichnet.«

Wow!

»Hoffe, ich konnte dir helfen«, schrieb Sissi dazu. »Hab's auf Uncyclopedia gefunden.«

»Besten Dank auch«, gab ich ein. »Konnte ich jetzt echt gut gebrauchen. Hab Opa im ICE liegen lassen.«

»Ach du Sch…«, kam es prompt zurück. »Soll ich mal geistige Umnachtung googeln?«

»Bloß nicht.«

»Reg dich nicht auf. Wenn die Polizei kommt, halte ich dicht.«

Polizei? Es wusste doch noch niemand etwas von meinem Missgeschick.

»Wo bist du jetzt?«

»Im Auto auf dem Weg zum Schafott.«

»Es weiß noch keiner?«

»Nö.«

»Ach du Sch...« Sissi fing an, sich zu wiederholen.

»Ciao«, gab ich ein.

Als ich den Blick wieder hob, lag in Mamas Blick ein Hauch mehr Respekt als bisher. Der Trick funktionierte also. Klasse. Wenn mir einer in den nächsten paar Stunden dumm kam, würde ich einfach mit Sissi simsen und dabei ein wichtiges Gesicht aufsetzen.

»Dein Hotel?«, erkundigte sich Papa mit einem gewissen Unterton. Der sollte seine ganze Verachtung für Luxushäuser ausdrücken. Seiner Meinung nach war ein vernünftiger Urlaub nämlich nur auf dem Ferienhof Lüttjens möglich, und zwar unter seiner handfesten und meiner charmanten Leitung.

Papas Lebensentwurf sah für mich etwas anders aus als mein eigener. Ich hatte ihm mal erklärt, dass ich eher Klofrau bei uns im *Kiefers* werden wollte, als nach Nordergellersen zurückzukehren, aber er hatte mir offenbar nicht zugehört.

»Wie kommen die denn jetzt ohne dich klar? Ich denke, du bist unabkömmlich«, fügte er hinzu.

Das war seit einigen Jahren mein liebstes Argument, wenn ich erklären musste, warum ich weder zu Weihnachten noch zu Opa Hermanns Neunzigstem und schon gar nicht einfach mal nur zum Heideblütenfest kommen konnte. Die Feste waren mir besonders verhasst, seit Karl mich damals für eine blonde, dralle Heideblütenkönigin verlassen hatte. Seitdem kultivierte ich eine ausgeprägte

Aversion gegen dralle Blondinen. Sissi war zum Glück schmal und schwarzhaarig, aber erst neulich hatte ich ein blondes Zimmermädchen zusammengefaltet, bloß weil ich einen winzigen Knick im Bettüberwurf gefunden hatte. Eigentlich kein Drama. Das Zimmermädchen wäre auch mit einer kurzen Ermahnung davongekommen, wenn es nicht, in meiner Fantasie jedenfalls, wie eine ehemalige Heideblütenkönigin ausgesehen hätte.

Pech gehabt.

»Geht schon«, murmelte ich in Papas Richtung. Sollte ich ihm jetzt erzählen, dass ich möglicherweise nicht mehr lange im *Kiefers* bleiben würde? Dass mich mein Weg jedoch nicht zu ihm in den Norden, sondern weit, sehr weit nach Süden führen würde? Nach Dubai, um genau zu sein. Dort wartete nämlich der Manager des neu gebauten Fünf-Sterne-Hotels »Al Salam« auf eine qualifizierte Erste Hausdame aus München. Auf mich. War übrigens der Grund für meine kleine Party in der Nacht vor Opas Besuch gewesen. Ich musste den Vertrag nur noch unterschreiben. Dreifaches Gehalt, Penthouse (ein echtes! Riesige Dachterrasse!) mit Blick auf den Persischen Golf, Dienstauto der Luxusklasse, Mitgliedskarte für den exklusivsten Golfclub, na, und noch so einiges mehr. War ja wohl keine Frage, wohin es mich in naher Zukunft ziehen würde.

»Dann kannst du ja bis zu Opas Beerdigung bleiben«, meinte Papa. »Die ist am Freitag.«

Freitag ist in vier Tagen, dachte ich. Wie sollte ich volle vier Tage überleben? In dreißig Metern Luftlinie zu Karl Küpper? Im Schoße einer Familie, in der gerne immer mal jemand verschwand? Mama zum Beispiel. Oder früher Großtante Marie. Als sie noch konnte. Mein Bruder Jan sowieso, und ich, na ja, für die längste Zeit. Und zuletzt Opa Hermann.

Ausgeschlossen.

Während nun der rote spitze Turm unserer Dorfkirche St. Johannis in Sicht kam, fragte ich mich zum hundertsten Mal, ob es eigentlich normal war, dass eine Sippe an allen Ecken und Enden auseinanderdriftete. Oder dass man sich seit Jahrzehnten hasste, wie Oma Grete und Großtante Marie. Oder dass ein braver kleiner Junge wie Jan sich zur schwarzen Heidschnucke der Familie entwickelte. Oder ... Stopp! So kam ich nicht weiter. Ich sollte mir lieber überlegen, wie ich Opa Hermann ganz schnell wieder herbeischaffte, bevor irgendjemand etwas mitbekam.

»Habt ihr inzwischen DSL?«, fragte ich Papa.

»Selbstverständlich. Wir leben in der Heide, nicht hinter dem Mond, auch wenn meine Tochter anscheinend anderer Meinung ist.« Er wirkte ein wenig beleidigt.

Egal. Hauptsache, ich würde nachher gleich ruckzuck ins Internet gehen und Hertha Kowalski in Hamburg ausfindig machen können. Bestimmt hatte sie die Tupperdose nicht einfach liegenlassen, sondern mit nach Hause genommen. Und so viele Frauen mit diesem Namen konnte es ja nicht geben.

Es gab dreihundertsiebenundfünfzig.

Aber das nur vorweg.

4.
Plietsch oder nicht plietsch?

Nordergellersen ist ein Dorf, wie es in jedem Reiseführer als typisch für die Lüneburger Heide beschrieben wird. Mit der schon erwähnten Kirche St. Johannis im Zentrum, einem Vorplatz mit alten Eichen und ein paar Holzbänken, einem Friedhof, auf den Opa Hermann wollte, und einem Pfarrhaus, in dem die Landfrauen im Sommer Heidesträußlein und im Winter Adventskränze bastelten. Drumherum stehen diese roten reetgedeckten Fachwerkhäuser, die Leute aus Hamburg, Berlin, New York und Tokio so wahnsinnig romantisch finden. Dazu ein Aktivmarkt mit Postamt im Nebenzimmer, der Gasthof *Heidekrug*, die Wache der Freiwilligen Feuerwehr, das Schützenhaus, die Kneipe *Otto*, der Reitstall des Reit- und Fahrvereins Nordergellersen … Was vergessen?

Ich sah wieder aus dem Fenster. Der Aktivmarkt hatte früher schlicht Edeka geheißen, der Gyros-Imbiss war neu, und diesen Getränkemarkt, an dem einige Jugendliche chillten, hatte es zu meiner Zeit auch nicht gegeben. Wir hatten damals bei Otto abgehangen, den Ausdruck chillen hatte es da noch nicht gegeben. Mama sagte dazu rumgammeln, und Oma Grete sprach von verplemperter Zeit.

Na und? Diese Jugendlichen da machten vielleicht

nichts Besonderes, aber ich wusste noch genau, wie wichtig das war.

Ein paar gnädige Minuten lang vergaß ich meine prekäre Lage. Da! Die Abzweigung zum Baggersee. Ich erinnerte mich an heiße Sommernächte, lebensgefährliche Sprünge ins dunkle eisige Wasser, geklaute Maiskolben am Stock über dem Lagerfeuer und heimliche Küsse im Kiefernwäldchen.

Weiter vorn die leuchtend grünen Weiden, die fruchtbaren Äcker und das Reitgelände rund um den Homberg, der in Wahrheit nur ein Hügel war. Schlappe zweiundsiebzig Meter hoch, was in der norddeutschen Tiefebene aber richtig viel ist. Genug, um mit dem Namen ein bisschen anzugeben.

Erst einige Kilometer hinter Nordergellersen beginnt der Naturpark Lüneburger Heide mit seinen weiten, leicht welligen sandigen Flächen. Mit Heidekraut, Wachholderbüschen und Findlingen. Mit Heidschnuckenherden, immer ein wenig grimmig schauenden Schäfern und flinken Hütehunden. Mit Pferdekutschen, die Ausflügler durch den Park bringen, Verkaufsständen mit bestem Heidehonig, herzhaften Kartoffeln und würzigen Wildkräutern, und mit Schulkindern, die Werke des Heidedichters Hermann Löns zum Besten geben. Eben mit allem Drum und Dran.

Den Prospekt für den Ferienhof Lüttjens hatte übrigens ich geschrieben. Papa hatte mich darum gebeten, als ich zuletzt vor zehn Jahren in Nordergellersen gewesen war. Zur Diamantenen Hochzeit von Oma Grete und Opa Hermann. Da war mir keine Ausrede eingefallen. Zehn

Jahre. Nicht zu fassen. Um ein Haar hätte ich jetzt gedacht: Wo ist bloß die Zeit geblieben? Aber ich ließ es. Wäre mir alt vorgekommen. Und gefehlt hatte mir, wie ich schon ein paarmal erwähnt habe, nichts.

Fast nichts.

»Wir sind da«, sagte Mama.

Ich zuckte zusammen. Konnten wir nicht noch weiterfahren? Immer Richtung Westen, bis Papas alter Mercedes im Wattenmeer stecken blieb?

Please!

Keine Chance. Ich musste aussteigen.

Mein Elternhaus sah aus wie immer. Groß, rote Ziegel, schwarzes Fachwerk, auf dem Giebel die gekreuzten hölzernen Pferdeköpfe, die nach außen zeigten, worauf zig Generationen von Lüttjens so was von stolz waren. Das bedeutete nämlich, dass sie schon in dunkleren Zeiten freie Bauern gewesen waren. Hatte jedenfalls Opa Hermann so erklärt. Im Gegensatz zu den armen Schweinen nebenan, den Küppers, deren Pferdeköpfe einander anschauten. Leibeigene, ganz klar. Hatte mich nie gekümmert, die Sache. Jetzt schon. Ich stellte mir Karl Küpper als geknechteten, gebeugten, ausgepeitschten Bauern in Lumpen vor. Astrein!

Grinsend stieg ich aus und wollte auf die beiden alten Frauen zugehen, die vor dem Haus in einer zerfledderten Hollywoodschaukel saßen und sich heftig zankten.

Da ging bei den Küppers die Tür auf, und Karl trat heraus. Groß, kerzengerade, selbstbewusst, richtig gut drauf. Ausgepeitscht sah anders aus.

Ich sackte in mich zusammen, machte mich klein hinter dem Wagen.

Bittebittebitte, flehte ich im Stillen. Lass ihn nicht rüberkommen.

Mein Blick, etwas ziellos in den Himmel gerichtet, streifte das Storchennest auf unserem Dach. Leer. Tatsächlich. Absolut verwaist.

Opa Hermann hatte immer behauptet, nur ein nistendes Storchenpaar auf dem Dach würde der Familie Lüttjens Glück bringen und sie außerdem mit einem wahren Kindersegen beschenken.

Hatte allen Ernstes noch an den Klapperstorch geglaubt, mein Opa.

Krass.

Ich kniff die Augen zusammen. Kein Storch in Sicht. Nur sommerlicher Abendhimmel. Kindersegen war mir gerade so was von egal. Ein kleines bisschen Glück wäre jedoch nicht schlecht gewesen.

»Hallo, Nele.«

Ich sag's ja. Aberglaube bringt nichts.

Langsam richtete ich mich aus meiner gebeugten Haltung auf.

»Hi, Karl.«

Musste der immer noch so leuchtend helle Augen haben? Dazu dieses weizengoldene Haar mit der Locke in der Stirn? Er hätte viel besser in meine Familie gepasst als ich. Unsere Kinder wären jedenfalls echte Lüttjens-Küppers geworden, wenn sich seine Gene durchgesetzt hätten, wenn er es nicht aufgegeben hätte, mich zu lieben, zwischen Mitternacht und ein Uhr auf dem Heideblütenfest vor dreizehneinhalb Jahren.

Was wäre gewesen, wenn?

Aufhören, Nele. Sofort!

»Mein herzliches Beileid.«

»Hä?«

»War ein feiner Mensch, dein Großvater.«

Mist! Hatte ich kurz vergessen.

»Danke. Tschüs.« Mehr ging jetzt echt nicht. Ich musste weg von ihm. Schnell.

Sein Rasierwasser war immer noch Lagerfeld Classic. Hatte ich ihm mal geschenkt. Wegen desselben Vornamens, und weil ich damals fand, es roch einfach gut. Tat es auch heute noch. Aber Zederndufτ, dachte ich plötzlich, Zederndufτ ist auch toll.

Es gelang mir, einen Fuß vor den anderen zu setzen. Weg von Karl, und ich bildete mir ein, die alten Eichen da neben unserem Haus wären hohe, dunkle Zedern gewesen.

Es ging. Ich hatte Distanz geschaffen, erhobenen Hauptes, elegant trotz der langen Bahnfahrt und diverser Schocks. Jawohl!

Nele Lüttjens, Karrierefrau aus München, hatte es nicht nötig, sich von einem rustikalen Heidjer das Herz brechen zu lassen.

War ja sowieso schon entzwei.

Nele Lüttjens, taff und modern, demnächst mit Adresse in Dubai, hatte ihre erste große Liebe für alle Zeiten hinter sich gelassen.

Definitiv.

»Wollen wir die Tage mal bei Otto was trinken gehen?«, rief Karl mir nach.

Ich wirbelte herum, wurde rot, sah, wie die Zedern sich zurück in Eichen verwandelten.

»Gerne.« Unauffällig rammte ich dabei meine Pfennigabsätze in den Kies unserer Hofeinfahrt. Zu Karl zurücklaufen wäre jetzt unter meiner Würde gewesen. Dass das klar ist.

»Prima«, meinte Karl, zwinkerte mir zu und ging.

Ich stand noch ein Weilchen dumm rum.

Papa hatte inzwischen mein Gepäck ins Haus getragen, Mama war ebenfalls verschwunden. Nur Oma Grete und Großtante Marie saßen auf der Hollywoodschaukel und wippten hin und her.

»Nicht so schnell«, schimpfte Marie. »Mir wird ja ganz schwindelig.«

»Körperliche Ertüchtigung hält jung«, gab Grete zurück und wippte noch ein bisschen stärker.

»Ich will aber die Beerdigung meines lieben Schwagers noch erleben.«

»So wie du beisammen bist, ist es sowieso fraglich, ob du bis Freitag durchhältst.«

»Du bist eine böse alte Frau.«

»Und du bist das Kreuz meines Lebens. Seit du vierundvierzig vor den Hamburger Bombennächten zu mir geflüchtet bist, muss ich dich ertragen. Wärst du bloß wieder weggegangen. Aber nein, es lebte sich ja gut hier im gemachten Nest. Und meinem Hermann hast du immer schöne Augen gemacht. Dass du dich nicht schämst!«

Ich kannte die Litanei noch von früher. Nur der Nachsatz war neu: »Tu mir den Gefallen, und segne vor der Beerdigung das Zeitliche. Dann habe ich meinen geliebten Mann wenigstens im Tode für mich.«

Über Gretes rundes und erstaunlich faltenarmes Gesicht rollten ein paar Tränen. Auch das war neu. Meine Oma hatte es nie so mit Gefühlen gehabt.

Marie dagegen tat, was sie in solchen Momenten schon immer getan hatte. Sie stöhnte einmal auf, schloss den Mund und sagte nichts mehr.

Inzwischen hatte ich mich wieder bewegen können und war jetzt so nah dran, dass die beiden Schwestern mich trotz ihrer altersschwachen Augen erkennen konnten.

»Nele«, sagte Grete in einem Ton, als wäre ich erst vor einer Stunde vom Hof gefahren, um niemals wiederzukommen. Nicht vor dreizehneinhalb Jahren. »Sag deiner strohdummen Großtante, sie kann schmollen so viel sie will. Zur Beerdigung darf sie trotzdem nicht mit.«

Schweigen konnte manchmal ganz hilfreich sein, fand ich. Falls das jetzt ein neues Familienhobby wurde, war ich dabei.

Ich beugte mich herab, umarmte kurz meine Oma und ein wenig länger Großtante Marie. Die hatte ich schon immer lieber gemocht. Sie war früher nie so streng gewesen wie Grete, und wenn ich mal wieder ohne Abendbrot ins Bett geschickt worden war, weil ich was ausgefressen hatte, dann war es ihr immer gelungen, spätabends noch ein Schmalzbrot oder einen Rest Bratkartoffeln in meine Kammer zu schmuggeln.

Schon als Kind hatte ich gespürt, dass sie eine tiefe Traurigkeit in sich trug, von der niemand etwas wissen sollte. Und wenn es schlimm wurde, wenn Maries Blick sich verdunkelte, wenn ihre Hände zitterten vor lauter Anstrengung, ihre Traurigkeit in sich zu verschließen, dann war sie plötzlich weg, für Tage, manchmal Wochen. Erst kurz bevor ich nach München zog, traute ich mich zu fragen, wohin sie damals gefahren war.

»Nach Bayern«, sagte sie.

Ich war überrascht, fühlte mich aber zugleich mit ihr verbunden. Mich zog es ja in denselben Süden.

»Und was hast du da gemacht?«

Marie blickte mich lange an, bevor sie flüsterte: »Ich habe geweint.«

Eine Tränenreise.

Mehr hatte sie mir nie verraten.

Daran musste ich jetzt denken, als ich sie vor mir sah, klein, zart, eingesunken, während Grete ihre stets kräftige Figur behalten hatte.

»Kriegst du jetzt auch nicht mehr die Zähne auseinander?«, erkundigte sich Grete bei mir. Sie nickte in Richtung Marie. »Los, bestell ihr, was ich gesagt habe.« Wenn ihre unwesentlich jüngere Schwester verstummte, tat Grete gern so, als sei sie gleichzeitig auch taub geworden. Grete-taub sozusagen.

Einer von einer Million Gründe, warum ich damals weggegangen war.

Den nächsten lieferte Grete gleich hinterher. Sie kniff die Augen zusammen, fixierte mich mit strengem Blick und sagte: »Hast dich ja in Schale geworfen, aber das ändert auch nix. Besonders plietsch bist du ja nie gewesen, und jetzt ist es schlimmer geworden. Denkst du etwa, der Karl will noch was von dir?«

Bevor ich etwas erwidern konnte, etwas total Geistreiches, das Oma Grete vom Gegenteil hätte überzeugen können, stand sie mit Schwung aus der Hollywoodschaukel auf. Ich packte Großtante Marie am Arm, bevor sie herauskatapultiert werden konnte. Vorsichtig half ich ihr auf die Beine.

Dann starrte ich Grete hinterher, die schwungvoll zur Dorfstraße marschierte. Täuschte ich mich, oder wirkte sie jünger als früher? Hatte womöglich der plötzliche Tod ihres Mannes ihre Lebensgeister geweckt?

Gruselig.

Am Hoftor drehte sie sich noch einmal um. »Ich mache jetzt meinen Abendspaziergang. Bist übrigens doch ganz plietsch, Nele. Hast ja meinen Hermann heimgebracht.«

Marie entglitt mir und plumpste zurück.

Ich beschloss, mich im Baggersee zu ertränken. Mit etwas Glück gab's den noch.

Mama kam heraus und steuerte auf die Garage zu.

»Deine Sachen sind in deinem alten Zimmer«, rief sie mir zu. »Ich hab nur die Urne aus dem Koffer geholt und aufs Büffet im Wohnzimmer gestellt. Hübsches Stück. Hast du gut gemacht, Nele. Bis morgen oder übermorgen. Ciao.«

»Wo fährst du denn hin?«, krächzte ich.

Sie hörte mich nicht mehr. Zwei Sekunden später schoss ein knallrotes Cabrio aus der Garage. Das hatte es damals noch nicht gegeben. Auch keine Mutter, die gleich für zwei Tage wegfuhr. Ein paar Stunden lang war Mama schon immer gern verschwunden, aber das hier sah mir nach einer Gewohnheit aus, die mit schöner Regelmäßigkeit betrieben und ausgedehnt wurde. Nach einer Tränenreise wie früher bei Großtante Marie sah es auch nicht aus. Das

Cabrio wirkte nicht besonders traurig, und meine lachende Mutter hinter dem Steuer schon gar nicht.

Mir war ein bisschen kalt, weil ich im Geiste gerade im Baggersee versank. Und weil ich mich verlassen fühlte. Fremd an diesem Ort, der mal meine Heimat gewesen war. Oder nicht? War ich selbst nicht auch eine Meisterin im Verdrängen? Hatte ich mich jemals heimisch und den Lüttjens zugehörig gefühlt?

Nie.

Schmale Finger mit pergamentener Haut schoben sich in meine eiskalte Hand.

Großtante Marie blinzelte zu mir hoch. Wir verstanden uns stumm. Wie immer. Sie war auch eine Fremde, eine, die anders war.

Es fühlte sich an wie Winter.

»Wollen wir uns in der Küche einen schönen steifen Grog machen?«, fragte ich. Grog war besser als Baggersee. Wärmer. Beinahe heimelig.

Sie nickte, ließ sich ein zweites Mal hochziehen und ins Haus führen.

Erst jetzt fiel mir die Stille auf. Wo waren die tobenden Kinder? Wo die Väter, die sich in breitem Berlinerisch die Abenteuer des Tages erzählten? Wo die Mütter, die sich im Liegestuhl von der Heidewanderung erholten?

Wo zum Teufel waren die Feriengäste?

Gespenstisch.

5.
So'n Schiet

»Ich hab alle nach Hause geschickt«, erklärte mir Papa eine halbe Stunde später in der großen Bauernküche. Eiche rustikal, rot-weiß karierte Tischdecke, Töpfe und Backformen über dem Herd. Spießig und kitschig. Ich stehe mehr auf klare Linien, viel Weiß und Stahl, kein Schnickschnack. Eine Sammlung gehäkelter Kaffeewärmer und geschnitzte Herzen in den Stuhllehnen sind nicht so mein Ding.

Olaf Lüttjens passte in dieses Ambiente. Ich nicht.

»Wegen unseres Trauerfalls«, fügte er hinzu.

Ein sanftes Schnarchen antwortete ihm. Großtante Marie lag auf der Eckbank und schlief. Mein Grog war vielleicht ein wenig zu steif geraten. Ein Drittel Rum, zwei Drittel kochendes Wasser. Oder umgekehrt? Lange her, dass ich so was zubereitet hatte. Mir war auch grad etwas schwummerig im Kopf.

»Ach so«, sagte ich. Klang wie: »Aaschooo.«

Papa schaute mich an. »Ein Kaffee würde dir guttun. Ich bring Marie mal ins Bett.«

So sanft, dass es mir die Tränen in die Augen trieb, hob er seine Tante hoch und bettete sie in seine Arme. Kurz öffnete Marie die Augen. »Mein Lieber«, flüsterte sie. »Mein Stern, mein Lebenslicht.«

Mann, war der Grog stark gewesen! Jetzt halluzinierte ich schon.

»Kaffee«, sagte Papa an der Tür noch einmal zu mir.

Ich wollte ihm erklären, dass ich schon seit Jahren nur noch Latte macchiato trank oder tibetischen Kräutertee. Aber da sank mein Kopf schon auf die karierte Tischdecke und blieb dort liegen.

Als ich aufwachte, kitzelte mich die Morgensonne im Gesicht. Von draußen klangen die Geräusche des platten Landes herein. Hühner gackerten, ein Treckermotor wurde angeworfen, die Ponys wieherten, und jemand rief einen Morgengruß über den Hof.

Ich lag ich in meinem früheren Zimmer, trug ein geblümtes Nachthemd, das mir niemals gehört hatte, und schaute direkt auf ein *Bravo*-Poster von Take That. *Mit* dem sehr jungen Robbie Williams. Auf meinem alten Bücherregal stapelten sich Hermann Hesse, Jack Kerouac und J.D. Salinger. Na gut, Nora Roberts, Wilbur Smith und Wolfgang Hohlbein hatten sich da auch reingeschmuggelt. Und in zweiter Reihe tobten bestimmt noch Hanni und Nanni mit dem doppelten Lottchen und Benjamin Blümchen durch alle möglichen Abenteuer.

Komisch, dachte ich, dass sie alles so gelassen haben, wie es gewesen war. Als könnte ich jederzeit zurückkehren und wäre dann wieder die Tochter, die sie kannten. Aufmüpfig, aber vertraut.

Meine Zimmertür wurde aufgestoßen, und ein Wesen mit kurzen, dunklen und hochgegelten Haaren, im schwarzen Seiden-Overall und kam mit einem Tablett herein.

»Moin, Kröte.«

Ich rieb mir die Augen. Es musste mein Bruder sein. Nur er durfte mich so nennen, seit ich mit zehn eine braungrüne warzige Erdkröte mit riesigen Glupschaugen zu meinem neuen Haustier erklärt hatte. War nicht lange gut gegangen, die Sache. Opa Hermann hatte kurzerhand mit dem Spaten zugeschlagen.

Eine Weile starrte ich ungläubig auf das schwarz gestylte Wesen. Mein Bruder und ich standen zwar regelmäßig über Skype in Kontakt, aber in natura sah er völlig anders aus als durch die Webcam. Oder er hatte gerade seinen Look verändert, was bei ihm im Schnitt alle zwei Monate vorkam. Zuletzt war er jedenfalls noch aschblond wie alle Lüttjens gewesen. Selbst die Augenbrauen waren dunkel gefärbt, und für den südlichen Blick aus braunen Augen sorgten offenbar Kontaktlinsen. Er ging glatt als Zwillingsbruder von Ricky Martin durch. Nur der Dreitagebart fehlte. Wäre wohl zu schwierig geworden, seine hellen Stoppeln zu färben.

»Ist das ein Nachthemd von Oma?«, fragte er und grinste. Der Brilli auf dem rechten Schneidezahn war auch neu.

»Ich fürchte, ja.«

»Steht dir aber gut.« Er brachte das Tablett zu mir ans Bett. Deutscher Filterkaffee, goldgelbe Butter, duftender Heidehonig und frische Rosinenbrötchen. Ich vergaß, dass ich nur Latte macchiato und tibetischen Kräutertee trank, vergaß, dass ich seit Jahren morgens nur rasch ein paar Vitaminpillen schluckte.

Jan betrachtete mich mit einer Mischung aus Faszination und Ekel. Musste derselbe Blick sein, den er einem Kunden schenkte, der einen Haarschnitt selbstverständlich ohne blonde Strähnchen verlangte. Mein Bruder war nicht lange nach mir aus Nordergellersen weggezogen. Gleich nach seinem Coming Out hatte er eine Friseurlehre im Hamburger Schanzenviertel begonnen und sich von einem heimlichen Homosexuellen in einen lebensfrohen Schwulen verwandelt. »Wenn schon, denn schon«, hatte er damals zu mir am Telefon gesagt. »Schwuler geht nimmer.«

Sein Blick fixierte meinen linken Mundwinkel, aus dem ein wenig Honig tropfte. »Pfui, Nele. Willst du so fett werden wie Oma Grete?«

»Ich brauche Nervennahrung«, nuschelte ich.

»Wieso? Hast doch alles auf die Reihe gekriegt. Opa seine Urne ist da, und du musst nur ein paar Tage hier im Irrenhaus überleben. Dann kannst du wieder abdampfen, direkt zu den Saudis. Da angelst du dir einen stinkreichen Scheich und hast für dein Leben ausgesorgt.«

Das dritte Rosinenbrötchen lag mir auf einmal quer im Magen.

»Jan …«, begann ich. Wenn ich meinem Bruder nicht gestand, was passiert war, wem dann? Ich brauchte einen Verbündeten.

War bloß zu feige. »Wie geht's Eike?«

Jans Grinsen erlosch. Eike Meier war nicht nur sein Chef, sondern auch seine große Liebe. Dummerweise jedoch seit zehn Jahren mit einer reichen Hanseatin verheiratet und fest davon überzeugt, durch und durch hetero zu sein. Zeitweilige Verirrungen in Jans Arme wurden, je nach Bedarf und Anlass, mit dem ungewohnten Alkohol auf einer Party, einer besonderen Stresssituation oder der weltweiten Finanzkrise erklärt.

Unter den Lüttjens war ich die Einzige, die ahnte, wie es wirklich in Jan aussah. In seinem Herzen war er nämlich spießiger als sämtliche Einwohner der Lüneburger Heide zusammen. Er träumte von einem eigenen Häuschen auf dem Lande, wahlweise einer eleganten Altbauwohnung in Eppendorf, er träumte von einer Hochzeit mit Eike und von mindestens einem adoptierten Sohn. Ich schätze, sein großes Vorbild ist neuerdings Elton John, obwohl ihm die Sache mit der Leihmutter vermutlich nicht ganz geheuer ist.

Traurigkeit saugte sich in seinen Augen fest, und zum ersten Mal fiel mir auf, wie ähnlich mein Bruder unserer Großtante Marie war. Abgesehen von den schwarz gefärbten Haaren, den Kontaktlinsen und dem Outfit, versteht sich. Marie musste in Jans Alter gute zehn Zentimeter größer und zehn Kilo kräftiger als jetzt gewesen sein.

Vielleicht lag's ja an dem traurigen Blick, aber ich fand plötzlich, sie hätten Geschwister sein können, wenn nicht so viele Jahrzehnte zwischen ihnen gelegen hätten. So war das eben in Familien. Die Erbanlagen hüpften manchmal wild hin und her. Bei mir hatte sich ja auch Uropa Franz durchgesetzt.

»Sorry«, sagte ich schnell. »Das war daneben.«

Jan nickte wortlos, nahm mir das Tablett ab und stellte es auf meinen alten Schreibtisch.

Ich bemerkte, wie er die Schultern straffte. Dann drehte er sich wieder zu mir um.

»Mit Eike ist es aus. Aber ich möchte im Moment nicht darüber reden.«

»Alles klar«, murmelte ich. Gab es eigentlich ein einziges Mitglied der Familie Lüttjens, das glücklich war? Oder wenigstens zufrieden? Mir fiel niemand ein. Von Großtante Marie bis zu Jan schien jeder Einzelne eine Last und ein Geheimnis mit sich herumzutragen. Die Last war mal schwerer, mal leichter, das Geheimnis mal größer, mal kleiner. Bei mir war beides grad ziemlich schwer und ziemlich groß. Ich dachte an Papa. Er schien mir der Einzige zu sein, in dessen Innern kein Sturm tobte. Oder? Was, wenn sich in ihm schon seit Langem ein Donnergrollen sammelte, das sich irgendwann über seine flüchtende Frau und uns alle ergießen würde? Wie sollten die Lüttjens heil daraus hervorgehen? Und was ging mich das eigentlich noch an? Ich war raus aus der Sache. Schon vergessen, Nele? Nabelschnur durchtrennt. Definitiv.

Sissis Eltern fielen mir ein. Ein Lehrerpaar aus Köln, das seine einzige Tochter über alles liebte. Punkt. Nur diese drei Menschen. Seit Sissis Pubertät keine Konflikte mehr, keine weiteren durchgeknallten Familienmitglieder, keine dörfliche Engstirnigkeit, keine Geheimnisse, die durch ein altes Niedersachsenhaus waberten wie der Nebel über die Weiden an einem Wintermorgen. Da wäre ich lieber aufgewachsen, mit Sissi als Schwester und ohne die gesammelten Lüttjens.

Ich betrachtete Jan, der sich jetzt zu mir aufs Bett setzte, und korrigierte mich: Dieses eine Familienmitglied wollte ich behalten.

»Erzähl mir von Opa Hermann«, bat mein Bruder leise.

Ich schlug die Decke zurück. »Komm her.«

Also kuschelten wir wie früher als Kinder, hielten uns

bei den Händen, und Jan lauschte meinem Bericht über die Ereignisse in München.

Erneut verpasste ich die Chance, ihm die ganze Wahrheit zu erzählen.

»Weißt du noch, wie uns Opa das Reiten beigebracht hat?«, fragte Jan.

»Wie könnte ich das vergessen?« Ich war sechs und Jan war viereinhalb gewesen. Da hatte Hermann Lüttjens seinen Hannoveraner-Hengst Hadrian aufgezäumt, hatte erst mich und danach Jan vor sich in den Sattel gesetzt und war eine Stunde durchs Gelände geritten. In sämtlichen Gangarten! Mama hatte sich furchtbar aufgeregt, aber Opa hatte nur gelacht und gesagt, noch hätten alle Lüttjens auf diese Weise reiten gelernt. Tatsächlich beeilten Jan und ich uns danach, sehr schnell allein auf einem Pony sitzen zu können. So einen Ritt mit Opa wollten wir uns nicht mehr antun.

»Oder das Schwimmen?«

Ich nickte wieder. Ins Wasser werfen und warten, ob das Kind überlebt, war auch so eine Opa-Hermann-Methode gewesen.

Wir kicherten, weinten ein bisschen um unseren Patriarchen und tauschten weitere Erinnerungen aus. Zwischendurch stand Jan auf, verließ mein Zimmer und kam gleich darauf mit einer Flasche eisgekühltem Prosecco zurück. »Hab ich tief unten im Kühlschrank versteckt.«

»Ferrari«, sagte ich anerkennend. Der konnte durchaus mit meinem geliebten Berlucchi konkurrieren.

»Ich werde noch zur Säuferin.«

»Wie willst du die Tage hier sonst überstehen?«

»Auch wieder wahr«, erwiderte ich und kippte den Inhalt meines Glases runter. Nach der halben Flasche hatte ich genug Mut gesammelt, um ein volles Geständnis abzulegen.

Jan starrte von der Ferrari-Flasche auf mein Glas, auf mich, wieder auf die Flasche. Das wiederholte sich einige Male, bevor er sich erkundigte: »Opa seine Asche ist weg?«

Ich nickte, trank das nächste Glas.

»Und vorher bist du mit der Urne aus dem Krematorium geflüchtet?«

Meiner Meinung nach klang das viel zu dramatisch. »Ich weiß nicht mehr genau, was passiert ist, aber Sissi wird dichthalten, wenn die Polizei nach mir sucht.«

Jans Augen weiteten sich. »Dann hast du die Asche von der Urne in eine Tupperdose umgefüllt und die Tupperdose im ICE liegen lassen?«

Mein Nicken geriet zum verzweifelten Kopfwackeln.

»Und was ist dann in der Urne unten auf dem Büffet? Kaffeepulver?«

»Würde man riechen«, erklärte ich voller Logik.

»Mehl? Zucker? Salz? Erde aus deinen Blumentöpfen? Die Wollmäuse von unter deinem Sofa? Die …«

»Jan, hör auf!«

Mein Bruder brach in hysterisches Gelächter aus. Mir war gerade nicht danach, mitzulachen.

»Die Urne ist leer. Fällt auch nicht weiter auf. Opa hat ja nicht mehr … äh … viel gewogen.«

Jan prustete noch lauter, er hielt sich den Bauch und schlug mit der flachen Hand auf die Bettdecke. Das konnte noch eine Weile dauern.

Ich stand auf, holte mein Notebook aus der Tasche und klappte es auf. »Wie ist das Kennwort für den WLAN-Anschluss hier?«, fragte ich meinen Bruder. Der schien eine ganz normale Frage besonders lustig zu finden und rollte sich nun auf dem Bett hin und her. Immerhin brachte er das Kennwort heraus.

Wenige Minuten später hatte ich das Hamburger Telefonbuch aufgerufen, und da standen sie fett auf dem Monitor, die dreihundertsiebenundfünfzig Hertha Kowalskis. Ich verfiel in eine Art katatonische Starre und glotzte so lange auf die Namen, bis sie vor meinen Augen einen wilden Tanz aufführten.

Ich merkte erst, dass Jan sich beruhigt hatte, als er hinter mich trat und nur noch leise Gluckser von sich gab.

»Wer soll das denn sein?« Er deutete auf die lange Namensreihe.

»Hertha Kowalski hat Opa bestimmt mitgenommen«, erklärte ich und wartete auf einen neuerlichen hysterischen Ausbruch. Als der nicht kam, fuhr ich fort: »Sie ist eine freundliche Dame um die siebzig und hat im Zug neben mir gesessen.«

»Dann brauchen wir jetzt nur noch die richtige Hertha Kowalski zu finden«, schloss Jan ziemlich plietsch. »Kann ja höchstens bis zu unserer eigenen Beerdigung dauern.«

»Sooo viele sind das nun auch wieder nicht«, versuchte ich mir selbst Mut zu machen.

»Nö, die hier nicht, aber es kommen ja noch ein paar dazu.« Ich wünschte plötzlich, Jan würde nicht weiterreden.

Tat er aber doch. »Was weißt du über sie? Ist sie ledig, verheiratet?«

Ich kramte in meinem Gedächtnis. »Verwitwet«, flüsterte ich schließlich, und ahnte schon, was kommen würde.

Mein Bruder legte mir eine Hand auf die Schulter. »Frauen dieser Generation haben bei der Hochzeit den Namen ihres Mannes angenommen, und die Telefonverträge laufen meistens auf den Namen des Mannes. Demnach müssen wir auch sämtliche männliche Kowalskis durchgehen. Das wird ein schönes Stück Arbeit.«

»Oh Gott.«

Plötzlich fiel mir etwas ein, etwas, das die Suche nach Hertha möglicherweise überflüssig machen würde. Da war nämlich etwas an der Tupperdose, beziehungsweise *in* der Tupperdose, das Opa Hermann sozusagen den Weg nach Hause weisen konnte.

Fragte sich bloß, ob Hertha nachschauen würde.

Gerade wollte ich Jan davon erzählen, als ich hörte, wie im Hof ein Auto vorfuhr.

»Ist Mama schon zurück?«, fragte ich und ging zum Fenster. »Hast du eigentlich eine Ahnung, wo sie immer hinfährt?«

»Habe ich«, sagte Jan, aber plötzlich interessierte mich die Antwort nicht mehr.

Unten stieg nämlich gerade mein Retter mit den kuscheligen Augen aus dem Wagen. Als hätte er meine Anwesenheit gespürt, schaute er zu mir hoch. Unsere Blicke trafen sich, und auf einmal wusste ich wieder, woher ich ihn kannte.

Mir blieb die Luft weg.

»So'n Schiet!«, sagte ich laut. Rein sprachlich gesehen war ich wieder zu Hause.

6.
Es wird kompliziert

»Ist was?«, fragte Jan, stellte sich neben mich ans Fenster und folgte meinem Blick nach draußen. Dann stieß er einen anerkennenden Pfiff aus. »Toller Typ. Ein Freund von dir?«

»Nein«, keuchte ich.

»Schon klar, ist tabu.«

»Jan, du verstehst das total falsch.«

Mein Bruder runzelte die Brauen. »Mal sehen. Du hast beim Anblick dieser breitschultrigen Sahneschnitte da Atemprobleme bekommen und krallst deine schönen langen Fingernägel gerade in die Fensterbank, dass sie nur so splittern. Zu bedeuten hat das aber überhaupt nichts. Korrekt?«

»Äh …«

»Kröte, verkohlen kann ich mich selbst.«

»Ich kenn' den gar nicht.«

»Ach, nee? Und deshalb starrst du ihn an, und er starrt zurück, und ihr beiden hört gar nicht mehr auf mit dem Rumgestarre?«

»Es ist kompliziert.«

Jan lachte kurz auf. »Sag bloß! Das ganze Leben ist kompliziert und deines im Moment ganz besonders. Jetzt erzähl schon. Wer ist das? Woher kennst du ihn? Und wieso sieht der so radikal hetero aus? Könnte er nicht wenigstens ein kleines bisschen schwul sein?« Sein Seufzer war so dramatisch, dass ich trotz meiner Verwirrung lachen musste.

»Vielleicht ist er es ja.«

»Keine Chance. Für so was hab ich einen Blick.« Jan schickte einen zweiten Seufzer hinterher, während mein kuscheliger Retter jetzt endlich den Blick von mir abwandte und mit entschlossenem Schritt auf das Haus zukam. Zumindest wirkte er aus meinem Blickwinkel entschlossen. Ich fühlte mich schwach auf den Beinen und grub meine Nägel noch ein bisschen tiefer ins morsche Holz des Fensterbretts.

»Was will er bloß hier?«, murmelte ich. »Im Zug ist er vor mir weggelaufen, und jetzt …«

Jan riss die Augen auf. »Der war auch im ICE? Gestern? Mit dir zusammen? Das kann kein Zufall sein! Hat Papa ihn als Aufpasser geschickt?«

»Vielen Dank auch«, gab ich beleidigt zurück. »Als ob ich ein Kindermädchen bräuchte.«

Wäre gar keine schlechte Idee gewesen, gab ich jedoch in Gedanken zu.

Jan massierte sich mit zwei Fingern den Nasenrücken. »Was konnte der sonst von dir wollen? Beziehungsweise *nicht* wollen? Erst verfolgt er dich im Zug …«

»Was? Wieso soll er mich verfolgt haben?«

Nur mit Mühe unterdrückte ich das Bedürfnis, mit dem Kopf ein paarmal gegen den Fensterrahmen zu schlagen. Hätte mir auch nicht weitergeholfen.

»Der hat dich bestimmt vor der Toilette abgepasst«,

sagte Jan in belehrendem Tonfall. »Der war schon seit der Abfahrt in München ganz in deiner Nähe. Hundertpro.«

»Kann sein«, sagte ich. »Aber warum bloß? Und wieso ist er danach vor mir abgehauen und hat mich nur mal kurz besucht, als ich geschlafen habe? Das passt nicht zusammen.«

Jan überlegte ziemlich lange, bevor er sagte: »Zivilfahnder. Der ist auf dich angesetzt worden, weil du Opa seine Asche geklaut hast.«

Mein Kopf näherte sich wie von selbst dem Fensterrahmen. Zur Sicherheit trat ich einen Schritt zurück. »Blödsinn. Die Polizei hat Wichtigeres zu tun, als die Asche eines alten Mannes quer durch Deutschland zu verfolgen.« Ich hoffte jedenfalls, dass dem so war.

»Wir werden schon noch herausfinden, was wirklich dahintersteckt.«

Ich lächelte. *Wir.* Es tat mir gut, das zu hören. Ich war nicht so allein mit der Katastrophe.

Jan hatte bereits eine neue Theorie. »Vielleicht hat er dich die ganze Fahrt lang beobachtet, um im passenden Moment Opa seine Asche zu entführen. Eine Rückentführung sozusagen.«

»Sehr witzig.« Allein seine Probleme lösen war eventuell doch besser, als einen Idioten wie meinen Bruder zu ertragen.

Jan grinste. »Und jetzt ist er hier, um Lösegeld von dir zu verlangen.«

»Blöder Knallkopp! Der wusste doch gar nichts von Opa Hermann in der Tupperdose. Bestimmt stand er rein zufällig vor der Toilette und …«

»Kröte, was ist? Kippst du jetzt um?«

»Mist«, sagte ich, ließ die Fensterbank los und sackte zu Boden. »Mist, Mist, Mist!«

Jan hockte sich neben mich. »Hey, alles okay?«

»Scheiße, nein. Meine Amnesie ist weg.«

Jan befühlte meine Stirn. »Fieber hast du nicht.«

»Lass das. Mir geht es gut. Ich will bloß meine Amnesie wiederhaben.«

»Soll ich einen Arzt rufen? Ich glaube, der alte Bostel arbeitet immer noch.«

Siegfried Bostel war seit geschätzten fünfzig Jahren der Hausarzt der Lüttjens, aber ich wusste, er würde mir nicht helfen können. Ich hatte ja nicht die Windpocken. Viel schlimmer. Mein Gedächtnis war wieder da, und ich wusste, woher ich meinen Retter kannte. Und wie ich zu Opas Urne gekommen war. Genauso deutlich wusste ich, warum ich unsere erste Begegnung unbedingt hatte vergessen wollen. Selten hatte ich mich in meinem Leben so lächerlich gemacht.

»Noch ein Schluck Ferrari?«

»Lieber nicht.« Alkohol war jetzt kontraproduktiv. Ich musste mir überlegen, was ich tun sollte, wenn man mich gleich rufen würde.

Es rief aber niemand. Papa, Oma Grete oder Großtante Marie mussten meinen Retter und möglichen Erpresser hereingelassen haben, aber die Minuten verstrichen, ohne dass ein vielstimmiges »Nele, Besuch für dich!« erschallte. Gab es doch noch eine Chance auf Rettung? Schnell rappelte ich mich auf, starrte aus dem Fenster zehn Meter in die Tiefe und lehnte mich weit hinaus.

»Denk nicht mal dran«, sagte Jan und packte mich sicherheitshalber am Blümchennachthemd. »Vor allem nicht in dem Aufzug. Ein blutiger Klumpen im Maiglöckchen-Look ist unästhetisch.«

»Das nenne ich echte Bruderliebe«, knurrte ich und trat zurück.

Jan grinste. »Hat aber geholfen. Außerdem bist du ja nicht mal für den Karl gesprungen.«

Stimmte auch wieder. Es hatte eine Zeit gegeben, da war Papa gegen meine Freundschaft mit Karl gewesen. Damals glaubte ich, er gönnte mir mein Glück nicht, was ja in der Beziehung zwischen Vätern und Töchter recht oft vorkommen soll. Mittlerweile halte ich es für möglich, dass Papa mit prophetischen Fähigkeiten gesegnet war. Er hatte seinerzeit schon gewusst, dass mir Karl eines Tages das Herz aus der Brust reißen und mit seinen grünen Gummistiefeln darauf herumtrampeln würde – oder so ähnlich.

Also bekam ich eine Zeitlang Hausarrest, und Karl verstand nicht, warum ich nicht bereit war, in dunkler Nacht zehn Meter tief in seine Arme zu springen. Auf die Idee, eine Leiter, ein halbes Dutzend Strohballen oder ein paar Freunde mit einem Sprungtuch zu organisieren, war er nicht gekommen, und so musste er auf eine Schmusestunde mit mir verzichten.

Jan hatte gemeint, so blöd könne echt nur ein Bauer sein. Ich knallte ihm eine, obwohl ich seiner Meinung war, und erlaubte ihm dann, mir die Haare zu frisieren. Jans Berufswunsch hatte schon mit fünfzehn festgestanden.

»Was soll ich denn jetzt machen?«, fragte ich kleinlaut.

»Anziehen und stylen natürlich, dann sieht die Welt gleich wieder anders aus. Komm, ich helfe dir.«

War ja klar. Für Jan konnte die Welt untergehen, nur bitte nicht in ungestyltem Zustand.

»Und während ich dir die Haare mache, erzählst du mir, was es mit dem leckeren Typen auf sich hat.«

»Eher springe ich doch noch.«

»Nele«, sagte Jan. Wenn er mich beim Vornamen nannte, meinte er es ernst. »Tu nicht so, als wär's ganz und gar katastrophal. Schlimmer als die Geschichte mit Opas Asche kann die hier auch nicht sein.«

»Schlimmer nicht«, gab ich zurück. »Aber peinlicher.«

»Unmöglich.« Er öffnete meinen Koffer und fischte ein paar Jeans und ein Polohemd heraus, beides von Dolce & Gabbana. Jan pfiff durch die Zähne. »Edel, edel, muss ich zugeben. Ein bisschen spießig vielleicht, aber für Nordergellersen geht es.«

Ich verpasste ihm eine Kopfnuss und riss ihm die Klamotten aus der Hand. Dann huschte ich über den Flur ins Bad, duschte und zog mich an. Als ich zurückkehrte, fühlte ich mich frischer, aber nicht besser. Aus der guten Stube drang kein Laut nach oben. Vielleicht hatte der Besucher inzwischen meine Familie lautlos abgemurkst und würde sich gleich mit einem Schlachtermesser die Treppe heraufschleichen. Ob er heute wohl auch nach Zedern und kanadischem Himmel duftete? Ob er sich genauso gut anfühlte wie gestern im Zug? Ob ich mich nicht doch besser aus dem Fenster stürzen sollte, bevor sich auch der Rest meines Verstandes verabschiedete?

Jan befahl mir, mich aufs Bett zu setzen, und machte sich an meinen noch feuchten Haaren zu schaffen.

»Schieß los«, forderte er mich auf.

Ich presste die Lippen zusammen.

»Wie du willst. Dann verpasse ich dir jetzt einen schicken Kurzhaarschnitt.«

Wo hatte er plötzlich die Friseurschere her?

»Die Wahrheit oder die Locken«, fügte er hinzu.

»Jan, bitte«, flüsterte ich.

Er legte die Schere beiseite und begann, meine Haare mit einer Rundbürste zu bearbeiten. »Alles wird gut.« Das hatte Sissi gestern auch zu mir gesagt. Ich glaubte bloß nicht mehr dran.

»Wird es nicht.«

»Oh doch.« Jan wedelte mit der Bürste vor meinem Gesicht herum. »Und wenn der Mann Böses von dir will, werde ich dich verteidigen. Notfalls unter Einsatz meines kostbaren Lebens.«

Ich schwankte zwischen Lachkrampf und Heulattacke, aber plötzlich fing ich einfach an zu reden. Fast gegen meinen Willen. »Es ist im Krematorium passiert.«

Jan sah ehrlich geschockt aus. »Wie außerordentlich morbid.«

»Nicht was du denkst, du Idiot.«

»Sondern?«

»Ein Kuss, nur ein Kuss. Oder ein paar mehr.«

Ich schloss die Augen und kehrte zurück zu dem Moment, als Sissi mir während der kurzen Zeremonie einen Ellenbogen in die Seite gerammt hatte. »Wer ist das denn?«, hatte sie gefragt. »Dieser große Typ neben den

Klageweibern? Der muss sich verlaufen haben. Oder finden hier gerade Filmaufnahmen statt?«

Ich hatte nicht geantwortet, nur weiter zu Boden geschaut, gefangen in meinen Nebelschwaden. »Opa wollte mich besuchen, und jetzt ist er tot.«

»Ich weiß, Nele, und das tut mir auch echt leid. Aber der da ist verdammt lebendig. Guck doch mal. Kann *ich* den sonst haben?«

Da hatte ich doch den Blick gehoben, und dann war etwas geschehen, das ich bis vor drei Minuten gnädigerweise vergessen hatte. Der Mann war einen Schritt auf mich zugekommen, und ich, die ich eigentlich gerade die Urne in Empfang nehmen sollte, hatte mich in seine Arme geworfen!

»Wie im Film!«, hatte Sissi gerufen.

Aber mir war gar nicht bewusst gewesen, was da passierte. Aus meinem benebelten Zustand heraus hatte ich einen wildfremden Kerl abgeküsst und war von ihm voller Leidenschaft wiedergeküsst worden. Es hatte sich angefühlt, wie … wie …

»Na, wie denn?«, fragte Jan ungeduldig. »Wie die Erfüllung all deiner geheimen Träume? Wie ein Flug zum Mond? Wie ein Shopping-Wochenende in New York mit unbegrenztem Budget?«

»So ungefähr«, flüsterte ich und fühlte, dass ich allein bei der Erinnerung flammend rot wurde. Kurz richtete ich meine Aufmerksamkeit auf Karl und die vielen tausend Küsse, die wir getauscht hatten. Keiner hatte sich so angefühlt. Andererseits war ich während meiner Zeit mit Karl auch nie vorübergehend traumatisiert gewesen, abgesehen natürlich von dem blöden Heideblütenfest. Aber da hatte er sowieso die dralle Blondine mit der Krone aus Heidekraut auf dem Kopf geküsst. Nicht mehr mich. Nie mehr mich.

Stopp! Konnte mal bitte jemand den Schleudergang in meinem Herzen anhalten?

»Wahnsinn!« Jan sank neben mir aufs Bett. »Meine große Schwester knutscht einen wildfremden Kerl ab, während unser Opa zu Asche zerfällt, und dann schmeckt der auch noch lecker.«

»Jan, bitte«, sagte ich.

Mein Bruder bemühte sich um ein zerknirschtes Gesicht. Ohne nennenswerten Erfolg. »Und wie ist es weitergegangen?«

»Ich … weiß nicht mehr genau. Irgendwann war ich wieder draußen auf dem Friedhof, hielt Opas Urne in den Armen und rannte weg. «

»Interessant«, bemerkte Jan im Tonfall eines Psychiaters. »Und du konntest dich da schon nicht mehr an die Knutschorgie erinnern?«

»Es war keine Orgie!«

Jan überging meinen Einwand. »Was hat denn Sissi dazu gesagt?«

Ich winkte ab. »Die musste mich erst mal einholen, und dann … Sissi! Verdammt! Die bringe ich um!«

»So viele Tote«, murmelte Jan. »Erst Opa, dann beinahe du, jetzt Sissi. Meine armen Nerven.«

Ich hörte nicht hin, schnappte mir mein Blackberry und rief meine Freundin an. Die konnte was erleben!

7.
Ich hasse Geheimnisse!

»Spätdienst «, murmelte Sissi statt einer Begrüßung. »Ich schlafe noch, Leute. Ruft mich in einer Stunde wieder an. Dann bin ich vernehmungsfähig.«

Kein Grund, Rücksicht zu nehmen, fand ich. »Du hast es gewusst!«

Jetzt war sie einigermaßen wach. »Nele? Brennt die Heide?«

Blöder Spruch. Brachte mich nur noch mehr auf. »Du hast gewusst, wer der Typ war, von dem ich dir gestern erzählt habe!«

»Der gut duftende mit den kuscheligen Augen«, ergänzte Sissi unnötigerweise. »Der so eine schöne breite Brust und eine warme, tiefe Stimme hat.«

Ich war froh, dass Jan nicht hören konnte, was Sissi sagte.

»Ja.«

Sissi stieß ein kleines Lachen aus, das in ein Gähnen überging. »So wie du ihn beschrieben hast, war's nicht schwer zu erraten.«

Ich musste mich zwingen, nicht zu schreien. »Aber warum hast du es mir nicht gleich gesagt? Du hast für mich sogar diesen Blödsinn recherchiert, anstatt mir gleich alles zu erklären.«

Sissi ließ lange auf eine Antwort warten. Als ich schon dachte, sie sei wieder eingeschlafen, meinte sie: »Du warst ganz schön durch den Wind, Nele. Ich habe mir Sorgen gemacht. Das mit deinem Opa kam ja sehr plötzlich. Und dann bist du auch noch mit seiner Urne geflüchtet. Ich dachte einfach, es wäre vielleicht ganz gut, wenn du für eine Weile diese peinliche Knutschorgie im Krematorium ausblendest.«

»Es war keine Orgie«, erwiderte ich automatisch.

Jan neben mir horchte auf. Wenn eine Augenzeugin dasselbe Wort gebrauchte wie er, dann musste es bei mir und dem Fremden richtig heftig zur Sache gegangen sein, dachte er sich bestimmt.

»Ihr spinnt ja alle beide«, knurrte ich.

»Nele!«, rief Sissi aufgeregt. Auf einmal schien sie hellwach zu sein. »Ist er bei dir? Dein Retter mit den kuscheligen Augen? Habt ihr euch gefunden? Wann ist Verlobung? Bin ich zur Hochzeit eingeladen? Ich bin schon so gut wie unterwegs!« Sie schrie laut genug, so dass auch Jan sie hören konnte.

Er nahm mir mein Blackberry aus der Hand. »Hallo, liebste Sissi. Hier ist bloß der missratene kleine Bruder. Wie geht's dir so? Was macht die Liebe? Wann kommst du mal wieder nach Hamburg?«

Seit ich Sissi und Jan miteinander bekannt gemacht hatte, liebten sie sich wie zwei ideale Geschwister.

»Armer Schatz«, sagte Jan. »Die Männer sind alle Verbrecher.«

Aha. Sissi hatte ihm gerade von ihrem amerikanischen Geschäftsmann erzählt, der ihr letzten Monat was von großer Liebe erzählt hatte, bevor er zu Frau und Kind nach Chicago zurückgekehrt war. Das unbedeutende Detail mit der Familie hatte Sissi herausgefunden, als sie nach drei Wochen Funkstille einfach mal bei ihm zu Hause angerufen hatte. Inzwischen war sie darüber hinweg, und ich hörte, wie sie ein fröhliches Lachen ausstieß.

Mein Zorn auf sie verflog, und ich freute mich, dass sie den schlimmsten Liebeskummer überstanden hatte.

Jan machte es sich auf meinem Bett gemütlich und griff nach einem halbvollen Prosecco-Glas.

Das konnte jetzt länger dauern.

Ich stand auf, überließ die zwei ihrem Klönschnack, der sich bestimmt auch um mich drehen würde, sobald ich mein Zimmer verlassen hatte, und überlegte, was ich jetzt tun sollte.

Mich aus dem Haus zu schleichen und mich im Stall bei Ernie und Bert zu verstecken, bis der Mann wieder abgefahren war, schien mir die beste Lösung zu sein.

Auf Zehenspitzen huschte ich die Treppe hinunter und vermied die vorletzte knarrende Stufe.

Ich war schon fast durch die Diele, als ich Papas Stimme vernahm. Er sprach ungewöhnlich leise; deshalb hatte ich oben auch nichts gehört.

»Ich kapier' nicht, warum Sie hier so geheimnisvoll tun müssen. Ist doch keine große Sache. Sagen Sie mir einfach, was Sie wissen, und dann ist gut.«

Die warme Männerstimme, die mir schon richtig vertraut vorkam, antwortete: »Herr Lüttjens, Sie haben mich gebeten herzukommen, und ich bin hier. Sie müssen jedoch verstehen, dass ich Ihnen keine Auskunft in der Angelegenheit geben kann.«

Auskunft? Angelegenheit? Was ging denn hier ab? Nach Polizei klang das jedenfalls nicht. Die wäre von selbst gekommen, um mich zu verhören, und nicht auf Papas Bitte hin. Ich näherte mich leise der Tür zur Stube und lugte durch das Schlüsselloch. Von Papa sah ich das rechte Bein und ein Stück seiner Lederweste. Vom Besucher ein verflixt knackiges Körperteil.

Soweit ich es erkennen konnte, waren beide Männer der Urne auf dem Büffet zugewandt. Ich schluckte. Und wenn ich jetzt doch gleich dran sein sollte? Plötzlich stellte ich mir vor, wie ich in Handschellen abgeführt würde. Ob Karl wohl herbeigelaufen käme, um mich zu retten?

Ich beschloss, nicht verrückt zu werden, und überlegte weiter. Es mochte um Opa Hermann gehen, aber nicht zwangsläufig um mich. Der Mann war höchstwahrscheinlich nicht zufällig im selben ICE wie Opa und ich gewesen, selbst wenn er nicht von der Polizei war. Und er musste einen guten Grund gehabt haben, sich nach unserem Zusammentreffen vor der Toilettentür von mir fernzuhalten. Abgesehen von dem Kurzbesuch, während ich schlief, natürlich.

Aber wie hing das alles zusammen? Eine Weile wartete ich darauf, dass ein paar Rädchen in meinem Kopf ineinandergreifen und mir die Lösung des Rätsels präsentieren würden.

Nichts dergleichen geschah. Mir fehlten einfach zu viele Informationen.

»Ich hasse Geheimniskrämerei«, sagte Papa jetzt deutlich verärgert.

Ich auch, dachte ich.

»Bedauere.«

Offenbar drehte sich das Gespräch schon seit einiger Zeit im Kreis.

»Was soll ich meiner Tochter sagen?« Papas Stimme war um einige Oktaven gestiegen.

Ich fuhr zusammen. Es ging also doch um mich! War ich bereits aufgeflogen? Wusste Papa längst, dass ich Opa erst geklaut und dann vergessen hatte? Aber was fand er daran geheimnisvoll? Shit! Irgendwie stimmte hier überhaupt nichts.

»Bestellen Sie ihr bitte, dass ich sie heute um fünfzehn Uhr in Lüneburg erwarte.«

Wie bitte? Das wurde ja immer geheimnisvoller. Mein Retter mit den kuscheligen Augen wollte mich sehen? Wieso das denn auf einmal? Warum lief er nicht mehr vor mir weg?

Hilfe!

Ich wagte einen zweiten Blick durchs Schlüsselloch. Vielleicht stand ja irgendwo in der Bauernstube ein Teleprompter rum, der das Geheimnis in Großbuchstaben lüften würde.

Diesmal erhaschte ich nur einen Blick auf meinen Retter; Papa war offensichtlich ein Stück zur Seite getreten.

Ein schöner Anblick.

Kurzzeitig war ich etwas abgelenkt und hörte zu spät, wie der Besucher sagte: »Ich bin nur gekommen, um Ihnen mein Beileid auszusprechen, Herr Lüttjens. In der kommenden Woche werden wir gewiss alle strittigen Fragen klären. Und nun entschuldigen Sie mich bitte, ich habe noch einen Termin.«

Zwei Schritte schaffte ich rückwärts, bevor die Tür mit Schwung aufgerissen wurde.

Dann stand er vor mir, sehr, sehr nah, und duftete, wie er duften musste.

Eine Sekunde lang fürchtete ich wirklich, ich würde wieder über ihn herfallen, so wie bei Opas Einäscherung. Knutschorgie, die zweite.

Konnte mich gerade noch beherrschen.

Er starrte mich an und schien ebenfalls mit sich zu kämpfen. Seine Armmuskeln unter dem Hemd zuckten jedenfalls verdächtig, und in seinen Augen blitzte kurz ein helles Funkeln auf.

»Moin«, murmelte ich hilflos.

»Sehr erfreut, Liebling.«

Liebling? Alles klar.

Mein Zeigefinger an der Stirn erklärte ihm, was ich von ihm hielt.

Dann drehte ich mich um und verließ im Laufschritt das Haus.

Der Fluchtweg zu Ernie und Bert war von Oma Grete versperrt, die mir heftig zuwinkte und rief: »Nele, komm mal schnell rüber, und erklär deiner strohdummen Großtante, dass sie nicht mit zum Steinmetz fahren darf. So weit kommt das noch. Den Grabstein für meinen geliebten Hermann suche ich allein aus.«

Ich stoppte meinen Lauf, ganz froh über die Ablenkung. »Wo ist sie denn?«

Oma Grete stieß ein abfälliges Schnauben aus. »Drinnen bei den Ponys und heult denen was in die Mähnen. Wie kindisch!«

Hm, ich konnte Großtante Marie verstehen. Rasch verdrückte ich mich ins Innere.

Im Stall empfing mich der Duft nach Heu und warmen Ponyleibern.

Tröstlich. Ich dachte daran, wie oft ich früher hier Zuflucht gesucht hatte. Fast jeder Kummer war kleiner geworden, wenn ich mich hinter ein paar Strohballen verkrochen hatte.

Die letzten beiden Pferde waren verkauft worden, nachdem erst ich und dann Jan den Hof verlassen hatte. Für die Gäste genügten die Ponys – Opa Hermann war längst zu alt zum Reiten, und weder Mama noch Papa hatten je besondere Ambitionen in diese Richtung gezeigt. Manchmal brachte ein Feriengast sein eigenes Pferd mit. Deshalb war dieser Stall geblieben, wie ich ihn seit meiner Kindheit kannte.

Als ich die große Box betrat, die Ernie und Bert gemeinsam bewohnten, brauchte ich eine Weile, um die schmale Gestalt im Halbdunkeln zu entdecken. Großtante Marie lehnte an der Futterkrippe und wischte sich schnell über die Augen, als ich näher kam.

»Schwarzer Carrara-Marmor«, flüsterte sie mit Entsetzen in der Stimme. »Grete will einen Grabstein aus schwarzem Carrara-Marmor. Mit goldener Inschrift! Und riesig. Viel zu groß für ein Urnengrab. Wie findest du das?«

»Grauenvoll«, gab ich zurück, und das war wirklich

meine Meinung. »Opa Hermann hätte ein schlichter Findling gefallen.«

»Nicht wahr? Bescheiden, wie er war. Er mochte keinen Schnickschnack. Aber auf mich hört sie nicht. Vielleicht könntest du …«

Bei aller Liebe wurde mir jetzt auch Großtante Marie zu viel. Ich hörte, wie draußen ein Wagen vom Hof fuhr, drückte Marie einmal kurz und murmelte: »Keine Sorge, wir bringen sie noch irgendwie davon ab.«

»Glaubst du?«

»Ganz sicher. Aber jetzt muss ich los.«

»Wohin denn?«

Das wusste ich selbst nicht so genau. Dann fiel mir der Baggersee ein. Nicht zum Ertrinken, sondern zum Nachdenken. Gute Idee. Ich sah mich schnell im Stall um, entdeckte ein altes Herrenfahrrad und schwang mich in den Sattel.

»Willst du mich umbringen?«, rief Oma Grete, als ich an ihr vorbeisauste.

»Noch 'ne Tote«, steuerte Jan bei, der gerade aus dem Haus trat. Er hielt mein Blackberry hoch. »Sissi wollte noch mal mit dir reden.«

»Später.«

»Was ist hier los?«, verlangte Papa zu wissen und stellte sich neben Jan.

»Ich muss mal kurz weg!«, rief ich überflüssigerweise. Da war ich schon am Tor.

»Und was ist mit Hertha?«, fragte Jan.

Hatte ich vorübergehend vergessen.

Ich bremste ab und warf meinem Bruder einen bittenden Blick zu. »Kannst du schon mal mit der Suche anfangen? Ich bin spätestens in einer Stunde wieder da. Versprochen.«

Jan nickte, während Oma Grete die Fäuste in die Hüften stemmte und sich mit lauter Stimme erkundigte: »Hertha? Wer soll das sein? Etwa noch ein Liebchen von meinem Hermann? Wollte die vielleicht mit ihm durchbrennen? Ha! Dafür ist es nun zu spät.«

»Wie man's nimmt«, murmelte ich und speicherte diese neuen Informationen in einer Ecke meines Gehirns ab, die noch nicht überquoll. Waren nicht mehr viele übrig. Opa Hermann ein Frauenheld? Nee, ne?

Irgendwann würde ich darüber auch mal nachdenken. Nur bitte nicht jetzt.

Ich stieg wieder in die Pedale und fuhr weiter.

»Nele!« Ein kurzer Blick über die Schulter, und ich sah Papa winken. »Bleib nicht so lange weg. Du hast um drei einen Termin in Lüneburg bei Opas Anwalt.«

Anwalt? Rechtsanwalt? Jurist?

Liebling?

Nichts wie weg!

8.

Mal hü, mal hott

Ich war wieder siebzehn, verliebt bis zum Anschlag und ziemlich hin- und hergerissen zwischen meinen Gefühlen für Karl und dem dringenden Wunsch, Nordergellersen und meiner Familie den Rücken zu kehren. Keine einfache Sache, zumal mir bewusst war, dass Karl niemals seine Heimat verlassen würde.

Er war ein junger Mann mit Wurzeln in der Erde, während ich mich wie ein Blatt im Wind fühlte.

Mit siebzehn durfte man auch pathetisch sein.

So gab es schon damals oft Stress zwischen Karl und mir. Ich wollte gehen, er wollte nicht mit. Ich malte ihm die große, weite Welt in den schönsten Farben aus, er schüttelte stur den Kopf und behauptete, zu Hause sei es am schönsten. Außerdem sollte er den Hof übernehmen; er war das einzige Kind der Küppers.

Die eine oder andere Reise, ja, die würde er schon mitmachen. Tat er dann auch. Nach Südfrankreich zum Beispiel. Er war jedoch jedes Mal heilfroh, wenn wir uns wieder der Heimat näherten. Ich sah ihn noch vor mir, wie er als Erstes in den Stall lief, um nach den vierzig Schwarzbunten zu schauen, wie er Haus und Hof wieder in Besitz nahm und dann erst einen langen Seufzer ausstieß. Wahrscheinlich fühlte er sich in solchen Momenten dem heimkehrenden Odysseus sehr verbunden, obwohl ... Karl war nicht sonderlich belesen.

Die Erinnerungen stürzten auf mich ein, als ich nun den Baggersee erreichte. Er sah noch genauso aus wie damals. Versteckt in einem Waldstück, tief, dunkel, mit steil abfallenden, sandigen Klippen, von denen wir früher ins Wasser gerutscht waren.

Hier hatte unsere Clique am liebsten die heißen Ferientage verbracht. Tagsüber lagen wir in der Sonne oder schwammen ein paar Runden, abends grillten wir am Feuer die billigsten Würstchen. Zur Erntezeit kamen ausgebuddelte Kartoffeln dazu. Getrunken wurde Bier aus der Dose oder Rotwein aus dem Tetrapack. Jägermeister war auch beliebt, doch leider sehr teuer.

Begriffe wie Komasaufen oder Flatrate-Trinken kannten wir damals noch nicht. Brauchte auch keiner. Auf Schützenfesten oder Feuerwehrbällen lagen die Leute auch so gern mal unter dem Tisch.

Unsere Clique muss ich aber in Schutz nehmen. Keiner von uns war ein großer Trinker gewesen. Nur manchmal, bei besonderen Anlässen, wurde richtig zugeschlagen.

Aus Kindern wurden am Baggersee schließlich Jugendliche, die ihre ersten Flirtversuche wagten und sich zum Knutschen ins Kiefernwäldchen zurückzogen. Die Welt drehte sich um uns, ganz klar, und wir brauchten keine iPods oder MP3-Player zu unserem Glück. Ein alter Kassettenrekorder oder ein tragbarer CD-Player schenkten uns den Sound, den wir gerade brauchten.

Ohne Handys und Facebook kamen wir auch prima aus.

Die ganz coolen Typen in der Clique besaßen zwar schon ein Mobiltelefon, aber die meisten von uns konnten sich so etwas nicht leisten. War nicht so wichtig. Wir mussten uns nicht alle drei Minuten elektronisch mitteilen, wo im Gesicht ein neuer Pickel aufgetaucht war, warum der neue Mathelehrer doch ganz nett sein konnte (die Zwei in der letzten Arbeit war nicht wirklich verdient gewesen), oder wer von den Mädchen den neuen coolen Jungen an unserer Schule schon geküsst hatte. Hatte sowieso keine geschafft.

Wenn wir uns verabreden wollten, benutzten wir das gute alte Telefon mit meinem Lieblingsklingelton oder riefen einmal quer über die Dorfstraße. Meistens waren große Absprachen sowieso nicht nötig. Wer gerade Lust hatte, tauchte am Baggersee auf. Irgendeiner aus der Clique war immer da.

Auch jetzt.

Karl.

Ich kippte vom Rad und fiel zum Glück auf weichen Sandboden.

»Nele!« Er kam auf mich zugelaufen. »Hast du dir wehgetan?«

»Nee.« Mehr bekam ich nicht raus, weil Karl mich jetzt hochzog und noch ein Weilchen festhielt. Dabei lachte er laut heraus.

»Was ist so lustig?«, fragte ich verwirrt.

Er schob mich ein Stück von sich weg und sah mich an. Seine hellen Augen blitzten. »Ist echt nicht nötig, dass du jedes Mal vor mir zu Boden gehst.«

Ich dachte an unser Wiedersehen am Tag zuvor, als ich

mich in heller Panik hinter Papas Auto vor ihm versteckt hatte, und grinste. »Solange *du* nicht vor mir niederkniest, ist alles paletti.«

Es muss der Baggersee mit all seinen Erinnerungen gewesen sein, der uralte Ausdrücke wie *paletti* aus meinem Mund rutschen ließ. Hatte ich seit mindestens dreizehneinhalb Jahren nicht mehr gesagt.

Blöde Erinnerungen! Hier hatte Karl nämlich wirklich mal vor mir gekniet. Damals war ich achtzehn, er zwanzig gewesen. Er hatte mir einen Heiratsantrag gemacht! Total romantisch. Fehlten nur eine Riesentorte, Herzluftballons und massenhaft Wunderkerzen.

»Ist ja ätzend!«, hatte Jan ausgerufen. *Ätzend.* Auch so ein Wort von damals.

Die anderen hatten entweder albern gekichert, die Augen verdreht oder schnell noch einen Jägermeister auf den Schreck gekippt – ein paar hatten alles auf einmal gemacht.

Der Jägermeister war sowieso schuld an allem gewesen. Bolle, der Sohn des Edeka-Filialleiters Kieling, hatte zwei Literflaschen mitgebracht, aus dem Lager stibitzt. Den Stress, den er mit seinem Vater deswegen kriegen würde, hatte er in Kauf genommen. Bolle hatte an gebrochenem Herzen gelitten und war nicht gewillt gewesen, sein Elend nüchtern zu ertragen.

Aus Freundschaft hatten wir ausnahmsweise alle mitgezecht. Wir kippten fleißig Kräuterlikör. Karl auch. Ziemlich viel sogar. Und weil die große Liebe das Thema des Abends gewesen war, hatte er sich plötzlich in seinen benebelten Kopf gesetzt, mich heiraten zu wollen. Und zwar auf der Stelle.

»Es ist gerade kein Pastor da«, hatte ich erwidert, auch nicht mehr hundertprozentig nüchtern. »Und eine wilde Ehe will ich nicht.«

»Dann flüchten wir nach Gretna Green.«

»So'n Quatsch! Wir sind beide volljährig.«

»Wäre aber romantisch.« Tatsächlich sagte er: roooo-aaaaammmisch. Das letzte Likörchen musste schlecht gewesen sein.

Ich war trotzdem gerührt.

»Also heiratest du mich?«

Plötzlich war es sehr still um uns herum geworden. Nur das Lagerfeuer hatte leise und verlockend vor sich hin geknistert.

»Ja.«

Warum auch nicht? Ich liebte ihn so sehr, ich wäre ihm bis ans Ende der Welt gefolgt. Wenn er nur bei mir war, für immer bei mir war! Und ich war plötzlich auch bereit gewesen, an diesem Ende der Welt zu verharren. Was definitiv das größere Opfer für mich bedeutete.

»Geil, Mann!«, hatte jemand gerufen. »Darauf einen Jägermeister.«

Die Stimmung war da natürlich im Eimer gewesen, aber das hatte mir nichts ausgemacht. Mein erster Heiratsantrag.

Vor Zeugen!

Wahnsinn!

War dann bloß nichts draus geworden, aus bekannten Gründen.

Ich merkte, dass Karl mich prüfend musterte, und schlug die Augen nieder. Der sollte bloß nicht auf die Idee kommen, darin irgendwas zu lesen. Sehnsucht etwa, oder sogar Reue.

Reue? Ich? Was sollte ich bitteschön bereuen? Dass ich nicht um ihn gekämpft hatte – im Boxring gegen die blonde Heideblütenkönigin? Dass ein winziger Teil von mir gar nicht so unglücklich über seinen Verrat gewesen war? Ja, ich war betrogen und verlassen worden, aber ich war auch – frei! Es hatte keinen Grund mehr für mich gegeben, noch länger in Nordergellersen zu bleiben. Ich war ohne schlechtes Gewissen eine Woche später abgereist.

Merkwürdig. Dieser Gedanke war mir in all den Jahren nie gekommen. Erst jetzt. Und hier.

»Gut siehst du aus«, sagte Karl.

Ich zuckte zusammen. Musste mich erst mal aus meinen Grübeleien befreien.

»Danke.« Instinktiv fuhr ich mir durchs Haar.

Karl grinste. Nein, eigentlich war es ein Lächeln. Ein nettes Lächeln, ein liebevolles Lächeln.

Oh Gott!

Mein Herz pumpte mit doppelter Geschwindigkeit.

»Was machst du denn hier?«, fragte ich. Meine Stimme klang einigermaßen normal.

Karls Lächeln wurde jetzt so warm wie ein Sommersonnenstrahl. Er ging ein paar Meter zu einem umgestürzten Baumstamm, der uns schon früher als Sitzgelegenheit gedient hatte, hockte sich hin und klopfte auf den freien Platz neben sich. »Komm, setz dich einen Moment zu mir, oder hast du es eilig?«

Ich schüttelte den Kopf. »Ein bisschen Zeit habe ich schon.« Wenn ich eine Weile wegblieb, geschah auf dem

Hof vielleicht ein Wunder. Jan konnte zum Beispiel einen Glückstreffer landen und die richtige Hertha Kowalski finden. Wenn ich dann nachher zurückkam, würde mir Papa mitteilen, Jan habe noch mal schnell nach Hamburg fahren müssen, um etwas für Opas Beerdigung zu holen. Er habe nicht verraten wollen, was es sei, aber ich wüsste schon Bescheid und … – Träum weiter, Nele!

Mit einem Ächzen ließ ich mich auf den Baumstamm sinken, wobei ich einen gewissen Sicherheitsabstand zu Karl einhielt. Möglicherweise war ja mein Hormonhaushalt seit ein paar Tagen traumatisiert, und ich reagierte deshalb so heftig auf gut aussehende Männer, egal ob nahezu unbekannt oder verflossen.

Eine Weile geschah gar nichts. Wir saßen nur da und schwiegen, während die Minuten verrannen. Ich wartete immer noch auf eine Antwort von Karl. Was machte er ausgerechnet heute am Baggersee? Was hatte ihn dazu gebracht, seine Kühe mitten an einem Arbeitsvormittag zu verlassen? Mit einem raschen Seitenblick stellte ich fest, dass er schwer mit sich zu kämpfen hatte. Die großen, kräftigen Hände waren fest ineinander verschränkt, der Unterkiefer führte winzige mahlende Bewegungen aus. Schließlich sah er mich an. »Ich habe gehofft, dich zu treffen. Deswegen bin ich hier.«

»Oh.«

»Und du? Weshalb bist du hergekommen?«

»Zum Nachdenken«, erwiderte ich wahrheitsgemäß. »Über das ganze Kuddelmuddel in meiner Familie.« Einzelheiten sparte ich lieber aus. Karl musste nun wirklich nichts von Opas verschwundener Asche wissen. Auch nichts von Mamas Fluchten, von Gretes und Maries Zoff und schon gar nichts von einem gewissen Anwalt namens Liebling, der nach Zedern duftete. Und kanadischem Himmel.

Mal davon abgesehen, dass Karl als Nachbar vermutlich über meine Familie besser informiert war als ich selbst.

»Schade.«

Er schien es tatsächlich zu bedauern, dass ich nicht auch auf ein Treffen gehofft hatte.

»Hey, was soll das? Wir sind seit dreizehneinhalb Jahren getrennt, weil du … weil du es eben so wolltest.«

Vor Empörung stampfte ich mit dem Fuß auf, was auf dem weichen Boden jedoch keine große Wirkung hatte. *Ich* war hier die Verlassene! *Ich* allein hatte das Recht, um meine große Liebe zu weinen. *Ich* war das Opfer. So!

Karl sagte lange gar nichts, schaute nur auf den Baggersee hinaus. Keine Ahnung, wie viel Zeit dabei verstrich.

»Es war nicht immer leicht, mit dir zusammen zu sein«, murmelte er, als ich schon dachte, wir würden uns hier so lange anschweigen, bis es für mich Zeit wurde, nach Lüneburg zu fahren. Sollte er bloß nicht denken, ich würde zuerst wieder was sagen.

Ich war eine Lüttjens! Ich konnte jetzt auch andere Leute ohne Ende anschweigen.

Hm, Karl hätte auch besser noch geschwiegen, als so einen Schrott von sich zu geben.

»Geht's noch?«, fragte ich. »Hast du eine Ahnung, wie nervig es war, mein Leben mit einer niedersächsischen Eiche zu planen? Sturmfest und erdverwachsen! Ha! Du wolltest dich keinen Zentimeter von deinen geliebten Kühen wegrühren. Eine deiner Süßen hätte glatt Euterentzündung kriegen können, wenn du mal drei Minuten nicht da gewesen wärst. Woanders leben? Kam für dich nie in Frage. Mit mir mal verreisen? Klar, zweimal an die Ostsee und einmal nach Avignon. Und wie es dir gefallen hat! Im Vergleich zu dir war Jesus auf dem Kreuzweg richtig gut drauf.«

Ich brach ab und schämte mich ein bisschen.

Das war jetzt unter meinem Niveau gewesen.

Da durfte ich mich auf einen heftigen Gegenschlag gefasst machen. Karl konnte mir vorwerfen, dass es für jemanden wie ihn ein Alptraum war, eine Frau zu lieben, die immer nur wegwollte. So weit weg von Nordergellersen wie möglich. Er konnte mich daran erinnern, wie oft ich ihn mit meinen Reise- und Zukunftsplänen in den Wahnsinn getrieben hatte.

Tat er aber nicht. Er sagte nur leise: »Schätze, ich habe immer gewusst, dass du eines Tages fortgehen würdest. Und ich konnte nicht mit. Ich war der falsche Mann für dich.«

Ich musste schlucken. War ich nach Nordergellersen gekommen, um über mein Leben nachzugrübeln? Nein. Wollte ich mir irgendwas eingestehen müssen? Zum Beispiel, dass Karl aus Notwehr die Heideblütenkönigin angebaggert hatte? Nein, nein, nein! Ich kam bloß grad nicht drumherum.

»Kannst du dich noch an den Abend auf dem Heideblütenfest erinnern?«

»Logo«, knurrte ich. (*Logo*! Die Neunziger ließen grüßen.) Schon stand sie mir wieder vor Augen, die dralle Blondine, die auf einmal an Karls Hals hing, dort, wo eigentlich ich hingehört hatte.

Karl unterbrach meine eingefahrenen Gedankengänge. »Du hast mir erzählt, dass du einen Platz in der Münchener Hotelfachschule bekommen hast. Und du warst sehr glücklich darüber.«

»Aber ich hab dir auch gleich gesagt, dass ich genauso gut nach Hamburg gehen konnte, da gibt es auch eine gute Schule. Und so oder so wollte ich jedes Wochenende herkommen.«

Karl löste seinen Blick vom See und schaute mich an. »Dein größter Wunsch war es, nach München zu gehen. Du warst unglücklich hier, du hast es in deiner Familie nicht mehr ausgehalten. Weißt du es nicht mehr? Du hast immer gesagt, dass dein Leben erst an dem Tag richtig anfangen würde, an dem du ein paar hundert Kilometer zwischen dich und die Lüttjens legen konntest.«

»Hab ich das?«, murmelte ich.

»Oft genug. Der Einzige, der dich hier noch gehalten hat, war ich.«

»Karl, bitte! Sag jetzt nicht, du hast dich über die Blondine hergemacht, um dich aufzuopfern. So nach dem Motto: Ich sterbe bei einer schnellen Nummer den Märtyrertod, damit du frei bist.«

Er lachte, und das gefiel mir besser als der ernste Blick von eben. »Quatsch. Birthe war echt ein heißer Feger, und ich hatte verdammt viel getrunken nach deiner Ankündigung mit der Schule. Sekt, Jägermeister, Bier. Alles durcheinander. Habe ich nicht besonders gut vertragen.«

Heißer Feger. Ah ja. Ich wartete auf die alte Wut, doch sie kam nicht. An ihre Stelle trat eine seltsame Müdigkeit. Ich lehnte mich leicht an Karl, fuhr aber gleich wieder zurück. Es fühlte sich vertraut an, und das war gefährlich. »Wie ist es denn gelaufen mit der blonden Birthe?«, erkundigte ich mich schnell.

»Wir haben geheiratet.«

»Oh.« Das hatte ich jetzt nicht erwartet, und da war er auf einmal wieder, der Kummer tief im Herzen. Gepaart mit der Wut. Ich war fast ein wenig erleichtert. In meiner gewohnten Gefühlswelt war ich sicher. Mit einem kurzen Seitenblick bemerkte ich Karls gerunzelte Stirn und die herabgezogenen Mundwinkel.

»Hat nicht lange gehalten«, sagte er.

Ich beschloss, wenigstens für die nächsten fünf Minuten mal gar nichts zu fühlen. Mit etwas Glück würde ich den Baggersee nachher ohne bleibende emotionale Schäden verlassen.

»Nur acht Jahre«, fügte Karl hinzu.

Nur? Acht Jahre Ehe waren eine ganze Menge an Jahren, fand ich, selbst wenn man bedachte, dass Heidjer etwas andere Zeitbegriffe hatten als die übrigen Einwohner Deutschlands. In München zum Beispiel galt ein Paar, das länger als zwei Jahre verheiratet war, schon fast als Sensation. Zumindest in meinem Freundeskreis. Alle, die darüber lagen, wurden schon schief angesehen.

Acht Jahre! Nicht zu fassen …

Nele!, ermahnte ich mich. Keine Gefühle. Cool bleiben.

»Habt ihr Kinder?«, fragte ich vorsichtig. Ich war auf mindestens ein halbes Dutzend blonde Jungs und dralle Mädchen gefasst.

Karl schüttelte den Kopf. »Birthe kann keine bekommen.« Nun schlich sich tiefe Traurigkeit in seine Züge.

»Es tut mir leid«, murmelte ich. Karl hatte sich immer eine große Familie gewünscht. Ich auch. Damals mit ihm. Lauter kleine Lüttjens-Küppers, die …

Stopp!

Er hatte sich schon wieder in der Gewalt. »War schon Pech. Aber was nicht ist, kann ja noch werden.« Jetzt blitzten seine Augen wieder.

Ich verstand. Mit der Zeugung der neuen glücklichen Großfamilie konnte gleich hier am Baggersee begonnen werden.

Hilfe! Da hatte ich nun jahrelang davon geträumt, Karl würde reumütig zu mir zurückkehren, und nun, da mein Traum in Erfüllung gehen sollte, war's mir auch nicht recht. Mal hü, mal hott. Was wollte ich eigentlich?

Keine Ahnung.

Etwas Zeit vielleicht.

Gute Idee.

»Ich muss los«, sagte ich und sprang auf.

Karl kam auch mit einem Satz hoch und stand sehr dicht vor mir. Einladend, verführerisch, nach Heide und Lagerfeld Classic duftend.

Ich hob das Fahrrad auf und hielt mich daran fest. »Ciao, bis die Tage.«

Er nickte. »Bleibst du bis zur Beerdigung?«

»Ja, klar.« Die Beerdigung einer leeren Urne. Jetzt hatte ich es wirklich eilig, heimzukommen. Herzensdinge mussten warten.

»Dann haben wir ja noch Zeit.«

Wofür?, wollte ich fragen, ließ es aber lieber.

Zu heiß, das Thema.

9.
Die Zeit macht nur vor dem Teufel halt

Als ich durchs Dorf zurückradelte, schlug die Glocke am Kirchturm von St. Johannis zwölf Uhr.

Seltsam. Wo war der Vormittag abgeblieben? Konnte es sein, dass die Stunden sich zusammenzogen, wenn so viel auf einmal passierte?

Früher hatte die Zeit in Nordergellersen nie vergehen wollen. Jetzt raste sie nur so vor mir her, lief mir davon, machte sich lustig über mich.

Panik stieg in mir auf. Ich trat kräftiger in die Pedale, erreichte kurz darauf in voller Fahrt den Hof und konnte gerade noch abbremsen, bevor ich in der Hollywoodschaukel gelandet wäre.

Papa kam aus dem Stall, eine Plastikschüssel mit Kraftfutter für Ernie und Bert in der Hand.

»Is' der Deibel hinter dir her? Und wo ist eigentlich deine Mutter?«

Was hatte das eine mit dem anderen zu tun?, fragte ich mich, während ich nach Luft schnappte. Ich war nicht mehr besonders gut in Form. Zu viel Arbeit, zu viele Partys in den letzten Jahren.

»Weiß ich doch nicht«, gab ich kurzatmig zurück. Das galt für beide Fragen. Die Sache mit dem Teufel konnte ich nicht ganz ausschließen. Gut möglich, dass der mitgekriegt hatte, was gestern im ICE mit Opas Asche passiert war. Nun rechnete er sich seine Chancen aus. Eine Frau, die so schusselig war wie ich, ließ womöglich irgendwo auch ihre Seele liegen, die er sich dann krallen konnte. War gar nicht so dumm, der Teufel. Ein winziges Stück Seele hatte ich vorhin am Baggersee zurückgelassen. In Karls Augen, um genau zu sein.

Oh Gott! Hilf mir! Ich schwöre, dass ich künftig jeden Sonntagmorgen in die Kirche gehen und immer ein braves Mädchen sein werde.

»Nele! Nun krieg dich mal wieder ein!«

Ich merkte, dass ich mit gefalteten Händen und verdrehten Augen in den Himmel starrte. Schnell senkte ich den Kopf und dachte an was anderes. »Also wirklich, Papa. Wieso fragst du ausgerechnet mich, wo Mama ist? Ich war ewig nicht mehr hier. Woher soll ich denn wissen, wo sie hingefahren ist?«

»Ach, Spatz, ich meine ja nur«, brummte Papa und wirkte in diesem Moment nicht besonders stark. Eher in sich zusammengesunken, wie er da so an der Stalltür lehnte. Mit einer schaufelgroßen Hand wischte er sich über die Stirn. »Ihr habt euch immer prima verstanden. Ich dachte, dich zieht Heidi vielleicht ins Vertrauen.«

Mama und ich? Gut verstanden? Hallo? Auf welchem Planeten war ich gelandet?

Ich erinnerte mich lebhaft an Zoff ohne Ende, an zugeknallte Türen und an – hm, ja, auch an lustige Shoppingtouren, als ich älter geworden war, an Ausflüge nach Lüneburg, wo wir uns am Stintmarkt (*dem* Kneipenviertel an der Ilmenau) weglachten, wenn ein Verehrer behauptete, wir könnten nie und nimmer Mutter und Tochter sein. Musste ein Verehrer von Mama gewesen sein, den sie selbstverständlich auf Abstand hielt.

Oder nicht?

Zum ersten Mal fragte ich mich, ob Heidi Lüttjens ihrem Mann eigentlich immer treu gewesen war. An die fünfunddreißig Jahre Ehe waren eine verdammt lange Zeit, und in ihrer Jugend war schließlich die freie Liebe propagiert worden.

Und Papa? Ich schaute ihn mir genauer an. Ein Mann in den besten Jahren, ein bisschen rustikal vielleicht, aber für eine Großstadtlady, die in der Heide ihre Ferien verbrachte, bestimmt mit gewissen Reizen ausgestattet. Bevor ich diese verwirrenden Gedanken vertiefen konnte, lehnte sich Jan aus dem Fenster meines Zimmers. »Da bist du ja endlich!«

»Entschuldige, Papa. Jan und ich haben dringend etwas zu erledigen. Und ich weiß wirklich nicht, wo Mama ist. Ich schwöre.«

»Schon gut.« Er wandte sich ab und kehrte in den Stall zurück, wo ihm die Ponys entgegenwieherten. Seine Schultern hingen tief herab. Er sah gerade nicht aus wie das neue Oberhaupt einer Familie. Eher wie ein Mann, der nicht wirklich dazugehörte.

Was sollte das denn jetzt? Brannte mir die Mittagssonne zu heiß auf den Kopf? *Ich* war der Außenseiter in dieser Familie! Sonst niemand!

Na gut, Jan auch ein bisschen, und Mama, wenn ich so recht darüber nachdachte. Neuerdings lebte sie offenbar ebenfalls ein wenig am Rande der Lüttjens. Dann wäre da noch Großtante Marie, die neben ihrer Schwester Grete seit Jahrzehnten das Dasein eines Mauerblümchens führte und… Ach, du Schreck! Bestand etwa die ganze Familie aus komischen Käuzen, die eigentlich gar nicht zusammengehörten?

Bevor ich länger darüber nachdenken und mein Weltbild gänzlich ins Wanken geraten konnte, drehte ich mich um und ging ins Haus.

Wie von selbst wanderte mein Blick dabei kurz nach oben auf das leere Storchennest. Genauso leer wie gestern, logisch. Und ohnehin so schief und löchrig, dass kein Storchenpaar mit einem gewissen Niveau sich hier niederlassen würde.

Mir fielen plötzlich wieder die Namen der beiden Weißstörche ein, die zuletzt bei uns genistet hatten, damals, bevor ich nach München zog: Mireille und Jürgen – kein Witz! Großtante Marie hatte sie so getauft, nach Schlagerstars aus der deutschen Hitparade. Sie liebte diese Musik, und niemand konnte sie von der Taufe abbringen. Auch nicht Jan. »Das klingt, als würde sich der Spatz von Avignon ein Bett im Kornfeld machen«.

Marie hatte sanft gelächelt. »Macht euch nur lustig. Aber die beiden da oben klappern so schön musikalisch. Die bringen uns Glück.«

Wer weiß, dachte ich jetzt. Vielleicht hätten die Störche den Lüttjens ja wirklich Glück gebracht, wenn alles anders gekommen wäre. Wenn ich geblieben wäre, Karl Küpper geheiratet hätte und heute im Mittelpunkt einer Großfamilie stünde.

Shit! Eine Was-wäre-gewesen-wenn?-Frage. Ging gar nicht. Rasch lief ich die Treppe nach oben in mein Zimmer, wo Jan schon ungeduldig auf mich wartete.

»Fährst du mich nachher nach Lüneburg?«, fragte ich meinen Bruder fünf Minuten später. »Ich habe einen Termin bei diesem … ähm … Anwalt.«

Jan, der eben noch ziemlich geschafft ausgesehen hatte, grinste jetzt breit. »Bei deinem Retter mit den kuscheligen Augen? Dem Typen, der dich vielleicht erpressen will und der so ein Geheimnis um Opa Hermann macht? Mit dem du eine Knutschorgie gefeiert hast und der Paul Liebling heißt? Um nichts in der Welt lasse ich mir das entgehen.«

Der Vorname war mir neu, aber ich fand, der machte den Nachnamen auch nicht besser. »Liebling! Ist ja grässlich.«

»Wer so scharf aussieht wie dieser Mann, darf heißen, wie er will«, entschied mein Bruder. »Den verschandelt gar nichts. Außerdem kann er ja nichts dafür.«

Ich zog meine Augenbrauen zusammen. »Du bist jetzt aber nicht in Liebe für den Liebling entbrannt, oder?«

Jan schüttelte den Kopf. »Blödsinn. Ich zolle lediglich einem gut gelungenen Exemplar der Gattung Mensch meine Anerkennung.«

»Ach so.«

Ein trauriges Lächeln umspielte seine Lippen, und ich ahnte: Er dachte an Eike. Früher oder später würde er mir hoffentlich erzählen, was passiert war. Meine Aufnahmefähigkeit war zwar seit ein paar Tagen begrenzt, aber für meinen kleinen Bruder konnte ich ein paar andere, eher erschreckende Infos ja einfach aus meinem Kopf verbannen. Zum Beispiel, dass Karl Küpper mich wiederhaben wollte.

»Wo warst du eigentlich so lange?«, erkundigte sich Jan arglos.

Ich ließ mich schnell auf mein Bett fallen. »Am Baggersee. Was wollte Sissi noch von mir? Irgendwas Wichtiges? Gibt es Probleme im Hotel? Muss ich zurückfahren? Kann ja sein, dass die ohne mich nicht klarkommen.«

»Mach dir keine falschen Hoffnungen. Da läuft alles prima ohne dich. Sissi hat nur gesagt, dass sie zu Opas Beerdigung kommen will.«

»Echt? Sie kannte ihn doch gar nicht.«

Jan hob die Schultern. »Das ist weniger wichtig, findet sie. Außerdem will sie sich ein bisschen um dich kümmern. Von wegen moralische Unterstützung und so.«

»Quatsch. Die ist bloß neugierig, wie das ganze Chaos hier ausgeht.«

»Na und? Auf jeden Fall ist sie deine beste Freundin, und meine genauso. Ich freue mich, wenn sie kommt.«

»Ich doch auch.«

»Gut. Und jetzt zurück zum Baggersee, Kröte. Dein Ablenkungsmanöver hat nämlich nicht funktioniert. Raus mit der Sprache. Was hast du da drei Stunden lang getrieben?«

Drei Stunden?

Unmöglich!

Die Zeit macht nur vor dem Teufel halt – so hieß doch der alte Schlager von Barry Ryan. War vor meiner Zeit ein Hit gewesen, aber Großtante Marie hatte mich früher mit

Songs von Roy Black, Rex Gildo oder Bernd Clüver in den Schlaf gesungen.

Barry Ryan passte jetzt genau.

Der Teufel – schon wieder.

»Oha!«, rief Jan aus und zeigte auf meine Wangen. »Rot wie die Sünde.«

»Rot wie die Sünde? Wie bescheuert klingt das denn? Habe ich ja noch nie gehört.«

»Ich auch nicht, trifft es aber. Also? Was hast du mit Karl Küpper da getrieben?«

»Karl? Wie kommst du darauf, dass ich Karl getroffen habe?«

»Ich kenne keinen anderen Typen, wegen dem du knallrot werden würdest. Von Paul Liebling neuerdings mal abgesehen. Der war aber vermutlich noch nie am Baggersee von Nordergellersen und weiß auch gar nicht, wo der liegt.«

»Äh … nein.« Ich vergrub mein Gesicht im Kopfkissen und murmelte: »Der Karl und ich – wir haben uns ausgesprochen.«

»Ich verstehe kein Wort. Kannst du dich bitte mal hinsetzen und normal mit mir reden?«

Konnte ich nicht. Ich schämte mich. Jan hatte sich dreizehneinhalb Jahre lang meine endlosen Klagen über den bösen, bösen Karl angehört. Wie sollte ich ihm jetzt erklären, dass möglicherweise alles ein bisschen anders gewesen war?

Erst als die Luft im Kissen knapp wurde, hob ich den Kopf und erzählte stockend, was vorhin am Baggersee vorgefallen war.

»Dunnerlittchen!«, rief Jan aus und klang dabei original

wie Opa Hermann. Der hatte auch gern ein Donnerwetter herbeigerufen, wenn er sich aufregte.

»Und jetzt will er dich wiederhaben und ein Dutzend Kinder in die Welt setzen?«

»So ungefähr.«

»Nele, darauf brauche ich jetzt was zu trinken.« Die Flasche Ferrari war noch halb voll. Er griff danach, schenkte uns beiden ein und trank sein Glas mit drei großen Schlucken leer. »Pfui! Viel zu warm!«

Ich rührte meinen Prosecco nicht an. Mein Instinkt sagte mir, dass ich nur vollkommen nüchtern Herrin der Lage bleiben konnte.

Herrin der Lage? Musste jemand sein, den ich nicht kannte.

Jan hatte sich von seinem Schrecken erholt. »Überlege dir gut, was du tust«, sagte er. »Zurückgehen ist im Leben meistens ein absolutes No Go.«

Ich fragte mich, ob er nur von Karl und mir oder auch von sich selbst und Eike sprach.

»Außerdem haben wir im Augenblick echt Wichtigeres zu tun«, fuhr er fort. »Opa seine Asche wiederfinden, zum Beispiel.«

»Hast du schon etwas erreicht?«, fragte ich zaghaft.

Jan stieß ein Schnauben aus, das eher zu Oma Grete gepasst hätte. »Ich habe ein paar Hertha Kowalskis angerufen. Es war schrecklich.«

Mehr wollte ich eigentlich gar nicht wissen, fragte aber dennoch: »Wieso?«

»Die erste hat gesagt, verkohlen könne sie sich alleine. Die zweite hat einfach aufgelegt. Die dritte hat gemeint, sie würde nie mit der Bahn fahren, weil die immer zu spät kommt, und die vierte hat sich furchtbar aufgeregt. Wie ich dazu käme, sie zu beschuldigen. Sie würde keine Gegenstände von fremden Leuten mitnehmen.«

Fast, aber nur fast, hätte ich gelacht.

Jan starrte in sein leeres Glas. Er sah genauso mutlos aus, wie ich mich fühlte. Nur einen Hoffnungsschimmer gab es noch.

»Möglicherweise müssen wir gar nicht nach Opa suchen«, überlegte ich.

»Nele, bitte. Wir können nicht einfach eine leere Urne beerdigen lassen. Das hat er nicht verdient.«

»So meine ich das nicht.« Dann erzählte ich Jan, was ich zu der Asche in die Tupperdose gesteckt hatte.

Erst starrte er mich nur groß an, dann leuchteten seine Augen auf. »Mensch, Kröte, das ist ja wunderbar! So kommt Opa fast von allein nach Hause.«

»Aber nur, wenn Hertha Kowalski die Tupperdose einmal öffnet«, gab ich zu bedenken.

In diesem Moment rief uns Großtante Marie zum Mittagessen. Keiner von uns verspürte besonderen Appetit; trotzdem gingen wir nach unten. Wenigstens wollten wir den Schein wahren.

Kurz darauf saßen wir am großen Küchentisch zusammen. Marie hatte ihren berühmten Steckrübenauflauf mit Hack und Zwiebeln gekocht.

»Lecker«, sagte Jan und piekste gedankenverloren auf seinem Teller herum.

»Genau wie früher«, steuerte ich bei und starrte lustlos auf meine Portion.

Selbst Papa schien keinen besonderen Hunger zu haben. Früher hatte er sein Essen immer in sich hineingeschaufelt, jetzt schob er äußerst gesittet mit dem Messer ein kleines Stück Steckrübe auf die Gabel, führte diese dann zum Mund und kaute eine Ewigkeit darauf herum. Entweder hatte er einen Benimmkurs besucht, oder seine Sorge um Mama war größer als sein Appetit. Das wäre dann wirklich bedenklich gewesen.

Marie schwieg und blickte auf den leeren Platz, an dem sonst Oma Grete saß. Die war noch immer nicht vom Steinmetz zurück. Und der Stuhl von Opa Hermann war auch schrecklich leer.

Ich hatte schon fröhlichere Momente in dieser Familie erlebt.

Als Jan meinte, wir müssten jetzt los nach Lüneburg, war ich vorübergehend erleichtert. Erst im Auto überlegte ich bedrückt, was wohl beim Termin bei diesem Anwalt auf mich zukommen würde. Was Gutes konnte es nicht sein. Hätte nicht zu den letzten Tagen gepasst.

10.

Eine Art Dschungelprüfung

Kaum hatte ich mich angeschnallt, schlief ich auch schon. Kein Wunder nach der ganzen Aufregung.

Als ich wieder aufwachte, landete ich mit einem Ruck in einem anderen Teil meiner Vergangenheit.

»Na, Kröte?«, scherzte Jan. »Kommen da nostalgische Erinnerungen auf?« Er hatte am Straßenrand gehalten und zwinkerte mir zu.

Mit einem schnellen Blick erkannte ich, dass wir uns im Lüneburger Stadtteil Rotes Feld befanden. Rechts und links von mir erhoben sich mächtige Gebäude aus der Gründerzeit, und direkt vor mir stand die imposante Wilhelm-Raabe-Schule.

»Nostalgische nicht gerade«, murmelte ich. Meine Schullaufbahn gehörte nicht zu den Glanzleistungen meines Lebens. Eigentlich hatte ich nur Abitur gemacht, weil Großtante Marie immer so traurig geguckt hatte, wenn ich mit einer schlechten Note heimgekommen war. Papa konnte brüllen, Mama laut schimpfen, Opa Hermann mit der Peitsche drohen, Oma Grete zetern bis zum Abwinken – imponierte mir alles nicht besonders. Aber Maries trauriger Blick ging mir durch und durch, wenn ich eine Fünf in Mathe oder eine Sechs in Physik hatte gestehen müssen.

Mein Abitur habe ich definitiv meiner Großtante zu verdanken.

Die Durchschnittsnote habe ich nie jemandem verraten. Ging keinen außer mir was an.

»Für dich war's hier auch kein Zuckerschlecken«, sagte ich.

Er hob die Schultern. »Shit von gestern.«

Typisch Jan. Er blickte nie im Zorn zurück. Wahrscheinlich hatte er sogar vergessen, wie er in der Schule gehänselt worden war. Zu Hause in Nordergellersen kannte man ihn und akzeptierte seine Art, ein wenig anders zu sein. Durch die Grundschule war Jan als Klassenbester gerauscht. Das Gymnasium jedoch war ein anderes Kaliber. Da gab es neue Mitschüler, die sich über den Jungen lustig machten, der so sorgfältig gepflegt zur Schule erschien, der manchmal wie ein Mädchen kicherte und der sich kein Stück für Fußball interessierte.

Ich sah meinen Bruder von der Seite an. Nichts in seinem Mienenspiel ließ darauf schließen, dass er sich an die Demütigungen erinnerte. Dunkel wusste ich noch, dass er einmal in der Umkleidekabine der Turnhalle eingesperrt worden war – ohne seine Klamotten. Ein anderes Mal hatte jemand eine Tube mit rosa Farbe in seinem Ranzen ausgedrückt. Und an einem Valentinstag hatte er eine Glückwunschkarte unter seiner Bank gefunden. Unterschrieben von sämtlichen Jungen der Klasse.

Viel mehr hatte Jan mir nie erzählt, aber ich ahnte, dies war nur die Spitze des Eisbergs.

Er hatte bis zur zehnten Klasse durchgehalten, dann war er von der Schule abgegangen. Das Protestgeschrei im Hause Lüttjens war vermutlich bis über die Elbe in den neuen Bundesländern zu hören gewesen.

Meiner Meinung nach hätte er damals einen Orden verdient gehabt, weil er es überhaupt so weit geschafft hatte, aber das kapierte zu Hause natürlich niemand. Außer vielleicht Großtante Marie, die Jan immer in Schutz nahm, wenn ihn väterliche Enttäuschung traf.

Jan stieß einen langen Ton aus, der bestenfalls als unterdrückter Seufzer durchgehen konnte. Mehr Gefühle gönnte er seinen alten Feinden nicht. Dann fuhr er wieder an, bog kurz darauf in die Barckhausenstraße ein und hielt vor einem dreistöckigen Gebäude aus rotem Klinker.

»Kommst du mit hoch?«, fragte ich kleinlaut.

»Klar. Muss nur noch einen Parkplatz suchen. Geh schon mal vor.«

Hm. Ich hätte lieber auf ihn gewartet.

Zögernd trat ich auf die Eingangstür aus schwerem Eichenholz zu. Das Auto verschwand währenddessen um die nächste Straßenecke. So lange konnte es ja nicht dauern, in Lüneburg einen Parkplatz zu finden.

Im Zeitlupentempo sah ich mir die Namensschilder neben den sechs Klingeln an. Dabei war mir ein Schriftzug längst ins Auge gefallen: »Liebling & Meyer – Rechtsanwälte.« Fand ich enttäuschend, den zweiten Namen. Mit der Auswahl seines Partners hätte sich Paul Liebling wirklich mehr Mühe geben können. Liebling & Schatz hätte meiner Meinung nach wesentlich besser geklungen. Oder auch Liebling & Krach, das versprach eine gewinnbringende Scheidung. Aber Liebling & Meyer? Ging gar nicht.

»Deern, willste hier Wurzeln schlagen oder reingehen?«

Ein alter Mann, der gerade aus dem Haus trat, hielt mir die Tür auf.

Mist! Wurzeln schlagen war gar keine so schlechte Idee. Zumindest bis Jan endlich da sein würde. Wo parkte der bloß? In Hamburg?

Ich bedankte mich artig bei dem alten Mann und betrat den Hausflur, durch den ein Hauch von Zederduft wehte.

Was mich nicht unbedingt beruhigte.

Unglücklicherweise lag die Kanzlei gleich im Parterre rechts. Ich konnte also keine zwei Stunden damit verbringen, langsam die Treppen hinaufzusteigen.

Die Tür zur Kanzlei war nur angelehnt. Möglicherweise war die Sekretärin noch nicht aus ihrer Mittagspause zurück, oder es gehörte hier zum guten Ton, die Klienten nicht draußen warten zu lassen.

Ich hätte gern noch ein bisschen gewartet. Auf meiner Stirn sammelte sich der Angstschweiß.

Mit einem zaghaften »Hallo« stieß ich die Tür auf und geriet in einen ganz in Grün gehaltenen Vorraum. Hellgrüne Tapete, giftgrüne Vorhänge, dunkelgrünes Mobiliar. Vorsichtshalber sah ich mich nach herabhängenden Lianen um, bevor ich eintrat. Der nächste logische Gedanke, dass mir nämlich Paul Liebling gleich im Lendenschurz begegnen würde, bescherte mir Hitzewellen auf der Haut.

Der Platz am Empfang war tatsächlich leer, aber aus einem Büro drangen laute Stimmen. Ausgesprochen laute Stimmen, um genau zu sein. Die eine gehörte Paul Liebling, die andere einem zornigen Mann. Meyer, schätzte ich. Hörte sich irgendwie nach einem Meyer an. So zornig und gleichzeitig kalt.

Am liebsten hätte ich mich wieder hinausgeschlichen. Andererseits hatte offenbar eine höhere Macht beschlossen, dass ich meinen Retter mit den kuscheligen Augen zum zweiten Mal an diesem Tag belauschen musste. Und höheren Mächten soll man sich nicht widersetzen. Die hatten sowieso das letzte Wort. Hat man ja gerade erst bei Opa Hermann gesehen. Der wollte mich in München besuchen, und dann hatte die höchste aller Mächte was dagegen.

Ich blieb also, wo ich war, und spitzte die Ohren.

»Ausgeschlossen«, sagte Meyer gerade. »Ich habe gleich einen Termin bei Gericht, und du musst die neue Klientin übernehmen. Miriam Wehner ist die Gattin des Schuhfabrikanten Wehner, kapiert? Wenn die sich scheiden lässt, machen wir richtig Profit.«

Oller Raffzahn, dachte ich.

Paul erriet meine Gedanken. »Dir geht es immer nur ums Geld.«

Seine warme Stimme jagte kleine Schauder über meinen Rücken, die sich mit den Hitzewellen vereinten. Ich hatte nicht gewusst, dass mir gleichzeitig heiß und kalt werden konnte. Das Bild vom Mann im Lendenschurz war auch noch da.

Hilfe!

Meyers Antwort lenkte mich zum Glück von meinen Gefühlswallungen ab. »Einer muss sich ja darum kümmern. Mein geschätzter Partner vergeudet seine Zeit lieber mit einem alten Bauern und dessen merkwürdigen Familienverhältnissen.«

Merkwürdige Familienverhältnisse? Was sollte das denn

heißen? Wir Lüttjens waren vielleicht ein bisschen durchgeknallt, ansonsten jedoch eine ganz normale Familie mit Großmutter, Großvater, einer Großtante, Vater, Mutter, Tochter, Sohn.

Oder?

Plötzlich erinnerte ich mich an ein seltsames Gespräch zwischen Opa Hermann und Oma Grete auf ihrer diamantenen Hochzeit. Zehn Jahre war das her, und ich wusste noch jedes Wort.

Verrückt.

Gelauscht hatte ich nicht. War gar nicht nötig gewesen; sie saßen ja direkt neben mir.

Hermann hatte mir gerade befohlen, öfters in die Heide zu kommen, nicht bloß zu so einem Anlass.

»Weiß nicht, ob ich es noch bis zur Gnadenhochzeit schaffe«, hatte er hinzugefügt. »Also beweg deinen Hintern in Zukunft mindestens dreimal im Jahr nach Nordergellersen. Hast du verstanden?«

Ich hatte genickt, ein wenig geistesabwesend, weil ich die ganze Zeit lang möglichst unauffällig nach Karl Küpper Ausschau hielt. Der ließ sich aber auf der Feier im *Heidekrug* nicht blicken. Im nächsten Moment jedoch hörte ich ganz genau zu. Da sagte Oma Grete nämlich zu Opa: »Du kannst die Deern zu nichts zwingen. Du weißt, warum.«

»Halt die Klappe.«

Oma ließ sich nicht so einfach zum Schweigen bringen. »Man darf doch wohl noch die Wahrheit sagen, wenn man schon ein Leben lang so tun muss, als ob der Sohn …«

»Grete!« Opas Faust knallte auf den Tisch, und Omas Mund klappte zu.

Schade. Ich war gerade sicher gewesen, dass ich gleich etwas Ungeheuerliches erfahren würde. Etwas, das in meiner Familie seit Jahren unter den schon erwähnten Teppich gekehrt wurde.

Oma und Opa kippten daraufhin zwei Köm hintereinander, und mir wurde schnell klar, dass aus beiden nichts mehr herauszubekommen sein würde.

Schon komisch, dass ich mich auch nach zehn Jahren an den Zwischenfall erinnerte. Vielleicht hatte sich die Bitterkeit in Gretes Stimme in mein Gedächtnis gegraben, oder die Bestürzung, die sich plötzlich auf Hermanns Gesicht abgezeichnet hatte.

Wie auch immer. Der Streit der beiden Rechtsanwälte hatte eindeutig mit mir und meiner Familie zu tun.

»Also«, fragte Meyer, »was ist nun mit Frau Wehner?«

»Ich werde sie bitten, erst in einer Stunde zu kommen«, erwiderte Paul. »Jeden Moment wird Nele Lüttjens hier sein.«

»Wie du meinst.« Meyers Stimme war jetzt schneidend. »Lass dir ruhig den dicken Fisch durch die Lappen gehen, um dich mit einem Spross der Addams Family zu unterhalten.«

Addams Family?

Das reichte jetzt aber!

Ich holte gerade tief Luft, um in das Büro zu platzen und diesem Meyer meine Meinung zu sagen, als der auch schon herausstürmte, mir einen tödlichen Blick zuwarf und verschwand. Tödlicher Blick. Pah! Da hätte ich Besseres auf Lager gehabt. Ich hätte ihn auf einen elektrischen Stuhl schnallen können, so wie die kleine Wednesday es gern mit ihrem Bruder Pugsley tat, oder ihm das eiskalte Händchen hinterherschicken. Dummerweise war er schon weg, bevor ich zur Tat schreiten konnte.

Egal. Kanadischer Himmel breitete sich über mir aus, Zedern wuchsen an den grünen Wänden hoch, Paul Liebling stand neben mir. Mein Herz legte einen astreinen Raketenstart hin, meine Augenlider bekamen nervöse Zuckungen.

»Hallo«, sagte er.

»Hallo.«

»Danke.«

»Wofür?«

Er grinste. »Dass Sie mir diesmal keinen Vogel zeigen.«

Ich gab mir alle Mühe, nicht rot zu werden.

Jan platzte herein. Der hätte jetzt ruhig auch noch länger wegbleiben können.

»Seit wann ist die halbe Stadt für Autos gesperrt?«, beklagte er sich. »Ich musste bis zum Parkhaus am Wasserturm fahren!«

In Pauls Blick lag leichte Verwirrung. »Kennen wir uns nicht irgendwoher?«

Ich seufzte. Diesem Mann war so einiges zuzutrauen, aber hoffentlich keine Popmusik von Ricky Martin.

»Bedauerlicherweise nicht.«

Paul war sichtlich irritiert, blieb aber höflich. »Verstehe.«

»Das ist mein Bruder«, erklärte ich schnell. »Jan Lüttjens.«

»Tatsächlich? Ihr Großvater hat mir einmal Fotos gezeigt. Da sahen Sie … nun, ein wenig anders aus.«

Jan lächelte geschmeichelt. Ich war mir jedoch nicht sicher, ob Pauls Bemerkung als Kompliment gemeint war.

»Sehr erfreut, Sie kennenzulernen«, sagte Paul und reichte Jan die Hand, die dieser einen Tick zu lange festhielt. »Ebenfalls sehr erfreut, Doktor Liebling.«

»Liebling reicht.«

Ich räusperte mich.

»Weshalb wollen Sie mich sprechen?« Und warum haben Sie mich im Krematorium abgeküsst?

Letzteres sprach ich zum Glück nicht laut aus.

Paul betrachtete kurz seine Hand, dann sagte er: »Es geht um eine vertrauliche Angelegenheit.«

Jan verstand. »Dann werde ich es mir mal so lange hier im Dschungel gemütlich machen. Gibt es als Snack vielleicht ein paar Mehlwürmer und Kakerlaken?«

Paul lachte laut heraus, und ich stellte zwei Dinge gleichzeitig fest. Erstens: Er konnte ganz wunderbar lachen. Tief aus dem Bauch heraus und bis hoch in die Augenwinkel. Zweitens: Er besaß prachtvolle weiße Zähne.

Jan starrte ihn fasziniert an, ich ebenfalls.

Paul verstand das falsch und brach abrupt ab. »Pardon, das war unangemessen.«

»Wieso?«, fragte Jan mit peinlicher Enttäuschung in der Stimme.

Ich begriff schneller. Wegen Opa, meinte er sicher. Ich nickte, obwohl ich gern ein bisschen mitgelacht hätte.

Dann folgte ich Paul in sein Büro, wartete, bis er die Tür hinter sich geschlossen hatte, ließ mich auf den Stuhl vor seinem Schreibtisch sinken und vergaß alle Heiterkeit.

In meinem Innern machte sich eine dumpfe Ahnung breit.

Gut möglich, dass sich mein Leben in den nächsten paar Minuten radikal ändern würde.

Jede Dschungelprüfung war ein Klacks dagegen.

11.

Was Opa mir noch sagen wollte

Paul nahm Platz, faltete die Hände und schaute mich nachdenklich an. Bevor mir heiß werden konnte, senkte er schnell den Blick. Ganz wohl war ihm gerade auch nicht.

»Ich bin … ich war der Anwalt Ihres Großvaters.«

»Hab ich mir schon gedacht.« Das klang patziger als beabsichtigt, und ich schickte ein schmales Lächeln hinterher, das nicht erwidert wurde.

»Für meinen Mandanten war es außerordentlich wichtig, noch einmal persönlich mit Ihnen zu sprechen«, sagte er förmlich.

Ich fand es echt komisch, dass mich ein Mann siezte, der mich schon einmal im Arm gehalten hatte. Zweimal, um genau zu sein. Im ICE ja auch. Aber ich sagte nichts, sondern verlegte mich vorerst auf das berühmte Lüttjens-Schweigen.

Das verwirrte ihn.

Nach einem umständlichen Räuspern fragte er: »Interessiert es Sie nicht, worum es geht?«

Na gut, mit Schweigen würde ich jetzt nicht viel erreichen. »Ich würde zuallererst gern wissen, was Sie in München gemacht haben.«

Paul wurde rot.

Ich schaute genauer hin. Doch, ein ganz klein wenig hatte sich seine Gesichtsfarbe verdunkelt.

Bemerkenswert.

Sein Tonfall blieb jedoch sachlich. »Ihr Großvater hat mich darum gebeten, ihn zu begleiten. Er… nun… er fürchtete sich ein wenig vor so einer langen Bahnfahrt ganz allein.«

Opa Hermann, der sich vor etwas fürchtete? Das war mir neu. Andererseits hatte ich ihn lange nicht mehr gesehen, und mit vierundneunzig Jahren durfte auch ein niedersächsischer Patriarch mal Schwäche zeigen.

Ich konzentrierte mich wieder auf Paul.

»Die Reise verlief ohne Zwischenfälle«, erzählte er. »Nur am Münchener Hauptbahnhof hat Herr Lüttjens darauf bestanden, allein zu Ihnen zu fahren. Obwohl ich in sein Anliegen eingeweiht war, meinte er, das sei er seiner Familie schuldig.«

Meine Gedanken schweiften ab. Opa war uns etwas schuldig? Merkwürdig. Ich hatte es immer andersherum gesehen. Er war es doch, der den Hof über den Krieg gerettet hatte, der dafür gesorgt hatte, dass nie jemand von uns hatte hungern müssen, der die Familie zusammenhielt und… na ja, der Familienzusammenhalt war ihm nicht so besonders gut gelungen.

Paul sah mich geduldig an. »Hören Sie mir noch zu, Frau Lüttjens?«

»Logo.«

»Bitte?«

»Äh… selbstverständlich.«

»Gut. Ihr Großvater wollte mich später im Hotel wiedertreffen. Dazu ist es unglücklicherweise nicht mehr gekommen. Er blieb so lange fort, dass ich schließlich ebenfalls zu Ihrer Wohnung gefahren bin. Eine gewisse Eveline Traun hat mir erzählt, was passiert ist.«

»Aha«, sagte ich, weil mir nichts Besseres einfiel. Ich sah wieder meine Nachbarin Evi vor mir und musste plötzlich mit den Tränen kämpfen.

»Ist ja gut«, sagte Paul weich und reichte mir ein Tempo. »Er war ein bemerkenswerter Mensch, Ihr Großvater.«

Ich stellte mir vor, dass er mich jetzt tröstend in die Arme nehmen würde. Alles Weitere konnte dann wieder einer höheren Macht zugeschrieben werden. Dumm nur, dass ich gerade aus dem Fenster sah. Der klare blaue Sommerhimmel über den roten Dächern der alten Salzstadt erinnerte mich an den Baggersee und an Karl Küppers leuchtend helle Augen. Vielleicht war es keine so gute Idee, sich von Paul Liebling umarmen zu lassen.

Mein Herz musste mal ein bisschen zur Ruhe kommen, wenigstens für ein paar Stunden.

Außerdem wurde ich langsam neugierig.

»Sie und ich sind uns dann ja im ICE begegnet«, fuhr Paul fort.

Wie bitte? Hatte ich eben was verpasst, oder hatte er die Szene im Krematorium einfach übersprungen? Litt er vielleicht auch an partieller Amnesie? An einer, die ein bisschen länger andauerte als meine Variante?

Und woher hatte er überhaupt gewusst, welchen Zug ich nehmen würde? Das war vermutlich die unwichtigste aller Fragen. Anwälte hatten da bestimmt so ihre Möglichkeiten.

Na gut, dachte ich, obwohl ich ein leises Bedauern nicht ignorieren konnte. Wenn er kein Wort über die Knutscherei verlieren will, tue ich das auch nicht. War ja peinlich genug.

Ihm auch. Ganz klar. Warum sonst hätte er im ICE vor mir weglaufen sollen? Nachdem er mir vorher offensichtlich bis zur Toilette nachgegangen war?

Oh, Mann!

»Sie waren komisch«, sagte ich, ohne nachzudenken.

Paul wurde jetzt rot, so richtig schön dunkelrot, da gab es nichts mehr zu deuteln.

»Ist doch wahr. Sie waren im Zug, aber Sie sind mir aus dem Weg gegangen.«

Sein neuerliches Räuspern hatte etwas Panisches. »Nun … ich … ich dachte gestern, Sie seien schon durcheinander genug, nach allem, was Sie mitgemacht haben. Da wollte ich Sie nicht noch mehr erschrecken.«

Es soll ja eine Menge Anwälte geben, die perfekt lügen können. Dieser hier gehörte nicht dazu, stellte ich fest. Der hatte ein Problem. Und zwar ein großes. Mit mir im Besonderen, oder mit Frauen im Allgemeinen. Keine Ahnung, was für eins. War gerade auch nicht relevant.

Ich beschloss, das Thema fallenzulassen.

»Ich glaube, ich brauche Ihre Hilfe.«

»Weil Sie die Asche des Verstorbenen mitgenommen haben?«

»Ähm … genau.«

»Ich habe mir erlaubt, mich gleich nach dem Vorfall darum zu kümmern. Es ist mir gelungen, nachträglich eine Ausnahmegenehmigung zu erwirken. Aufgrund der besonderen Umstände. Es wird keine rechtlichen Folgen für Sie geben.«

Ich war erleichtert, wollte es aber noch einmal genau wissen. »Besondere Umstände? Haben Sie denen gesagt, ich sei durchgeknallt?«

Paul lächelte. »Ich habe von einem seelischen Trauma gesprochen.«

An dem du auch beteiligt warst, mein Bester. Egal. Wenigstens dieses Problem konnte ich jetzt abhaken.

»Warum erzählen Sie mir nicht endlich, was Opa von mir wollte?«

»Es geht um eine Familienangelegenheit.«

»Hätte ich jetzt nicht gedacht.«

»Wie bitte?«

»Nichts, schon gut.« Ironie war nicht seine Stärke.

»Die Sache ist – nun, recht delikat.«

Delikat? Hä?

»Aber Hermann Lüttjens war der Meinung, dass die junge Generation aufgeklärt sein sollte.«

Meine Gedanken gingen in eine völlig verkehrte Richtung, und ich erinnerte mich daran, wie Opa mal meine sämtlichen *Bravo*-Ausgaben eines Jahrgangs vernichtet hatte, weil er einige Beiträge darin anstößig fand. Ich musste ein Kichern unterdrücken.

Im nächsten Moment hatte ich einen Kloß im Hals. So groß und fest, dass ich bestimmt nie wieder würde schlucken können.

»Ihr Vater Olaf Lüttjens ist nicht der Sohn von Hermann und Grete Lüttjens, sondern von Hermann Lüttjens und Marie Becker.«

»Das haben Sie mir jetzt aber hübsch schonend beigebracht«, murmelte ich, die ich noch gar nichts verstanden hatte.

Wer zum Teufel war Marie Becker?

Oh Gott!

Großtante Marie!

Ich starrte Paul an: »Das ist jetzt nicht wahr, oder?«

»Doch. Ihr Großvater hat mir alles erzählt. Möchten Sie die Geschichte hören?«

Nein!

»Ja, bitte.«

Paul bot mir zunächst ein Glas Wasser an, das ich ablehnte. An dem Kloß in meinem Hals wäre kein Tropfen vorbeigeflossen. Ein Jägermeister hätte vielleicht eine Chance gehabt, aber ich wollte mich jetzt nicht als Trinkerin outen.

Paul Liebling holte sehr weit aus.

Hermann Lüttjens hatte die junge Schülerin Grete Becker mitten im Krieg kennengelernt. Sie kam mit Klassenkameradinnen zum Ernteeinsatz auf seinen Hof. Der Jungbauer verliebte sich nicht auf Anhieb in die Hamburgerin, sie war nicht unbedingt eine Schönheit. Aber ihm gefiel ihre energische Art. Sie war anders als die Mädchen in der Heide, moderner und selbstbewusster.

Auch nach dem Ernteeinsatz kam Grete wieder nach Nordergellersen. Sie hatte für sich beschlossen, dass ein Bauer das Beste war, was ihr in diesen harten Zeiten passieren konnte. Der Krieg fand vorerst woanders statt, und genug zu essen gab es auch.

1942 wurde geheiratet, Grete war gerade achtzehn Jahre

alt. Von ihrer jüngeren Schwester Marie, die nun allein bei einer Tante in Hammerbrook lebte, hatte sie nie etwas erzählt. Der Vater der Mädchen war an der Westfront gefallen, die Mutter früh gestorben.

Grete war nicht unbedingt gewissenlos, aber sie fand, sie müsse in erster Linie an sich selbst denken. Mit Marie hatte sie sich sowieso nie besonders gut verstanden. Ihre kleine Schwester würde schon durchkommen. Und sie hatte ja noch die Tante.

An einem heißen Tag im August 1943 jedoch stand Marie plötzlich im Hof. Sie war vor den Luftangriffen auf Hamburg geflohen. Und sie hatte den Feuersturm wie durch ein Wunder überlebt. Die Tante nicht.

Nun suchte Marie Zuflucht bei ihrer Schwester. Wohin hätte sie auch sonst gehen sollen?

Selbstverständlich wurde sie aufgenommen, selbstverständlich entwickelte Hermann Beschützerinstinkte für seine sechzehnjährige Schwägerin. Mit den Jahren entwickelte er auch andere Gefühle für sie, wollte diese jedoch lange nicht wahrhaben.

Erst nach Kriegsende gestand er sich ein, dass er sich in die hübsche, sanfte Marie verliebt hatte. Doch er behielt seine Gefühle für sich, obwohl er spürte, dass auch Marie ihn heimlich liebte.

Hermann Lüttjens war ein Ehrenmann. Er hatte Grete geheiratet, und er würde mit ihr eine Familie gründen. Allein, Grete wurde nicht schwanger. Auch Jahre später nicht, als die Zeiten längst besser waren und überall im Dorf wieder Babys auf die Welt kamen.

Hermann Lüttjens reparierte das alte Storchennest auf

dem Dachfirst, wo zuletzt lange vor dem Krieg ein Storchenpaar genistet hatte, und er wartete. Doch die Glücksbringer kamen nicht zurück, und in der Familie Lüttjens blieb der Kindersegen aus.

Es geschah im Frühjahr 1951. Einmal, nur ein einziges Mal gaben Hermann und Marie ihrer Sehnsucht nach. Am nächsten Tag traf ein Storchenpaar ein und blieb den ganzen Sommer lang.

Für Hermann war dies ein Zeichen. Und als Marie ihm unter Tränen gestand, schwanger zu sein, traf er eine Entscheidung: Dieses Kind der Liebe sollte in seinem Haus willkommen sein.

Grete, die seit Jahren vergeblich auf Nachwuchs gehofft hatte, tobte vor Zorn. Ihre kleine Schwester, die sich bei ihr eingenistet hatte, wagte es, ein Kind von ihrem Mann zu bekommen. Sie würde …

»Gar nichts wirst du!«, hatte Hermann kategorisch erklärt. »Wir brauchen einen Erben für den Hof.«

Natürlich durfte niemand davon wissen. Die Fünfzigerjahre waren gerade erst angebrochen; in Nordergellersen galt schon eine Frau, die auf dem Schützenfest roten Lippenstift trug, als skandalumwitterte zwielichtige Person. Die Lüttjens, so beschloss Hermann, würden ihren guten Ruf nicht verlieren.

Also wurde eine Strategie ersonnen, und Grete musste zähneknirschend mitspielen.

Marie wurde nach Bayern geschickt. Angeblich zur Erholung. In Wahrheit, um ein paar Monate später weit weg von Nordergellersen das Kind zu gebären. Grete täuschte in der Zwischenzeit mit eingenähten Kissen eine fortschreitende Schwangerschaft vor. Hermann holte schließlich Marie und den neugeborenen Olaf nach Hause. Ein paar Tage lang kapselten sich die Lüttjens von den Nachbarn ab, und zu guter Letzt präsentierte Grete »ihren« Sohn.

Als Paul geendet hatte, saß ich noch lange wie versteinert auf meinem Stuhl und versuchte zu verarbeiten, was ich da gerade gehört hatte.

»Wer …« Meine Stimme war so rau, als gehörte sie nicht zu mir, sondern zu einem Kette rauchenden uralten Mann. »Wer weiß sonst noch davon?«

Paul schien mit einiger Mühe aus der Vergangenheit zurückzukehren. Dann sagte er: »Nur Ihre Großmutter und Ihre Großtante. Und nun Sie.«

»Und ich!«, rief Jan und platzte ins Büro.

»Du hast gelauscht«, krächzte ich.

»Zum Glück. Sonst hätte ich nie von Opas Lotterleben erfahren!«

»Jan!«

»Herr Lüttjens!«

»Ist doch wahr! Vor uns hat er immer den Moralapostel gegeben, und ich habe mich so viele Jahre geschämt, weil ich … äh … ein bisschen anders bin.« Er wirkte kein bisschen geschockt. Eher aufgekratzt.

Ein Gedanke lenkte mich ab, und ich betrachtete Jan genauer. Mir fiel wieder ein, was ich gestern gedacht hatte: dass er Maries Bruder hätte sein können, wenn nicht so viele Jahrzehnte zwischen ihnen lägen.

Ohne sein extremes Styling könnte er glatt ihr Enkel sein, dachte ich jetzt.

Ist er ja auch, schoss es mir durch den Kopf. Erst langsam sickerte die Neuigkeit in mein Gehirn.

Und wie war das am Abend vorher gewesen? Als Marie Papa als ihren Stern und ihr Augenlicht bezeichnet hatte? War also doch keine Halluzination gewesen.

Als sei plötzlich ein Schleier gefallen, sah ich Marie so, wie sie in Wahrheit immer gewesen war. Ihre Anfälle von Traurigkeit, die ich für die Anwandlungen einer alleinstehenden Frau gehalten hatte, galten nur dem Sohn, der niemals ihrer sein durfte. Ihre Tränenreisen nach Bayern ebenfalls. Mit anderen kurzen Reisen und Ausflügen entfloh sie Gretes Zorn.

Zuletzt blieben ihr nur ihre Fluchten in die Stille, um ihrer Schwester zu entkommen.

Was für ein Leben. Was für eine Tragödie. Jahrzehntelang mit dem geliebten Kind unter einem Dach zu leben, ohne sich jemals zu erkennen zu geben.

Und … ich stockte. Jahrzehntelang einen Mann zu lieben, der einer anderen gehörte. Ihn täglich sehen, ihn jedoch nie mehr berühren, nie mehr küssen zu dürfen.

Nie!

Dafür wird Grete schon gesorgt haben.

Grete. Ich empfand Mitleid. Auch für sie. Hatte sie ihrem Mann doch nicht geben können, was er sich am meisten wünschte. Hatte Haltung bewahren müssen, in dem Wissen, sein Herz gehörte nicht mehr ihr.

So erklärte sich endlich der ewige Zank zwischen den beiden Schwestern, der auch jetzt nicht zur Ruhe kam.

Und Hermann? Wie hatte er sich bei alldem gefühlt? Das würde ich vermutlich nie mehr herausfinden.

Meine eigenen Probleme erschienen mir im Vergleich auf einmal recht klein.

Nicht lange, denn Paul sagte: »Es gibt da noch etwas, das Sie wissen sollten, aber das kann ich Ihnen erst bei der Testamentseröffnung nach der Beerdigung verraten. Ihr Großvater wollte es so.«

Beerdigung, Friedhof, Leichenschmaus, Heidschnuckenbraten, leere Urne.

Jan starrte mich an, als wollte er sagen: Wollen wir diesen hübschen Anwalt nicht in unser kleines Geheimnis einweihen? Vielleicht hat er eine geniale Idee.

Ich schüttelte heftig den Kopf.

Paul verstand das falsch. »Keine Sorge, Frau Lüttjens. Ich denke, es wird eine angenehme Nachricht für Sie sein.«

»Glaube ich kaum«, erwiderte ich. Für mich gab es keine angenehmen Nachrichten mehr. Auch keine Wunder. Keine Hertha Kowalski, die plötzlich vor der Tür stand.

Ich fühlte mich vorübergehend ausgesprochen mutlos.

Meine Gedanken kehrten zu Großtante Marie zurück. Großtante? Nein, Großmutter. Sie, die immer so viel liebevoller gewesen war, zu der ich bis heute eine Seelenverwandtschaft spürte: Sie war meine richtige Großmutter.

Ich lächelte. Wenigstens etwas Schönes an dieser ganzen vertrackten Geschichte.

Nur gut, dass man nicht in die Zukunft schauen kann.

Jan unterbrach meine Gedanken. »Und was sollen wir jetzt mit dieser Information anfangen?«

»Das müssen Sie beide entscheiden«, gab Paul zurück.

»Ich habe hiermit den Wunsch meines Mandanten erfüllt, der sich allerdings nur auf Frau Lüttjens bezog.«

Jan steckte den Seitenhieb weg wie nichts.

»Okay, dann werden wir darüber beraten.«

»Ich möchte heimfahren«, sagte ich leise.

»Geht es Ihnen gut?«, erkundigte sich Paul. Er klang ehrlich besorgt, und ich hätte mich gern in seine Arme geworfen.

Schon wieder.

Zur Sicherheit stand ich auf und schmiegte mich an meinen Bruder.

»Alles bestens«, log ich. »Auf Wiedersehen.«

Dann zog ich Jan hinter mir her, durch den Dschungel, auf die Straße und in Richtung Parkhaus.

Wir liefen schweigend; jeder hing seinen Gedanken nach. Meine hüpften nur so hin und her, zwischen Opa Hermann, Grete, Marie, Karl und Paul.

»Hast du einen Lieblingsbaum?«, fragte ich Jan.

Er blieb stehen. »Wenn du jetzt auch noch den Verstand verlierst, Kröte, bin ich echt aufgeschmissen.«

»Quatsch. Ich frage nur so. Magst zum Beispiel lieber Eichen oder Zedern?«

»Was?«

»Ist doch eine einfache Frage.« Und ein privates Orakel, von dem er aber nichts zu wissen brauchte.

Sissi und ich stellten uns ständig Orakel. Früher mit Kinderüberraschungseiern. Wenn eine bestimmte Figur drin war, sollte alles gut gehen. Na ja, auch später kaufte ich mir manchmal noch so ein Ding.

Er runzelte die Stirn und dachte eine Weile nach. »Ich

glaube, ich mag am liebsten Pinien. Schirmpinien. Die erinnern mich an meine schönsten Ferien in Italien. Damals, die Woche mit Eike …«

»Alles klar«, schnitt ich ihm das Wort ab.

War jetzt nicht besonders hilfreich gewesen.

Auf der Rückfahrt schwiegen wir beide. Es gab ja auch einiges zu verarbeiten.

Erst kurz bevor wir unseren Hof erreichten, sagte ich: »Vielleicht behalten wir die Geschichte erst einmal für uns.«

»Wollte ich auch gerade vorschlagen«, stimmte Jan mir zu. »Chaos haben wir ja schon genug.«

Recht hatte er.

Fünf Minuten später wurde unser Familienchaos durch eine spontane Entscheidung unseres Vaters angereichert.

12.

Und noch ’n Geheimnis

»Wo willst du hin, Papa?«, fragte Jan, als wir gerade aus dem Wagen stiegen. Dann verstummte er, und auch mir fiel erst mal nichts ein. Erst jetzt, da ich ihn sah, sickerte bei mir die Neuigkeit über Papas Herkunft richtig durch. Jan schien es ähnlich zu gehen.

Wir sahen den Mann an, dessen Leben für uns nie irgendwelche Geheimnisse geborgen hatte. Dies war unser Vater, ein erdverwachsener Heidjer, der Sohn von Opa Hermann und Oma Grete. Ein Vater, der uns stets Sicherheit gegeben hatte und der, so gut er es vermochte, zu uns stand. In guten und in weniger guten Zeiten. Er war unsere Zuflucht, er wusste immer Rat. Mochten Winterstürme über die Heide fegen, mochte die Familie auseinanderbrechen und sich in alle Winde zerstreuen – auf Olaf Lüttjens war Verlass. Er setzte ein liebevolles Gegengewicht zu Opa Hermanns eher rüdem Umgang mit uns und zu Mamas an Gleichgültigkeit grenzende innere Abwesenheit.

Als wir größer wurden, kam er nicht mehr ganz mit. Pubertierende Sprösslinge waren ihm zu kompliziert. Möglicherweise ahnte er auch, dass er mit unseren Problemen überfordert war. Nie erfuhr er, was Jan in der Schule durchmachte, nie verriet ich ihm, wie fremd ich mich in meiner eigenen Familie fühlte.

Dann waren seine Kinder plötzlich erwachsen, und Papa verstand die Welt nicht mehr. Mein fluchtartiges Fortgehen aus Nordergellersen, Jans Coming Out – das war schon hart für ihn gewesen. Er hatte einen anderen Lebensplan für uns gehabt und musste schmerzhaft lernen, dass wir eigene Wege gehen wollten. Damals hat er bestimmt am Erfolg seiner von Nachsicht geprägten Erziehungsmethode gezweifelt. Dennoch wussten wir, dass seine Liebe zu uns über alle Zeit hinweg Bestand hatte.

Und nun war er plötzlich ein anderer, einer, den wir vielleicht gar nicht richtig kannten, einer, der nicht wusste, was wir wussten.

»Was ist denn mit euch los? Was gafft ihr so? Kann ich mich nicht mal umziehen?«

Erst da bemerkte ich, dass er verändert aussah.

Ich trat näher und betrachtete ihn. Erstens war er frisch geduscht und duftete nach einem herben Rasierwasser, das ich nicht kannte. Zweitens trug er statt Gummistiefeln, Cordhose, Karohemd und Lederweste einen grauen Anzug, der ihm schätzungsweise vor zwanzig Jahren gut gepasst hatte. Das hellblaue Hemd würde beim ersten tiefen Atemzug sämtliche Knöpfe abschießen, und die schwarz gepunktete Krawatte hatte etwas von einer Würgeschlange. Am meisten fiel mir jedoch das Fehlen der Schirmmütze auf. Papa wirkte ohne sie nackt und verletzlich, und seine kurzen Haare hatten sich nach einigen Jahrzehnten mit Mütze nicht so schnell umgewöhnen können. Sie wiesen trotz Dusche noch diesen speziellen

Knick auf, den die Mütze seit Jahrzehnten dort einmodelliert hatte.

»Sehr schick«, kommentierte mein Bruder, der seine Sprache wiedergefunden hatte. »Aber wo willst du denn nun hin?«

Papa setzte sich hinter das Steuer seines alten Mercedes. »Nach Hamburg«, brummte er.

Ich zählte eins und eins zusammen und wunderte mich trotzdem. Papa unternahm solche Weltreisen nur in äußersten Notfällen.

»Nach Hamburg«, wiederholte Jan und stellte sich vor die Motorhaube. »Was willst du denn da?«

»Das geht dich gar nichts an«, kam es zurück.

Dieser Meinung war ich eigentlich auch. Aber Jan warf mir einen Hilfe suchenden Blick zu, und ich hatte plötzlich das Gefühl, dass er eine Katastrophe verhindern wollte. Das verstand ich zwar nicht ganz, überlegte jedoch blitzschnell, beugte mich dann zu Papa und gab ihm durch das Autofenster einen Kuss auf die Wange. »Wie schade. Ich hatte mich so gefreut, den Abend mit dir zu verbringen. Ich war doch so lange nicht mehr hier.«

Papa sah mich an. »Ach, auf einmal?«

Ich fühlte mich ertappt und senkte den Blick. »Ich dachte ja nur so. Du könntest mir mal die Pläne für den Stallausbau zeigen.«

Von Mama wusste ich, dass Papa den Heuboden in zwei Ferienwohnungen umwandeln wollte.

Er schien zu zögern, und ich hoffte schon, er würde bleiben. Immerhin war es sein größter Wunsch, mich heimzuholen auf den Hof, damit wir künftig als Team arbeiteten.

Aber dann schüttelte er den Kopf und drehte den Schlüssel im Zündschloss. »Dafür ist noch Zeit genug, wenn ich wieder da bin.«

Erschöpfung machte sich in mir breit, und ein paar meiner grauen Zellen gerieten durcheinander. »Wenn du sowieso schon in Hamburg bist, kannst du ja auch gleich die Tupperdose mit Opas Asche zurückbringen.«

Zum Glück hatte ich leise gesprochen und mich gleichzeitig aufgerichtet. Papa hatte mich nicht gehört. Jedenfalls zeigte sein Gesicht keinerlei Anzeichen eines Schocks.

Dafür brüllte Jan jetzt gegen den aufheulenden Motor an: »Du weißt doch überhaupt nicht, ob Mama überhaupt in Hamburg ist!«

»Nein!«, brüllte Papa zurück. »Aber ich kann es mir denken. Heidi wollte schon als junges Mädchen immer in die Stadt ins Kino. Lüneburg war ihr ja nicht gut genug!«

Erstaunlich, wie er mal eben so über schlappe fünfunddreißig Jahre hinweg Verknüpfungen herstellte.

»Und wenn schon!«, schrie Jan. »Hamburg ist groß! Du hast keine Ahnung, wo du nach Mama suchen musst!«

Der Motor erstarb. »Du etwa?«

»Könnte sein«, erwiderte Jan vorsichtig.

Papa stieg aus und baute sich vor seinem Sohn auf. Ziemlich bedrohlich, fand ich.

»Raus mit der Sprache. Steckst du etwa mit deiner Mutter unter einer Decke? Das würde ja zu dir passen.«

Jan verschränkte beleidigt die Arme vor der Brust. »Wenn du mir so kommst, sage ich keinen Ton mehr. Ich sehe sowieso nicht ein, wieso ich hier plötzlich allen aus der Patsche helfen soll. Erst Nele und jetzt dir.«

»Wieso Nele?«, fragte Papa.

»Ach, nur so.«

Papas Blick wanderte zwischen Jan und mir hin und her. Zum Glück zog er die falschen Schlüsse und schaute mich streng an. »Was wollte eigentlich dieser Anwalt vorhin von dir? Hat er dir verraten, was in Opas Testament steht? Als er heute hier war, habe ich nichts aus ihm rausgekriegt. Aber dich wollte er unbedingt sehen. Und er hat sich dabei ganz komisch ausgedrückt. Von wegen private Familienangelegenheit oder so. Wer bin *ich* denn? Der Hofhund?«

Das war eine ausgesprochen lange Rede für meinen sonst eher wortkargen Vater.

Jan stieß ein leises Kichern aus, ich musste schnell wegsehen.

»Äh, Papa ...«

Das Klingeln eines Handys rettete mich.

Es war nicht meins, auch nicht Jans. Nie im Leben würde der sich freiwillig Udo Jürgens als Klingelton wählen. Schon gar nicht *Ich war noch niemals in New York*.

Litt Papa manchmal unter Fernweh? Konnte ich mir nicht vorstellen. Möglicherweise hatte Mama ihm den Song eingestellt.

Er wirkte einen Moment verwirrt, bis er sein Handy in der linken Hosentasche fand. Dann hackte er hektisch darauf herum. Jeder andere hätte damit seinen Gesprächspartner weggedrückt, aber Papa rief nur: »Heidi! Wo bist du? Ist alles in Ordnung mit dir? Kommst du nach Hause? Ich warte hier auf dich!«

»Warum schreit er denn so?«, raunte ich Jan zu.

Der hob die Schultern. »Wahrscheinlich traut er der Technik nicht über den Weg.«

Mamas Antwort war offenbar zufriedenstellend, denn Papa hackte erneut auf das arme Gerät ein und steckte es zurück in die Hosentasche.

»Die Sache hat sich erledigt. Nele, willst du jetzt die Pläne für den Ausbau sehen? Sie liegen in meinem Büro. Wir können sie auch mit in den Stall nehmen, damit du dir alles besser vorstellen kannst.«

Ich fand seinen Themawechsel bemerkenswert. War ihm wohl peinlich, die Szene eben.

»Sehr gerne.« Ich wandte mich an Jan. »Kannst du in der Zeit mal schauen, ob du Hertha findest?« Ich zwinkerte ihm möglichst unauffällig zu.

Nicht unauffällig genug.

»Was habt ihr bloß alle mit dieser ominösen Hertha Dingsbums?«, erkundigte sich Papa. »Heute früh habt ihr auch schon von der Frau geredet.«

Richtig, fiel mir ein, und Oma Grete war auch schon misstrauisch geworden.

Ich beschloss, mich so dicht wie möglich an der Wahrheit zu halten. »Hertha Kowalski ist eine nette ältere Dame aus Hamburg, die ich im Zug kennengelernt habe. Sie hat wahrscheinlich etwas mitgenommen, das ich beim Aussteigen in Lüneburg liegengelassen habe. Deshalb suche ich sie jetzt.«

Jan hielt die Luft an, Papa musterte mich streng. »Und was ist das? Muss ja bannig wichtig sein, wenn du so einen Zirkus darum veranstaltest.«

Mist!

Was jetzt?

Ich kramte in meinem überforderten Gehirn nach einem glaubwürdigen Gegenstand. »Mein … äh … mein … Filofax.« Gar nicht schlecht. Ein bisschen retro vielleicht, aber das passte ja zu den Ereignissen dieser Tage.

Jan stieß die Luft pfeifend wieder aus. Er wirkte jetzt auch erschöpft.

Papa fasste sich an die Mütze, wie er es immer tat, wenn er nachdachte. Seine Finger bekamen aber nur den Haaransatz zu fassen. Das schien ihn einen Moment zu verwirren. Schließlich ließ er den Arm sinken.

»Filofax, so, so.« Bei ihm klang das wie Fix und Foxi. Doch sofort überraschte er mich: »Hätte ich nicht gedacht, dass man heutzutage noch so einen altertümlichen Taschenkalender braucht. Du hast doch schon ein Blackberry und einen Laptop.«

Jan riss die Augen auf, ich auch.

Papa lachte. »Ihr zwei denkt wohl, ich lebe hinterm Mond. Dabei weiß ich immer noch einiges mehr, als ihr denkt.«

Das stimmte. Und auch wieder nicht.

»Ich sichere mich eben gern doppelt und dreifach ab«, sagte ich. »Weil ich doch ein wenig … äh … vergesslich bin.«

»Nicht besonders plietsch«, ergänzte Jan.

»Offensichtlich«, brummte Papa. »Na, dann seht mal zu, dass ihr diese Dame findet. Die Pläne für den Stall kann ich dir auch morgen zeigen, Nele.«

Damit waren wir entlassen und beeilten uns, ins Haus und auf mein Zimmer zu kommen.

Aus der Küche drangen Gretes laute und Maries leise Stimme auf den Flur. Es ging, soweit ich es verstehen konnte, um den Grabstein aus Carrara-Marmor, und es klang eindeutig nach einem ausufernden Streit. Ich zögerte kurz auf der untersten Treppenstufe. Bestimmt hoffte Marie, ich würde jeden Moment heimkommen und ihr beistehen. Versprochen hatte ich es ja. Nur fühlte ich mich im Augenblick keiner weiteren Auseinandersetzung gewachsen. Auch fürchtete ich, mich zu verraten, wenn ich den beiden gegenüberstand. Eben mit Papa wäre es ja beim Thema Hamburg und Opas Asche auch schon fast schiefgegangen.

Vermutlich näherte ich mich so langsam dem geistigen Overkill. Jetzt bloß nicht noch auf Marie zustürzen, sie in die Arme nehmen und freudig »Liebste Omi!« rufen!

Großer Gott.

Schnell lief ich hinter meinem Bruder die Treppe nach oben.

Die Stunden bis zum Abend verbrachten Jan und ich mit gefühlten zweihundert Telefonaten nach Hamburg. Allesamt ergebnislos.

»So finden wir sie nie«, stöhnte ich und ließ mich frustriert aufs Bett fallen.

Jan sank neben mir in die Kissen. »Sieht so aus. Und im Fundbüro am Hauptbahnhof ist auch nichts.«

Das war seine geniale Idee gewesen. Ich hatte ihm dankbar auf die Schulter geklopft. »Na klar! Darauf hätte ich selbst kommen müssen! Das Fundbüro!« Innerlich hatte es mich geschüttelt. Die Vorstellung, dass die Tupperdose mit Opas Asche eines Tages als vergessener und nicht abgeholter Gegenstand zusammen mit Regenschirmen, Rucksäcken, Winterjacken und Spazierstöcken zur öffentlichen Versteigerung kommen würde, war ja auch außerordentlich gruselig.

Tja, die Idee war gut gewesen, nur leider brachte sie nicht den gewünschten Erfolg.

»Bedauere«, sagte der Bahnangestellte. Jan ließ mich mithören. »So etwas ist bei uns nicht abgegeben worden. Rufen Sie morgen noch einmal an. Manchmal dauert es, bis die Zugreinigung die Fundstücke bei uns abgibt.«

Ich unterdrückte einen Fluch, sah mir dann die noch immer so furchtbar lange Liste der Kowalskis an und gab die Hoffnung auf.

Nun wünschte ich mir, nie wieder von meinem Bett aufstehen zu müssen. Ich wollte mir keine Sorgen mehr machen müssen um verschwundene Asche, ausgetauschte Großmütter, zersprungene Herzen und Knutschorgien. Ich wollte einfach mal gar nichts mehr.

Auch Jan war müde. Er fuhr sich mit den Händen durchs Gesicht und stöhnte. »Ich kriege schon Falten von der Geschichte.«

»Quatsch. Du siehst toll aus.«

»Wirklich?«

»Großes Pfadfinderehrenwort.«

»Du warst nie bei den Pfadfindern.«

»Dann eben großes Indianerehrenwort.«

Jan ersparte mir einen Kommentar. Stattdessen versuchte er, mich zu trösten. »Die richtige Hertha Kowalski wird unseren Opa bestimmt nach Hause bringen.«

Zu gern wollte ich ihm glauben, konnte es jedoch nicht.

»Es sind schon mehr als vierundzwanzig Stunden vergangen. Sie hätte längst hier sein können.«

»Nur keine Panik. Alte Damen brauchen etwas länger.«

Ich war nicht so leicht zu überzeugen. »Vielleicht hat sie ja auch gedacht, wegen so einer Tupperdose mit ein paar zerkrümelten Reiswaffeln lohnt sich die Fahrt nicht. Sie hat Opa ausgekippt, in der Toilette runtergespült oder die Dose auf den Komposthaufen geleert, falls sie einen Garten in Hamburg hat. Und wenn sie nächstes Mal zu ihrer Tochter nach München fährt, packt sie ihre Brote da rein.«

Selbst der Hinweis, den ich in der Tupperdose platziert hatte, schien ja nicht gewirkt zu haben.

Jan stieß ein Seufzen aus. »Nun ist mal gut, Nele. So negativ kenne ich dich gar nicht. Apropos Brote. Ich habe Hunger, du nicht?«

»Wie kannst du nur so profan sein!«, empörte ich mich, während sich mein eigener Magen mit einem Knurren zu Wort meldete. Mittags hatten wir ja nicht viel gegessen.

Jan grinste. »Historische Ereignisse erfordern geistige und körperliche Kräfte. Ich kann weder denken noch handeln, wenn ich nicht gut genährt bin.«

Ich warf ihm ein Kissen an den Kopf; er parierte es mit einer Hand. Dann wurde er plötzlich nachdenklich. »Hast du je etwas geahnt, Nele? Von Hermann und Marie?«

»Im Leben nicht. Wer kommt denn auch auf so was? Hermann, Grete und Marie in einer Ménage à trois. Aber jetzt ist mir einiges klar geworden.«

»Mir auch«, sagte Jan und grinste schon wieder. »Deshalb drehen in unserer Familie auch langsam alle durch. Unser aller Leben ist auf einer Lüge aufgebaut. Ich finde, die Lüttjens würden sich supergut für eine zehnteilige Doku-Soap auf RTL 2 eignen.«

»Witzbold«, knurrte ich.

»Stimmt doch. Wir hätten einiges mehr zu bieten als irgendwelche Neureichen, die sich gerade mal wieder ein Haus in Monte Carlo zulegen wollen.«

Ein bisschen musste ich nun doch lachen.

»Sogar Mama sucht neuerdings immer öfter das Weite«, ergänzte Jan. »Wenn wir nicht aufpassen, zieht sie bald als spätes Blumenmädchen durch die Weltgeschichte.«

»Über Mama scheinst du ja mehr zu wissen als ich«, hakte ich ein.

Jan nickte.

»Also? Worauf wartest du noch? Erzähl!«

»Ich musste ihr schwören, ihr kleines Geheimnis für mich zu behalten.«

Meine Hand griff wieder nach dem Kopfkissen. Drohend schwebte es über Jans Kopf. »Raus mit der Sprache! Ich bin schließlich deine Schwester.« Und ihre Tochter, fügte ich im Stillen hinzu. Und ich dachte immer, ich hätte trotz allem ein gutes Verhältnis zu ihr gehabt. Ein ganz kleines bisschen war ich neidisch auf Jan.

13.
Schmalzbrot und Haschpfeife

Mein Bruder druckste eine Weile herum und erzählte dann von einem Erlebnis am Eppendorfer Markt, wo er zusammen mit Eike in einem Café gefrühstückt hatte.

»Wieso Eppendorf?«, fragte ich dazwischen, obwohl ich mir schon denken konnte, warum. »Ist ziemlich weit weg von der Schanze.«

»Da kennt ihn keiner«, erwiderte Jan sachlich, aber in seinen Augen stand wieder Traurigkeit.

Ich ließ das Kissen sinken und griff tröstend nach seiner Hand.

Dankbar drückte er meine Finger. »Jedenfalls habe ich an dem Morgen Mama gesehen. Sie lief zusammen mit ein paar anderen Frauen über die Kreuzung, und sie trugen alle mehr oder weniger dasselbe Hippie-Outfit. Eike hat mich gefragt, ob die Sechzigerjahre wieder ausgebrochen wären. Wenigstens hat er Mama nicht erkannt. Du weißt ja, wie spießig er ist.«

»Tja«, murmelte ich. »Schon erstaunlich für einen so bigotten Mann.«

»Nele, bitte.«

»Entschuldige.« Ich hätte ruhig mal ein bisschen einfühlsamer sein können.

Er verzieh mir mit einem kleinen Lächeln. »Als ich dann zwei Wochen später wieder hier war, habe ich sie darauf angesprochen.« Er brach ab.

»Und? Raus mit der Sprache.«

»Na ja, Mama hat erst mal nur herzlich gelacht. Das fand ich schon reichlich merkwürdig. Dann hat sie mich mit in den Ponystall genommen, wo uns keiner hören konnte. Und ich musste schwören, absolutes Stillschweigen zu bewahren. Es müssten ja keine Gefühle verletzt werden, meinte sie.«

»Damit hat sie natürlich Papa gemeint«, warf ich ein. »Der dreht ja durch, wenn er rauskriegt, dass sie da in Hamburg eine Kommune gegründet hat und …«

»Nele! Du weißt überhaupt nicht, wovon du redest.«

»Dann erkläre es mir doch.«

Jan seufzte. »Gern. Wenn du mich mal zu Wort kommen lässt.«

Ich hielt den Mund und ließ mich auf dem Bett zurücksinken. Für einen Moment hätte ich nichts dagegen gehabt, keine aufregenden Neuigkeiten mehr zu hören. Mein geistiges Fassungsvermögen war schon seit Stunden erschöpft. Aber die Neugier war dann doch größer.

»Eigentlich ist alles halb so wild«, fand Jan, der naturgemäß ein sehr toleranter Mensch ist. Und dann erzählte er mir von dem Doppelleben, das unsere Mutter in Hamburg-Eppendorf führte.

»Was ist los, Spatz? Du sagst ja gar nichts mehr.« Papa sah mich über den Tisch aufmerksam an. Auf seiner Stirn stand eine steile Falte.

Ich zuckte zusammen. Mit meinen Gedanken war ich gut fünfzig Kilometer weit weg gewesen. Bei Mama in Hamburg-Eppendorf. In einer großen Altbauwohnung, die sie sich mit sechs Alt-Hippies teilte. Auf einer wilden Party mit Musik von Leonard Cohen, Räucherstäbchen und lauter bekifften Leuten.

»Eine Wohngemeinschaft«, hatte Jan das genannt. Wo da der Unterschied zur Kommune sein sollte, wollte mir nicht in den Kopf. Darüber grübelte ich nach, seit sich die geschrumpfte Familie zum Abendbrot in der Küche versammelt hatte. Ein uralter Kassettenrekorder auf der Fensterbank spielte Hits von Heino, Maries erklärtem Lieblingssänger, dem sie seit Jahrzehnten die Treue hielt. Aber selbst *Die Schwarze Barbara* konnte mir nicht den Appetit verderben.

Es gab Bauernmischbrot, Mettwurst, Heideschinken, saure Gurken, Butter und Schweineschmalz mit Grieben.

Lecker!

Nur den süßen Hagebuttentee dazu mochte ich nicht. Ein großes Bier wäre mir lieber gewesen, lieber sogar als der kühlste Berlucchi, aber als ich danach fragte, handelte ich mir einen strafenden Blick von Oma Grete ein.

Ach, nein. Großtante Grete. Daran musste ich mich noch gewöhnen.

Der strafende Blick fühlte sich aber genauso an wie früher, als ich noch keinen Alkohol konsumieren durfte.

»Es ist alles okay«, sagte ich jetzt zu Papa. »Mach dir keine Sorgen.«

»Sie frisst wie ein Scheunendrescher«, warf Grete ein. »Zwei Brote mit Schinken, eins mit Mett und jetzt eins mit dick Schmalz drauf. Und auf die sauren Gurken hat sie eben Salz gestreut.«

Echt? Hatte ich gar nicht gemerkt. Und seit wann wurde hier eigentlich mitgezählt, was ich aß?

Grete war noch nicht fertig. »Vielleicht ist die Deern ja schwanger. Würde zu ihrem wilden Leben passen. Und mit dem Braten in der Röhre kommt sie dann hier wieder angekrochen.«

Schwanger? Erschrocken rechnete ich schnell im Kopf nach, dann atmete ich erleichtert auf. Mein letztes Abenteuer lag schon recht weit zurück. Zwei Zyklen, um genau zu sein. Ich unterdrückte einen tiefen Seufzer der Erleichterung. Ging keinen was an.

Wildes Leben? Da saßen hier aber welche am Tisch, die einiges mehr zu bieten hatten. Zum Beispiel einen Sohn, der gar nicht ihrer war ...

»Nele kann nicht schwanger sein, wenn wir keine Störche auf dem Dach haben«, stellte Marie mit echter Lüttjens-Logik fest. Dafür erntete sie ein verächtliches Kopfschütteln von Grete, in dem sich die komplette sechzigjährige Familienlüge versteckte. Das kapierte ich natürlich auch erst seit heute Nachmittag.

Jan stieß mich unter dem Tisch mit dem Fuß an. Ihm ging es genauso.

Papa ließ nicht locker. »Aber mit dir stimmt was nicht. Das sehe ich doch. Ist alles zu viel für dich. Das war ja ein Schock mit Opa.«

Und erst mit Opas Asche, dachte ich. Laut sagte ich: »Mir geht es gut, wirklich.« Mal abgesehen davon, dass deine Frau in Hamburg ein Doppelleben führt und wahrscheinlich jede Nacht ihren Liebhaber wechselt. Aber das muss ja nicht ausgerechnet ich dir erzählen.

Wie hatte Jan sich vorhin ausgedrückt? Genau: »Mama hat gesagt, sie würde verrückt werden, wenn sie nicht ihre WG hätte. Sie wäre dann schon vor Jahren abgehauen. Gleich nachdem wir beide weg waren.«

»Oh«, hatte ich erwidert. Mir war schmerzlich bewusst geworden, dass ich meine eigene Mutter nicht gut kannte.

»Wir waren nicht die Einzigen, die sich hier eingesperrt gefühlt haben. Und mit Papa hat sie sich schon seit Jahren gelangweilt.«

Gab es etwas Schlimmeres, das man über den eigenen Partner sagen konnte? Es schüttelte mich immer noch, wenn ich daran dachte.

In Eppendorf hatte Mama eine Gruppe Gleichgesinnter gefunden, die sich nach einiger Zeit gemeinsam die geräumige Altbauwohnung gemietet hatten. Dort trafen sie sich, wann immer sie Lust und Zeit hatten. Ein paar von ihnen wohnten dauerhaft dort, einige kamen ab und zu, so wie Mama. Dann wurde oft eine Party gefeiert, über den Weltfrieden diskutiert, kistenweise Wein konsumiert und ein bisschen guter Pot geraucht.

»Pot?«, hatte ich fassungslos kommentiert. »Unsere Mutter nimmt Drogen?«

»Quatsch. Sie raucht nur hin und wieder eine Haschpfeife zur Entspannung. Habe ich auch schon ausprobiert. Ist doch nichts dabei.«

»Nichts dabei? Du spinnst ja!«

Jan hatte gelacht und mich spielerisch in den Bauch geboxt. »Sei mal nicht so spießig, Nele.«

Ich? Spießig?

Großer Gott!

»Und dann haben sie noch diesen esoterischen Laden, wo Mama sich ein bisschen Geld dazuverdient«, war Jan fortgefahren. »Nichts Besonderes, meinte sie. Nur einschlägige Bücher, Kristalle aus dem Himalaja, Pendel, Karten und Kräuter. Ich glaube, eine der Frauen dort ist Wahrsagerin, eine andere arbeitet mit heißen Steinen.«

»Interessant«, hatte ich schwach erwidert. Als Nächstes würde er mir erzählen, Mama plane einen sechsmonatigen Aufenthalt in einem indischen Ashram, um ihren inneren Frieden zu finden.

Zu meinem Entsetzen hatte Jan dann tatsächlich noch hinzugefügt: »Sie träumt ja schon lange von einer Indienreise und …«

»Halt!«, hatte ich laut ausgerufen. »Stopp! Ich kann nicht mehr!«

Damit war ich aus meinem Zimmer geflohen, war die Treppe hinuntergerannt und hatte Zuflucht in der Küche gesucht. Mit Papa, Marie und Grete am Tisch ging es wenigstens um normale Themen wie Krankheit, Schwangerschaft, Störche …

Ach ja.

Papa warf mir noch einen langen Blick zu. »Vielleicht bist du einfach müde, Spatz. Du solltest heute mal früh zu Bett gehen.«

»Wunderbare Idee«, murmelte ich, vor allem, da ich mich tatsächlich reichlich vollgefressen fühlte. Aber Mettwurst! Heideschinken! Schmalzbrote! Wer konnte da schon widerstehen?

Ich eigentlich.

Bis vor zwei Tagen.

Wenn ich nicht aufpasste, entwickelte ich mich hier mit rasender Geschwindigkeit zurück zu einer Landpomeranze mit gesegnetem Appetit und beschränktem Horizont. Eine Art Zeitreise in die eigene Vergangenheit.

Grauenhafte Vorstellung.

Oder nicht?

Wieso fühlte sich das gar nicht so schrecklich an? Darüber würde ich mal in Ruhe nachdenken müssen. Irgendwann, wenn das Schlimmste vorbei war. Falls dieser paradiesische Zustand je eintreffen sollte.

Bevor noch jemand seine Meinung über mich kundtun konnte, kam Besuch. Da unsere Haustür wie gewohnt nicht abgeschlossen war, hatte der auch nicht geklingelt. Karl stand plötzlich in der Küchentür.

Ich sah schnell auf mein Handgelenk, an dem eine Cartier-Uhr edel vor sich hin glitzerte.

Gott sei Dank.

Die Zeitreise war noch nicht vollkommen abgeschlossen. Es gab sie noch, die taffe Großstadt-Nele.

Wenigstens am Handgelenk.

»Wollte nur fragen, ob du mit zu Otto kommst«, nuschelte Karl. Die geballte Anwesenheit von Lüttjens erinnerte ihn wohl auch an alte Zeiten, in denen er vorübergehend nicht so willkommen gewesen war. Besonders nicht in Papas Augen. Die verdunkelten sich auch prompt.

»Das verschiebt ihr besser auf einen anderen Abend. Nele ist ziemlich erschöpft.«

»Ich kann schon noch für mich selbst reden«, protestierte ich. Schnell stand ich auf und trat zu Karl. Die Brote in meinem Bauch kollerten dabei munter hin und her.

»Danke für die Einladung, aber …«

»Die alte Clique ist da«, sagte er schnell. »Alle würden sich freuen, dich zu sehen. Und ich … äh … natürlich auch.«

»Das ist sehr lieb von euch.« Ich vermied den Blick in seine blauen Augen.

»Aber ich bin wirklich kaputt. Tut mir echt leid. Vielleicht morgen, ja? Und grüß mir die anderen.«

Enttäuscht zog er ab, und ich hielt mich am Türrahmen fest. Nur zur Sicherheit. Nicht, dass ich doch noch hinterherlief.

Da ich schon einmal stand, sagte ich schnell meiner Familie Gute Nacht und verkrümelte mich. Grete ereiferte sich noch über Karl und mich und über was weiß ich noch. Aber ich hörte nicht mehr hin.

14.
Rin in de Kartüffeln, rut ut de Kartüffeln

Ich wachte vom Klingeln des Telefons auf. Im Halbschlaf dachte ich daran, wie sehr ich früher immer auf diesen Laut gewartet hatte. Es hätte ja für mich sein, es hätte ja Karl dran sein können.

Er fand das immer albern, wenn ich ihn bat, mich hin und wieder mal anzurufen. »Du hörst mich doch auch, wenn ich vom Kuhstall rüberrufe.«

Aber ich hatte darauf bestanden. Es war irgendwie schick, beinahe großstädtisch. Hin und wieder hatte er mir den Gefallen getan. Eher selten. Karl war ein eher sparsamer Mensch. Wie die meisten Menschen in unserer Gegend. Eine Spazierfahrt nach Lüneburg wurde schon als Prasserei angesehen, selbst wenn wir nur Am Sande ein kleines Eis im Stehen gegessen hatten.

Es klingelte immer noch. Eigentlich viel zu nah an meinem Kopf. Unser grünes Telefon hatte immer in der Diele gestanden. Inzwischen besaß die Familie Lüttjens zwei schnurlose Geräte, die nicht nur ständig verloren gingen, worüber sich Papa maßlos aufregen konnte, sondern auch ganz anders klangen.

Endlich wurde ich einigermaßen wach und griff nach meinem Blackberry.

»Moin, Kröte!« schallte es mir entgegen.

Nicht auszuhalten, so eine muntere Stimme.

»Musst du so schreien? Ich schlafe noch.«

Jan lachte. »Jetzt kannst du aber mal langsam wieder zu dir kommen. Oder willst du etwa bis Freitag durchschlafen und dem ganzen Stress mit der Beerdigung von Opas leerer Urne aus dem Weg gehen?«

Gute Idee, dachte ich. Warum war ich selbst noch nicht darauf gekommen?

»Mache ich glatt.«

»Sehr witzig«, sagte Jan. »Aber nun ist mal gut. Es ist ein Uhr mittags.«

Ein Uhr mittags?

Ausgeschlossen.

Ich schaute auf die riesige Wanduhr von Ikea, die ich vor Urzeiten mal schick gefunden hatte. Rund, weiß, mit fetten schwarzen Zeigern und Zahlen. Hätte auch gut in die Küche eines Schlachters gepasst, dachte ich inzwischen.

Ein Uhr, wirklich wahr.

Ich gähnte herzhaft. Wann war ich zuletzt so lange im Bett geblieben? Ich konnte mich nicht erinnern. Allen Problemen zum Trotz schien mir die Heimatluft gutzutun.

»Wir haben beschlossen, dich schlafen zu lassen«, erklärte Jan unnötigerweise.

»Danke.« So viel Rücksichtnahme war selten bei den Lüttjens. Ich wusste es zu schätzen.

Das aktuellste Familienproblem fiel mir ein. »Ist Mama wieder da?«

»Ja und nein.«

»Was soll das denn heißen?«

Jan lachte. »Die kam heute Morgen ganz früh nach Hause und hat sich gleich wieder hingelegt, ohne auch nur Guten Morgen zu sagen. Richtig anwesend ist sie also nicht.«

Für Spitzfindigkeiten war ich noch nicht fit genug. Für größere Krisen auch nicht. Ich beschloss, lieber später über Mama nachzudenken. Das ging erst nach einem anständigen Frühstück.

»Wieso rufst du überhaupt an?«

»Ich bin in Lüneburg«, erklärte Jan. »Ein paar alte Freunde besuchen.«

»Du hast keine alten Freunde in Lüneburg. Bloß Idioten, die dich früher gemobbt haben.«

»Irrtum«, sagte Jan und klang ein bisschen beleidigt, weil ich ihn an seine schwere Schulzeit erinnert hatte. »Wir haben im Salon viele Kunden, die von weit her zu uns kommen. Einige sind aus Lüneburg.«

Alle Achtung! Mein kleiner Bruder war ja wirklich gefragt in seinem Job.

»Ich habe Nachforschungen angestellt und spannende Dinge herausgefunden«, fügte Jan mit dramatischer James-Bond-Stimme hinzu.

Mittlerweile kam mein Denkvermögen langsam in Fahrt. »Willst du mir erzählen, dass einer von denen eine Hamburger Rentnerin namens Hertha Kowalski kennt?« Unsinnige Hoffnung flammte in mir auf – und verlosch gleich wieder.

»Nee, wie kommst du denn auf so was? Solche Zufälle gibt's nur im Film, Kröte.«

»Dachte ich mir schon.«

»Aber der Heiner Haferbeck, einer meiner besten Kunden, der kennt jemand anderen, und das dürfte dich interessieren.«

»Sag schon.«

Jan holte tief Luft. »Paul Liebling. Die beiden sind um ein paar Ecken miteinander verwandt. Und es kommt noch besser. Heiner kennt Pauls kleines privates Geheimnis. Ist eine echt irre Geschichte. Mir ist jetzt klar, warum er vor dir weggelaufen ist.«

»Hä?«

»Nun wach doch mal auf!«

»Versuche ich ja.« Kleines privates Geheimnis? Irre Geschichte? Ein schrecklicher Verdacht keimte in mir auf. Herr im Himmel! Das durfte nicht wahr sein! War Paul am Ende doch …

»Nein, er ist nicht schwul.«

»Woher weißt du …«

Jan lachte schon wieder. Ihn schien die ganze Geschichte köstlich zu amüsieren. »Ich kenne deine chaotischen Gedankengänge.«

Wie bitte? Chaotische Gedankengänge? Ich war ein rationaler, kühl denkender Mensch!

Ich kam nicht weiter, denn Jan sagte: »Paul hat in der Liebe bisher kein Glück gehabt, und er hat sich offensichtlich dazu entschlossen, für den Rest seines Lebens Single zu bleiben. Behauptet jedenfalls Heiner. Aber ich finde, er klingt glaubhaft.«

»Das hört sich jetzt aber gar nicht gut an«, erwiderte ich und grinste den jungen schönen Robbie Williams direkt neben der scheußlichen Wanduhr an. Wenn es um unglückliche Liebesgeschichten ging, war meine eigene mit Karl ja wohl kaum zu toppen.

»Ist es auch nicht«, erwiderte Jan mit Grabesstimme. »Du wirst dich wundern. Der Mann ist wirklich wild zum Zölibat entschlossen. Dem fehlt nur noch der Priesterkragen zu seinem Glück.«

Mein Grinsen verrutschte, und in meinem Kopf erscholl eine laute, leicht hysterische Stimme: Du willst nichts weiter wissen, Nele! Dein Leben ist derzeit kompliziert genug.

»Ich will …«

»Es ist besser, wir reden nachher in Ruhe darüber«, kam mir Jan zuvor. »Das dauert am Telefon zu lange. Aber jetzt weißt du wenigstens, dass sein komisches Verhalten nichts mit dir zu tun hatte. Er tut nur deshalb so, als habe die Knutschorgie nie stattgefunden, weil er sich von allem Weltlichen losgesagt hat. Und der Ausrutscher ist ihm wahrscheinlich furchtbar peinlich.«

Mir auch, dachte ich. Nur als Ausrutscher hätte ich den Vorfall nicht bezeichnet. Eher als … ausufernde Leidenschaft, Coup de foudre, Liebe auf den ersten Blick, Herzen im Gleichklang … na ja.

Jan versprach, sich auf den Heimweg zu machen, und ich drückte das Gespräch weg.

Pauls Flucht vor mir im ICE hatte also nichts mit mir zu tun. Es war durchaus möglich, dass er mich im Krematorium gern geküsst hatte, dass er mich womöglich sogar gern wieder küssen würde, wären da nicht seine schlechten Erfahrungen.

Ich hätte mich nun besser fühlen können. Tat ich aber nicht. Kein Stück. So wie Jan davon gesprochen hatte, schien es dem Mann wirklich ernst zu sein mit seiner Abkehr von der Liebe.

Feigling, schoss es mir durch den Kopf. Wenn alle so denken würden wie Paul Liebling, dann würde sich Deutschland vermutlich wirklich bald abschaffen. Oder die ganze Welt würde …

Mir war nicht ganz klar, wieso mich diese Neuigkeit so enttäuschte. Wollte auch lieber nicht länger darüber nachdenken. Ich schloss die Augen. Der schöne Robbie konnte mir jetzt auch nicht helfen.

Offenbar war ich wieder eingeschlafen, denn ich schrie auf, als jemand an meiner Schulter rüttelte.

»Sind wir hier im Luxushotel?«, erkundigte sich Grete äußerst schlecht gelaunt. »Aufstehen, Nele, aber ein bisschen dalli! Du hast lange genug geschlafen. Dein Mittagessen steht im Backofen, danach kümmerst du dich um den Abwasch.«

Sie hatte schon immer gern kommandiert, auch als sie noch meine Großmutter gewesen war. Und ich hatte schon immer gern gegen sie revoltiert.

Heute nicht. Folgsam stand ich auf und sagte: »Ist ja schon gut. Ich spring nur schnell unter die Dusche, dann komme ich runter.«

Ihr Blick war ein wenig verdutzt; sie hatte anderes von mir erwartet. Aber dann drehte sie sich um und knurrte nur noch: »Duschen! Um die Zeit! Wahrscheinlich auch noch mit warmem Wasser! Wie im Luxushotel!«

Ich unterdrückte ein Lachen. Grete mochte jemand anderes sein, als ich immer gedacht hatte, aber ändern würde sie sich nie.

Irgendwie tröstlich, der Gedanke.

Es war vierzehn Uhr, als ich endlich vor einem dampfenden Teller mit Bratwurst, Rotkohl und Pellkartoffeln saß. Der Rest der Familie hatte um punkt zwölf gegessen, wie es Brauch ist. Frühstück um sechs, Mittagessen um zwölf, Kaffeetrinken um drei, Abendbrot um sieben. Das war vermutlich schon seit Generationen von Lüttjens so.

Da niemand da war, der meckern konnte, aß ich mit Genuss. Nur Heino wollte mich weg vom Essen und rein in seinen Wigwam lotsen. Wieso sang der eigentlich auch, wenn Marie gar nicht in der Küche war? Ich drückte den Aus-Knopf.

Sehr erholsam.

Schon war der Teller leer, und ich nahm mir noch eine Bratwurst nach, dann noch eine. Auch noch etwas Rotkohl und Kartoffeln und – ach, eigentlich lohnte es sich nicht, die paar Reste noch aufzuheben. Ich aß, bis ich fast platzte. Dazu trank ich ein großes kühles Pils, als Entschädigung für den vorigen Abend.

Endlich war ich satt und überlegte gerade, ob ich auf der Küchenbank ein kurzes Verdauungsschläfchen halten sollte, als Mama in die Küche kam.

»Hey, Süße.« Ihr Blick fiel auf die leeren Schüsseln. »Das war eigentlich auch Jans Mittagessen. Er müsste jeden Moment da sein.«

»Ich hatte Hunger«, verteidigte ich mich. »Konnte ja nicht wissen, dass was übrig bleiben sollte.«

Mama lächelte. »Halb so wild. Ein paar Pellkartoffeln

müssten noch da sein.« Sie öffnete den Kühlschrank und untersuchte dessen Inhalt. »Und wir haben Eier, durchwachsenen Speck und saure Gurken. Prima. Ich kann ihm ein Bauernfrühstück machen.«

Bauernfrühstück! Köstlich!

Wäre ich nicht so pappsatt gewesen, hätte ich glatt wieder Appetit kriegen können.

Dann fing ich an, mich zu wundern. Seit wann benahm sich Mama wie eine Mutter? Für das Kochen waren, seit ich denken konnte, Grete und Marie zuständig gewesen. Auch um das Frühstück der Feriengäste kümmerten sich die beiden Schwestern.

Trotz ihres hohen Alters dachten sie gar nicht daran, damit aufzuhören. »Wenn ich nichts mehr zu tun habe, kann ich ja gleich abtreten«, hatte Grete mal gesagt, und Marie war in diesem Punkt ausnahmsweise ihrer Meinung gewesen.

Die Zimmer wurden von zwei Mädchen aus dem Dorf gemacht, Papa kümmerte sich um den Hof und fuhr die Gäste in die Heide. Und Mama – ja, worum kümmerte sich eigentlich Mama?

Um uns, als wir klein waren, klar. Aber später? War sie so unzufrieden, weil sie hier keine richtige Aufgabe hatte?

»Wenn du mal aufhören würdest, mich so anzustarren, koche ich uns Kaffee«, sagte Mama und räumte meine Bierflasche weg.

»Kaffee wäre toll.«

Den Abwasch ließ ich erst mal sein. Grete hatte mir gar nichts mehr zu sagen, beschloss ich, und mit etwas Glück hielt Mamas Hausfrauenphase noch ein paar Stunden an.

Es hätte gemütlich werden können mit uns beiden in der Küche, wenn ich nicht dieses flaue Gefühl im Magen gehabt hätte. Nicht wegen der drei Bratwürste, oder wenigstens nur zum Teil ihretwegen.

Paul Liebling ging mir nicht aus dem Kopf, und ich hoffte, mein Bruder würde bald kommen und mir alles erzählen. Oder er würde es für sich behalten. Keine Ahnung, was mir lieber war.

Mama sah auch nicht wirklich entspannt aus. Möglicherweise hatte sie ja Angst, Jan habe mir von ihrem Doppelleben erzählt.

Selten so geirrt.

»Sag mal«, begann sie nach einer Weile und drehte fahrig an ihrem Kaffeebecher. Die silbernen Armreifen klimperten leise bei jeder Drehung. »Du warst doch gestern bei diesem Anwalt in Lüneburg, hat Papa mir erzählt.«

»Ja, und?«

»Was wollte der denn? Mit Papa hat er ja nicht geredet, und ich war nicht da.«

»Du warst nicht da«, erwiderte ich und überlegte, ob ich das Gespräch auf Hamburg und ihre Kommune bringen sollte. Mein Gefühl sagte mir, dass Mama das mit einer Handbewegung fortwischen würde, um wieder über meinen Termin in Lüneburg zu sprechen. Also ließ ich es gleich und versuchte, blitzschnell zu überlegen, was ich antworten sollte. Mir fiel wieder ein, wie nervös sie vorgestern bei meiner Ankunft gewesen war. Ob Opa Hermann noch etwas gesagt hatte, bevor er gestorben war, hatte sie wissen wollen.

Ich überlegte, ob das große Familiengeheimnis der

Lüttjens schon seit Jahren gar keines mehr war. Hatten etwa alle längst Bescheid gewusst, außer Jan und mir?

Komisch. Warum sollte Mama befürchten, dass ich die Wahrheit über Papas Herkunft kannte? Sie hatte damit doch gar nichts zu tun. Im nächsten Moment dachte ich an das, was Paul gesagt hatte: Nur die Alten wussten davon, und jetzt Jan und ich.

Die Sache wurde immer verwirrender.

Nein, beschloss ich dann. Hier ging es um etwas anderes.

Nur: um was?

»Ich … bin mir nicht sicher, ob ich darüber sprechen darf«, begann ich vorsichtig. Eigentlich wollte ich Mama gern die ganze Geschichte erzählen. Ich wollte wieder ein Kind sein, das sich nicht mit Familienproblemen herumschlagen musste, auch nicht mit uralten Lügen. Doch vielleicht war dies nicht der richtige Moment und vor allem nicht der richtige Ort. Marie und Grete besaßen beide noch ein sehr gutes Gehör. Ihr Geheimnis sollte nicht auf diese Weise gelüftet werden. Wenn überhaupt. War das wirklich nötig? Wäre es nicht besser, es für mich zu behalten?

Ich wusste es nicht.

»Mama …«

Gott sei Dank hatte ich meinen Mund gehalten, denn plötzlich stand Papa in der Küche. Ich hätte schwören können, er hatte sich angeschlichen. Und hatte er sogar draußen gelauscht?

Dann wusste ich wenigstens, nach wem ich in dieser Beziehung schlug.

»Heidi, ich möchte mit dir reden«, sagte er.

Erstaunlich, dachte ich, wie viel Redebedarf plötzlich unter den sonst eher wortkargen Lüttjens herrschte. Papas Blick war finster, die Stirnfalten bildeten tiefe Gräben.

Das konnte stressig werden. Ich sah zu, dass ich wegkam.

Eine Stunde später rauschte Mama in ihrem Cabrio schon wieder vom Hof.

Offenbar war das Gespräch nicht gut gelaufen. Konnte sein, dass Papa sogar ein ordentliches Donnergrollen auf sie losgelassen hatte. Mir war ja schon klar geworden, dass seine äußere Ruhe täuschen konnte. Gehört hatte ich selbst nichts. Ich hatte einen Verdauungsspaziergang in Richtung des Kiefernwäldchens unternommen, das hundert Meter hinter unserem Hof begann. Der würzige Duft und die warme Sommerluft hatten mich zur Ruhe kommen lassen, und ich war innerlich gestärkt zurückgegangen.

Was immer Paul erlebt haben mochte, es konnte schon nicht so schlimm sein. Und was ging es mich eigentlich an? Mein Blick fiel auf den Küpperhof. Karl kam gerade aus dem Kuhstall und ging auf einen Trecker zu. Selbst auf die Entfernung wirkte er stark und selbstsicher. Ein Mann zum Anlehnen, keiner mit heimlichen Problemen.

Unwillkürlich beschleunigte ich meinen Schritt, aber als ich ankam, war Karl bereits mit dem Trecker losgefahren.

Schade.

Dann sprang ich zur Seite.

Das Cabrio verfehlte mich um wenige Zentimeter. Dafür ging eine Staubwolke auf mich nieder.

Kopfschüttelnd ging ich in die Küche, um nach dem

Abwasch zu sehen. Es konnte nicht schaden, bei Grete für gute Stimmung zu sorgen. War ja möglich, dass ich ihr in den nächsten Tagen ein unangenehmes Geständnis würde machen müssen. Vielleicht konnte sie mir leichter verzeihen, dass ich Opa verloren hatte, wenn das Geschirr sauber war.

Grete stand am Fenster und starrte in die Staubwolke, die Mamas Cabrio aufgewirbelt hatte. »Rin in de Kartüffeln, rut ut de Kartüffeln.«

Recht hatte sie.

15.
Pech gehabt, Paul!

Ich war gerade mit den letzten Töpfen fertig geworden, als Jan hereinkam. Sein Styling war heute nicht ganz so auffällig wie gestern. Zu einer ganz normalen Jeans und Chucks trug er ein malvenfarbenes T-Shirt mit ganz wenigen Pailletten. Die dunklen Haare hatte er kaum in Form gegelt. Auf den ersten Blick würde ihn niemand mehr mit Ricky Martin verwechseln, zumal das große Lachen fehlte, das er gestern noch so gern gezeigt hatte. Die Ereignisse zerrten an meinem Bruder. Er hatte es bestimmt satt, hier die Feuerwehr für verschiedene Familienmitglieder zu spielen. Wahrscheinlich wünschte er sich zurück in die Schanze, in sein normales Leben, an die Seite von Eike.

Nun ja. An Eikes Seite hatte er unglücklicherweise nichts zu suchen.

Ich schenkte ihm ein besonders zärtliches Schwesternlächeln. »In der Pfanne ist Bauernfrühstück für dich. Du wirst es nicht glauben, aber Mama hat es für dich vorbereitet. Anschließend ist sie nach einem Krach mit Papa schon wieder abgehauen.«

Jan hob nur die Augenbrauen. Die Probleme seiner Eltern waren ihm offensichtlich gerade egal.

Er ließ sich schwer auf die Küchenbank fallen. »Ich will nur einen Kaffee.«

Nachdem ich eine dampfende Tasse vor ihn hingestellt hatte, rührte er lange darin herum, bis er endlich mit der Sprache herausrückte. »Der Heiner hat mir alles unter dem Siegel der Verschwiegenheit erzählt.«

»Schon klar.«

»Es wäre für Paul peinlich, wenn es herauskäme. Zumal er sowieso schon mal Stadtgespräch war.«

Meine Neugier wuchs ins Unendliche.

»Es geht um vier Frauen«, begann Jan.

»Hoffentlich nicht alle auf einmal«, murmelte ich und feixte.

Mein Bruder warf mir einen Blick zu. Dir wird das Lachen gleich vergehen, sollte der wohl sagen.

»Seine erste große Liebe hieß Juliane. Sie lernten sich an der Uni kennen und galten bald als absolutes Traumpaar. Bis Paul ihre Familie kennenlernte.«

Ich biss mir auf die Lippen. Aus unerfindlichen Gründen war ich eifersüchtig auf diese Juliane, obwohl sie heute offenbar nicht Juliane Liebling hieß.

»Was ist passiert?«

»Das muss eine bannig durchgeknallte Sippe gewesen sein. Julianes Vater hatte dreimal geheiratet, und beide Exfrauen lebten mit im Haus. Dann war da, glaube ich, ein älterer Sohn, der sich in Vaters Exfrau Nummer zwei verliebt hatte, also in seine Stiefmutter. Ich glaube, ein Kind hatten die beiden auch und …«

»Hör bloß auf«, sagte ich dazwischen.

Sodom und Gomorrha. Ich wollte mir kein Urteil über

eine Familie erlauben, die ich nicht kannte, aber so wie ich Paul einschätzte, nämlich als ein wenig provinziell und äußerst korrekt, war das bestimmt nichts für ihn gewesen.

Ich dachte an meine eigene Familie und an das Arrangement, das Opa Hermann, Grete und Marie getroffen hatten. Wie würde Paul wohl darüber denken?

Sodom und Gomorrha?

Ich fühlte mich unbehaglich.

»Die Beziehung hat dann nicht mehr lange gehalten«, erzählte Jan weiter. »Zwei Jahre später hat Paul dann Katja kennengelernt, und wieder war ein Traumpaar geboren.« Er machte eine Pause, trank einen Schluck Kaffee und fuhr fort: »Nur dass Katja nicht in Lüneburg bleiben wollte. Ihr großer Traum war es, nach New York zu ziehen, und das hat sie im Jahr darauf auch getan. Paul blieb mit gebrochenem Herzen zurück.«

Mir war gar nicht mehr wohl in meiner Haut. Gut, München war nicht New York, aber ich war bekanntlich ebenfalls nicht der Typ, der gern auf dem Lande oder in einer Kleinstadt blieb.

»Sag mal, Jan, hast du nicht am Telefon gesagt, das Ganze hätte nichts mit mir zu tun? Ich habe eher das Gefühl, ich vereine Pauls Exfreundinnen in mir.«

Mein Bruder hob die Schultern. »Ist schon ein bisschen gruselig, finde ich auch. Aber mit den anderen beiden hast du nichts zu tun.

»Noch zwei Nieten.« Ich schauderte. Der arme Mann hatte ja wirklich Pech gehabt.

»Bei Sabine«, berichtete Jan, »schien anfangs wirklich alles in Ordnung zu sein. Unglücklicherweise hat Paul irgendwann herausgefunden, dass sie nicht die Frau war, für die er sie gehalten hatte.«

»Inwiefern?«

»Sie hat ihm wohl ziemlich was vorgelogen. Angeblich stammte sie aus einer Akademikerfamilie, dabei war ihre Mutter Putzfrau. Von ihrem Vater schwärmte sie in den höchsten Tönen. In Wahrheit kannte sie ihn überhaupt nicht. Sie hat wohl richtig viel gelogen.«

Merkwürdig, mit dieser Sabine fühlte ich mich solidarisch. Ich konnte es verstehen, dass sie ihre Familiengeschichte geschönt hatte, und ich fand, Paul hätte da ruhig etwas nachsichtiger sein können.

Aber wie gesagt, es ist schwer, etwas zu beurteilen, das man nur vom Hörensagen kennt.

»Heiner meint, Paul hätte Sabine auch als Tochter einer allein erziehenden Putzfrau geliebt. Aber die Lügengeschichten konnte er nicht ertragen. Plötzlich war sie jemand, den er gar nicht kannte. Nicht mehr die Frau, mit der er eine gemeinsame Zukunft geplant hatte.«

Auf unerklärliche Weise bedrückt ließ ich die Schultern hängen. Ich fragte mich, was Paul wohl von mir hielt. Ich war ja plötzlich auch eine andere geworden. Nicht mehr die Enkelin von Hermann und Grete Lüttjens, sondern die Enkelin von Hermann und Marie. Natürlich war das nicht meine Schuld, und ich hatte da auch nichts verschleiert. Wie auch? *Er* hatte mich ja darüber informiert. Aber fühlte er sich nicht an Sabine erinnert, wenn er mich ansah? Und an Katja, weil ich weggezogen war? Und an Juliane, weil meine Familie auch nicht ganz normal war? Also, ich an seiner Stelle wäre auch vor mir weggelaufen.

»Hast du nicht versprochen, die anderen beiden haben nichts mehr mit mir gemeinsam?«, erkundigte ich mich zaghaft.

Jan grinste. »Kann es sein, dass du alles ein bisschen zu sehr auf dich beziehst?«

Ich kniff ihn in den Arm.

»Autsch!«, sagte er. »Das ist nun der Dank für meine aufopfernde Spionagearbeit. Na gut, wenn es dich tröstet, Freundin Nummer vier hatte nun wirklich überhaupt nichts mit dir zu tun.«

»Hoffentlich.«

»Ich schwöre. Die hatte ein echtes Problem und wäre in einer Klinik wahrscheinlich besser aufgehoben gewesen.«

Hm. Ich stellte es mir sehr erholsam vor, mal einige Zeit in einem hübschen Krankenhausbett zu verbringen. Gutes Essen, Spaziergänge im Park und vor allem himmlische Ruhe. Wenn mich dann noch täglich ein Mann mit kuscheligen Augen besuchen würde …

Rasch konzentrierte ich mich wieder auf Jans Bericht über Pauls Liebespech. Den Rest hatte ihm offenbar Maike gegeben.

»Sie war die neue Sekretärin in der Kanzlei Liebling & Meyer«, erzählte Jan. »Eine echte Schönheit, dazu aus wirklich gutem Hause, Einzelkind eines Arztehepaares, mit ihrem Leben in Lüneburg vollkommen zufrieden und grundehrlich.«

Ich verspürte einen Stich. Klang verdammt nach der perfekten Frau. Das Gegenteil von mir also.

Ich sagte etwas in der Art, und Jan nickte.

»Nur dass Maike ihm schnell das Leben zur Hölle gemacht hat.«

»Wie denn?«, fragte ich gespannt. Mir war alles recht. Hauptsache, diese Maike verlor an Glanz.

»Anfangs war sie wohl noch ganz normal gewesen, aber mit der Zeit hat sie ihn nur noch kontrolliert. Sie hat seine privaten E-Mails gelesen, sein Handy überprüft und hat ihn anscheinend auch verfolgt, wenn er nur mal mit Freunden ein Bier trinken gegangen ist.«

Das klang gar nicht gut.

»Und dann«, fuhr Jan fort, »ist Paul dahintergekommen, dass Maike seit Jahren in therapeutischer Behandlung war. Sie litt unter extremen Verlustängsten und musste regelmäßig Antidepressiva nehmen. Ihre Eltern hatten sich in ihrer Kindheit einmal kurz getrennt. Davon hat sie irgendwie einen Knacks davongetragen.«

Das klang immer schlechter. Armer Paul, dachte ich plötzlich.

»Wie ist er damit umgegangen?«

»Er hat unendlich viel Geduld gehabt und hat immer versucht, ihr zu helfen. Seine Liebe war dabei schon auf der Strecke geblieben. Niemand ahnte etwas von dem Problem. Im Freundes- und Familienkreis haben sie die Rolle des glücklichen Paares weitergespielt.«

Jan trank einen Schluck Kaffee, während ich ungeduldig darauf wartete, dass er weitersprach.

»Irgendwann hat Maike es dann aber doch zu weit getrieben«, sagte er. »Paul hatte sich mit einer Mandantin zu einem Geschäftsessen im Rathauskeller getroffen. Maike ist da reingeplatzt und hat eine schreckliche Szene gemacht. Sie hat ihm ein Weinglas an den Kopf geworfen und ihn laut beschimpft. Am nächsten Tag soll darüber sogar eine Meldung in der Landeszeitung gestanden haben.«

»Oh«, machte ich nur.

Jan nickte. »Das Schlimmste war wohl die Lächerlichkeit der ganzen Situation. Pauls Mandantin war um die sechzig.«

»Vielleicht hat Maike das nicht gewusst.« Grundsätzlich war ich auf der Seite von Frauen, die befürchten mussten, von ihrem Freund, Verlobten oder Ehemann betrogen zu werden.

»Natürlich wusste sie es. Sie hatte ja sogar den Termin für Paul verabredet.«

Ich hatte vergessen, dass sie seine Sekretärin gewesen war.

»Jedenfalls war der Skandal perfekt, und Pauls Partner in der Kanzlei hat ihn vor die Wahl gestellt: Entweder er verließ Maike oder die Kanzlei.«

Das passte zu diesem Meyer, wie ich ihn kennengelernt hatte.

»Paul hat sich natürlich schwergetan. Heiner sagt, er sei ein durch und durch anständiger Mensch, und er hasste den Gedanken, Maike wehtun zu müssen.«

»Aus Mitleid kann man aber keine Beziehung weiterführen«, warf ich ein.

»Zu dem Schluss ist er dann auch gekommen. Soweit Heiner es in Erfahrung bringen konnte, hat Maike ganz vernünftig reagiert. Die beiden hatten schon lange eine Dampferfahrt auf der Elbe geplant. Paul dachte, auf einem entspannten Ausflug könnten sie am besten reden.

Also sind sie in Bleckede an Bord gegangen und Richtung Hamburg geschippert.«

Mir wurde plötzlich kalt, und ich wünschte, Jan würde jetzt schweigen.

»Sie standen an Deck, als Paul ihr gesagt hat, dass er sich trennen wolle. Er könne einfach so nicht mehr weitermachen. Maike hat gelächelt und gesagt, das könne sie wirklich verstehen. Dann hat sie sich umgedreht, ist zur Reling gelaufen und in den Fluss gesprungen.«

»Oh, mein Gott!«

»Sie ist nicht wieder aufgetaucht.«

Ich sah meinen Bruder groß an.

»Du kannst dir vorstellen, was da los war. Paul erlitt einen Schock, Maikes Eltern haben ihn verklagt, und sein Partner verließ die Kanzlei. Alle Welt wandte sich von ihm ab.«

Der arme Mann, dachte ich. Endlich verstand ich besser, warum er nur noch seine Ruhe haben wollte.

»Paul brauchte Wochen, um sich zu erholen. Beruflich war er so gut wie ruiniert. Bis Monate später eine Ansichtskarte eintraf. Aus Neuseeland.«

»Von Maike«, sagte ich perplex.

»Genau. Sie schrieb, es täte ihr leid, dass sie sich so böse an ihm gerächt hatte. Sie habe inzwischen ein neues Glück gefunden und wünsche ihm alles Gute.«

»Das war alles? Sie hat sein Leben zerstört und schreibt ihm eine Ansichtskarte?«

Jan nickte. »Bei ihren Eltern hat sie sich dann ebenfalls gemeldet. Die Geschichte kam auch wieder in die Zeitung. Maike war damals von einem Elbfischer gerettet worden. Sie schlug sich nach Hamburg durch, jobbte dort eine Weile und lernte schließlich einen Schiffskapitän aus Christchurch kennen. Den hat sie Hals über Kopf geheiratet und ist mit ihm in seine Heimat gezogen.«

»Wahnsinn«, sagte ich matt.

»Paul war somit rehabilitiert, aber es hat lange gedauert, bis alles in Ordnung gekommen ist. Heute läuft die Kanzlei wieder, und auf Familienfesten gibt sich Paul ausgeglichen und normal. Aber er ist zu oft enttäuscht worden. Sagt jedenfalls Heiner, und ich kann das echt nachfühlen.«

»Ich auch«, murmelte ich.

Stille senkte sich über die Küche. Ich griff nach Jans Hand, und wir dachten beide an Pauls Unglück.

»Seitdem hat er sich mit keiner Frau mehr eingelassen«, sagte Jan schließlich. »Heiner meint, die Familie macht sich große Sorgen um ihn, aber er lässt niemanden mehr an sich heran.«

Ich nickte, dachte an die Küsse im Krematorium, und mir wurde noch ein bisschen kälter. Was musste in ihm vorgegangen sein, als er sich plötzlich in den Armen einer wildfremden Frau wiedergefunden hatte?

»Verstehst du jetzt, warum er im Zug vor dir weggelaufen ist?«

»Klar«, sagte ich. Weiter wollte ich im Moment nicht denken. Sonst hätte ich einsehen müssen, dass aus Paul Liebling und mir nie etwas werden konnte.

Niemals!

Sonst hätte ich mich fragen müssen, ob ich darüber unglücklich war. Und dazu war ich derzeit nicht in der Verfassung.

Von draußen klangen Stimmen über den Hof. Die laute, giftige Stimme Gretes und die sanfte, traurige Stimme Maries.

Ich war richtig froh über dieses Stück normalen Lüttjens-Stresses.

Gleich darauf kamen die beiden alten Schwestern in die Küche, sahen uns auf der Eckbank sitzen und verstummten, für einen Moment verlegen.

»Hallo Oma, hallo Tantchen«, sagte Jan und schaute bewusst keine von beiden an.

Ich fühlte Maries Blick auf mir. Ach ja, der Grabstein. Ich beneidete sie fast darum, dass ein Stück Carrara-Marmor im Augenblick ihr größtes Problem war.

Hätte gern mit ihr getauscht.

Aber zu meiner Überraschung sagte Marie: »Kind, du bist blass wie die Wand. Warum legst du dich nicht ein bisschen in den Liegestuhl im Garten? Unsere schöne Heidesonne wird dir guttun.«

Dankbar lächelte ich ihr zu. »Das ist eine wunderbare Idee. Aber Jan und ich haben noch zu tun.«

Mein Bruder schüttelte den Kopf. »Geh du nur, Nele. Ich kümmere mich um die Sache.«

Er meinte natürlich Hertha Kowalski.

»Welche Sache?«, hakte Grete sofort nach. Manchmal vergaßen wir, wie topfit im Kopf die beiden waren. »Was ist das hier für eine Geheimniskrämerei? Ich will wissen, was unter meinem Dach vorgeht.«

Jan setzte sein charmantestes Lächeln auf. »Tut mir leid, aber ich kann wirklich nichts verraten. Es soll eine Überraschung sein.«

»Überraschungen gibt es zu Geburtstagen, nicht zu Beerdigungen«, brummte Grete.

Richtig.

Ich musste schlucken. In gewissem Sinne wäre es wirklich eine Überraschung, wenn Opas Asche wieder auftauchen würde. Nur dass möglichst niemand etwas davon mitbekommen sollte. Eine Überraschung, die niemanden überraschte.

Oh Gott!

Ich musste dringend hier raus.

Rasch stand ich auf. »Ich lege mich dann in den Liegestuhl«, sagte ich noch und verließ die Küche.

»Den Abwasch hat sie immerhin erledigt«, hörte ich Grete noch sagen, »aber die Töpfe hier sind nicht wirklich sauber. Da muss ich wohl noch mal ran.« Es folgte ein tiefer Seufzer.

»Ich helfe dir, liebste Grete«, erwiderte Jan.

»Kannst ruhig Oma sagen, wie immer.«

Jans Antwort bekam ich nicht mehr mit. Wahrscheinlich war ihm sowieso keine eingefallen.

16.

Das Sterben der Spitznamen

Heimatluft macht hungrig und müde. Oder wie sonst ließ es sich erklären, dass ich auf dem Liegestuhl sofort einschlief und nach dem Aufwachen einen gesunden Appetit verspürte?

Mein Unterbewusstsein war auf Draht, fand ich. Viel Nahrung, viel Schlaf, denn aller Wahrscheinlichkeit nach würde ich meine Kräfte in den nächsten Tagen noch brauchen.

Nur die Träume waren nicht wirklich gut gewählt. Erst war ich mit Paul im Baggersee geschwommen – nackt, versteht sich –, dann hatte ich neben Karl auf einem Bett aus Kiefernnadeln gelegen – auch nackt, logo. Störend war nur eine besonders pieksende Nadel, und so wachte ich davon auf, dass Jan mit einem spitzen Stöckchen in meinem Bauch herumbohrte.

»Geht's noch?«, protestierte ich und richtete mich auf. »Ich hatte gerade den Traum aller Träume. Sogar zwei von der Sorte.«

»Dachte ich mir. Du hast so laut gestöhnt, dass Grete und Marie schon den Arzt rufen wollten.«

Upps!

Ich richtete mich auf und sah mich um. Hinter den

mächtigen Eichen ging die Sonne unter, die Luft war samtig und roch nach würzigem Heidekraut. In unserem Garten standen einige Kübel mit den genügsamen Pflanzen, damit die Feriengäste gleich das richtige Heidefeeling bekamen.

»Wie spät ist es?«

»Kurz nach neun.«

Ich erschrak. Wo war der Tag geblieben? Hatte ich heute irgendetwas anderes getan als schlafen, essen und reden? Das bisschen Abwasch zählte nicht, hätte Grete jetzt gesagt.

Morgen war schon Donnerstag, und tags darauf sollte Opas Beerdigung stattfinden. Und nichts, gar nichts hatte ich bisher erreicht.

Helle Panik ergriff mich.

»Du hättest mich wecken müssen«, warf ich Jan vor. »Wenn ich den ganzen Tag schlafe, kann ich dir nicht helfen, Hertha zu finden.«

Mein Bruder ließ sich neben mir ins Gras fallen. »Du warst gestern fix und fertig, Kröte. Ich hatte das Gefühl, du musst Kräfte sammeln.«

Kannte mich ganz schön gut, mein Bruder.

»Aber Hertha …«

»Ich habe mich darum gekümmert, und ich bin ein Stück weitergekommen. Wenn ich allein arbeite, bin ich am besten.«

Das klang schon wieder nach James Bond, und ich kicherte.

»Lüttjens. Jan Lüttjens. Im Auftrag Ihrer Majestät, Nele der Ersten.«

Jan kitzelte mich mit dem Stöckchen. »Mach dich nur über mich lustig. Ich habe jedenfalls etwas herausgefunden, und zwar ohne dich.«

»Sorry. Du bist der beste aller Brüder. Was ist es denn? Haben wir es plötzlich nur noch mit einer Zahl unter hundert zu tun?«

Ein größeres Wunder konnte ich mir beim besten Willen nicht vorstellen. Mit der Hand schob ich das Stöckchen weg.

»Zwölf«, sagte Jan.

»Was?«

»Es sind nur noch zwölf Namen.«

»Du willst mich verkohlen.«

»Was du wieder von mir denkst.« In seinem Blick lag mächtiger Stolz, als er jetzt aufzählte: »Es sind genau sechs Hertha Kowalskis, zwei H. Kowalskis, zwei M. Kowalskis, ein Hans-Friedrich Kowalski und ein Karl-Theodor Kowalski.«

»Aber ... wie ...?« Es geschah eher selten, dass ich um Worte verlegen war.

»Ganz einfach. Einer unserer Kunden arbeitet bei der Bahnauskunft. Er hat für mich recherchiert und herausgefunden, dass eine Reisende namens Hertha Kowalski für den Montag telefonisch einen Abteilplatz für die Strecke von München nach Hamburg-Altona reserviert hatte. Das hat die Suche erheblich eingegrenzt. Ich bin dann noch einmal unsere Liste durchgegangen und habe mich auf die Stadtviertel Altona, Eimsbüttel, St. Pauli und Ottensen konzentriert.«

Ich riss die Augen auf. »Du hast einen Spion bei der

Bundesbahn? Sag mal, wo arbeitest du eigentlich? In einem Friseursalon in der Schanze oder bei der Mafia in Palermo?«

Jans stolzer Blick zeigte das Selbstbewusstsein eines Helden. »Gute Kontakte sind wichtig. Man weiß nicht, wofür man die Leute mal brauchen kann.«

Sage ich doch. Mafia.

An dieses außerordentliche Wunder mochte ich jedoch nicht glauben.

»Nur weil sie in Altona ausgestiegen ist, heißt das noch nicht, dass sie im näheren Umkreis wohnt«, gab ich zu bedenken.

Jan wirkte beleidigt. »Nee, klar. Aber die Wahrscheinlichkeit ist hoch. Oder hast du einen besseren Vorschlag?«

Ich schüttelte beschämt den Kopf.

»Eben. Wer schläft, fängt keine Herthas.«

Den blöden Spruch hatte ich mir jetzt verdient.

»Und hast du da schon angerufen?«

Jan schüttelte den Kopf. »Ich habe mir eine andere Vorgehensweise überlegt.«

»Willst du jemandem ein Angebot machen, das er nicht ausschlagen kann?«

»Was?«

»Nichts. Schon gut.«

Ganz so mafiös, wie ich befürchtet habe, war mein Bruder doch nicht unterwandert.

»Diese Telefonate bringen nichts«, führte er aus. »Stell dir vor, wir erwischen die richtige Hertha, und sie will nicht zugeben, dass sie die Tupperdose mitgenommen hat. Am Telefon können wir nichts machen, aber wenn wir vor ihr stehen, rückt sie Opas Asche vielleicht raus. Ich habe die Adressen. Morgen früh fahren wir nach Hamburg und klappern die Kowalskis einen nach dem anderen ab. Du wirst sehen, wir finden die richtige und bringen Opa rechtzeitig nach Hause.«

»Okay«, sagte ich schlicht. Was auch sonst? Die erotischen Träume von gleich zwei Männern hatten mich stark von meinem Hauptproblem abgelenkt. Wie gut, dass wenigstens einer von uns einen klaren Kopf behielt und mich zum Handeln zwang.

»Super.« Jan sprang auf. »Und wenn wir schon einmal in Hamburg sind, können wir auch mal nach Mama schauen. Sonst gibt es hier bald noch einen ausgewachsenen Rosenkrieg.«

»Wenn du meinst, das bringt was«, erwiderte ich wenig hoffnungsvoll.

»Einen Versuch ist es wert. Am besten nehmen wir sie mit nach Hause. Und jetzt komm. Wir gehen zu Otto. Ich habe Lust, die alte Clique wiederzusehen. Du nicht?«

»Ich weiß nicht«, gab ich ehrlich zu. »Ich habe ein bisschen Angst vor Karl.«

»Vor Karl oder vor dir selbst?«

»Beides«, gab ich zu.

»Da musst du durch. Sonst fragst du dich die nächsten dreizehneinhalb Jahre, was eventuell aus euch noch hätte werden können.«

»Aus uns kann nichts werden!«

Jan zog die Brauen hoch und schwieg.

»Bestimmt nicht«, ereiferte ich mich.

»Weil du in Paul verknallt bist?«

»Du hast ja einen Schuss!«

Jan steckte die Beleidigung mit einem leichten Lächeln weg. »Früher oder später wirst du dich entscheiden müssen: Karl oder Paul.«

»Du verstehst überhaupt nichts! Karl ist Vergangenheit, und Paul gibt den Priester. Was soll ich da noch entscheiden? Ich bleibe für immer und ewig allein, so wird es sein. Ich werde keine Kinder haben, keine Enkelkinder – überhaupt nichts.«

»Seit wann willst du Kinder?«

Gute Frage.

»Will ich ja gar nicht.«

Fühlte sich aber nur zu siebzig bis achtzig Prozent richtig an, diese Aussage. Vor drei Tagen wären es noch satte hundert Prozent gewesen. Da hatte meine Karriere auf Punkt eins meiner Wunschliste gestanden.

Dummerweise schossen mir die Tränen in die Augen. Jan zog mich hoch, schlang seine Arme um meinen Rücken und sagte: »Warte doch erst mal ab, Kröte. Man hat schon Pferde kotzen sehen.«

Ich musste unter Tränen grinsen. Das war ein Lieblingsspruch von Opa Hermann gewesen.

»Im Notfall werden wir beide eben die glücklichsten Singles der Lüneburger Heide«, sagte Jan. »Oder von Hamburg, München und Dubai.«

»Du siehst aber auch nicht besonders glücklich aus«, erklärte ich seiner Schulter.

Jan stieß mich ein Stück von sich ab. »Wir müssen fest daran glauben, dann klappt das auch. Und du gehst jetzt duschen, du riechst nicht besonders gut.«

Gute Idee.

Eine Dusche konnte ich gebrauchen. Hauptsache, Grete bekam es nicht mit.

Mir fiel auf, dass Jan bereits ausgehfein war und sich seinem derzeitigen Stylingvorbild wieder angenähert hatte. Zu einer engen schwarzen Hose trug er ein silbergraues Hemd, aus dessen Ausschnitt ein Halstuch ragte. Die Haare schimmerten in der Abendsonne, die Augen blickten dunkel und temperamentvoll.

»Du siehst toll aus.«

»Danke. Ich wollte mal ein paar Perlen vor die Säue werfen. Jetzt ab mit dir.«

War gar nicht so verkehrt, sich mal von seinem kleinen Bruder herumkommandieren zu lassen. Wenigstens einer, der sich um mich kümmerte.

»Ich beeile mich. Gibt es was zu essen?«

»Vorbereitet ist nichts. Grete und Marie haben das Bauernfrühstück zum Abendbrot verputzt. Wir können ja bei Otto einen Strammen Max essen.«

Strammer Max!

Göttlich!

Roggenbrot mit dick Butter und geräuchertem Speck. Darauf ein Spiegelei. Wie hatte ich nur so lange ohne einfache Hausmannskost auskommen können? Hatte ich wirklich geglaubt, ich könnte mich auf Dauer von Sushi, Bami-Goreng oder Carpaccio ernähren? Vielleicht lebte ich ja seit Jahren ein Leben, das gar nicht zu mir passte. Zumindest in kulinarischer Hinsicht. Oder auch in allumfassender …

Stopp, Nele!

Nicht den Verstand verlieren!

»Ich werde mindestens drei essen«, verkündete ich und verschwand im Haus.

Eine halbe Stunde später zog ich mich zum dritten Mal um. Bluse von D & G plus schräger Wickelrock von Vivienne Westwood.

Zu aufgedonnert.

Shorts von H & M plus Polohemd von Lacoste.

Zu langweilig.

Jeans? Trägerloses Top?

»Hilfe!«

Jan stand schon vor mir. »Nun mach doch nicht so einen Aufwand.« Er griff stilsicher in meinen Schrank. »Hier. Die abgeschnittenen Jeans, dazu das Streifenshirt. Und den Glitzergürtel hier.«

»Der ist uralt«, protestierte ich schwach.

»Aber wieder im Kommen.« Er zwinkerte mir zu. »Außerdem erkennt Karl ihn vielleicht wieder und liebt dich dann wie damals.«

»Ich will überhaupt nicht, dass Karl mich wie damals liebt. Er ist …«

»… Vergangenheit, ich hab's kapiert. Soll ich dir die Haare machen?«

»Lohnt sich nicht.«

»Nele!« Auf Jans Gesicht zeichnete sich pures Entsetzen ab. Für ihn gab es keine Situation im Leben, der man ungestylt entgegentreten durfte.

»Na gut.«

Eine weitere halbe Stunde später waren wir endlich fertig. Jan hatte natürlich auch noch auf ein dezentes

Make-up, Lidschatten, Mascara und Lipgloss bestanden. Jeglicher Protest zwecklos.

Wir schlichen die Treppe hinunter und verließen das Haus durch die Hintertür. Papa, Grete und Marie konnten uns gestohlen bleiben. Keiner von uns hatte Lust, in irgendwelche Probleme um Marmorgrabsteine oder verschwundene Ehefrauen verwickelt zu werden.

Heute nicht mehr.

Heute hatten wir mal frei.

»Oh Mann!«, rief Jan aus und blieb so plötzlich stehen, dass ich gegen ihn prallte.

»Hier sieht's ja genauso aus wie immer.«

Er betrat die Kneipe, und ich folgte ihm. Recht hatte er. An Ottos Inneneinrichtung waren die Jahre spurlos vorübergegangen. Die Tische und Stühle aus dunkel gebeiztem Eichenholz waren genauso zerkratzt und wackelig wie eh und je, auf dunkelgrünen Plastiktischdecken standen kleine Vasen mit verstaubten Trockenblumen, daneben steckte Besteck in ausrangierten Biergläsern. Die Gardinen hatten ihren Gelbstich auch in die Ära des Rauchverbots hinübergerettet, an den holzvertäfelten Wänden hingen grau gewordene Hirschgeweihe. Über der Biertheke baumelte die Reklame des Hauptlieferanten, und die tief hängenden Lampen boten so wenig Licht, dass die meisten Gäste nicht weiter auf die schäbigen Möbel achteten. Wir waren beide seit Jahren nicht mehr hier gewesen, aber es hätte auch gestern sein können.

»Krass«, sagte Jan.

Ich antwortete nicht. Mein Blick war zum hinteren Ecktisch gewandert, wo unsere Clique saß.

Da hatte sich im Gegensatz zur Kneipe schon so einiges verändert, und ich war mir nicht ganz sicher, ob ich mit diesen fremden erwachsenen Leuten dort noch irgendwas zu tun hatte. Während meiner wenigen Besuche zu Hause war ich nie dazu gekommen, jemanden zu treffen. Ich war auch immer so kurz geblieben, dass es keine zufälligen Begegnungen gegeben hatte.

Ein dicker Mann mit gelichtetem Haupthaar stieß Karl an, der mir den Rücken zuwandte. Sofort schnellte Karl herum, sprang auf, kam auf uns zu und lächelte mich breit an. Seine hellen Augen blitzten, die widerspenstige Haarlocke hing verwegen in die Stirn, und die linke Augenbraue saß besonders weit oben. Mir wurden die Knie weich.

»Wie schön, dass du da bist, Nele. Ich hatte schon die Hoffnung aufgegeben. Komm, ich habe dir einen Platz neben mir freigehalten.«

Jan stieß einen Laut aus, irgendwo zwischen Brummen und Lachen. »Ist mir auch ein Vergnügen, dich zu sehen, Karl Küpper.«

»Hey, Kleiner, komm mit. Dich quetschen wir noch mit auf die Bank.«

Ich kicherte. Jan überragte Karl um gute zehn Zentimeter, aber in dessen Augen würde er wohl immer der Kleine bleiben. So wie früher, als Jan darauf bestand, bei uns mitzumachen. Egal, ob wir mit Murmeln spielten, ausritten oder später Partys am Baggersee feierten. Der Kleine war immer dabei. Manchmal lästig, manchmal ganz lustig, meistens jedoch eher unsichtbar.

Erst jetzt fiel mir auf, dass er nie einen eigenen Freundeskreis gehabt hatte.

Weil er den Dorfjungen schon damals suspekt gewesen war? Nachdenklich runzelte ich die Stirn, während wir nun auf den Ecktisch zusteuerten. Nein, Jan war in Nordergellersen nie gemobbt worden. Weder in der Grundschule noch in der Freizeit. Nur hatte er sich wohl schwergetan, echte Freundschaften zu schließen.

Zum Glück hatte sich das geändert, als er nach Hamburg gezogen war. Ich wusste, dass er mittlerweile einen großen wunderbaren Freundeskreis besaß.

Die erwachsenen Leute an unserem Stammtisch klopften zur Begrüßung mit den Fingerknöcheln auf den runden Tisch. Hatte ich lange nicht mehr gehört, dieses Geräusch. Hörte sich gut an. Vertraut.

Karl schob mir mit großer Geste den freien Stuhl zurück. Ein bisschen fühlte ich mich wie seine Trophäe, und ich schielte besorgt zu dem eingestaubten Sechzehnender über mir hoch.

Der dicke Mann neben ihm grinste. »Welch unerwarteter Glanz in unserer bescheidenen Hütte.«

So blöde Sprüche hatte immer nur einer draufgehabt, und nun erkannte ich auch seine Stimme.

»Bolle, Tach auch.« Viel mehr fiel mir gerade nicht ein. Musste mich erst daran gewöhnen, dass der Sohn des Edeka-Filialleiters Kieling in den letzten Jahren geschätzte dreißig Kilo zugelegt hatte.

»Eigentlich sagen jetzt alle Wolfram zu mir«, erwiderte er pikiert. Er tätschelte die Hand der Frau neben ihm. Im Vergleich zu ihm wirkte sie regelrecht mager. »Silke kennst du doch hoffentlich auch noch?«

»Äh … na klar.«

Wir hatten sie damals Mücke gerufen, weil sie so klein war und weil man ihr besonders im Sommer am Baggersee nie entkommen konnte.

»Hallo«, sagte sie leise.

Das Reden übernahm wieder ihr Mann. »Wir sind verheiratet und haben sechs Kinder. Und den Aktivmarkt leite ich jetzt.«

»Toll. Herzlichen Glückwunsch.«

Sechs Kinder in dreizehneinhalb Jahren.

Mannomann!

Wie hatte die kleine Mücke das bloß geschafft?

Ich brauchte dringend was zu trinken.

Otto erhörte mich und knallte ein Bier vor mich hin. »Wat to eten?«, knurrte er. Dankbar lächelte ich ihn an. Otto hatte sich, wie seine Kneipe, nicht verändert. Er hatte schon, seit ich denken konnte, eine Glatze gehabt und war immer noch dünn wie ein Wanderstock. Ein Mann der vielen Worte war er auch nie gewesen.

»Strammer Max, bitte. Am besten gleich zwei. Du auch, Jan?«

Mein Bruder hörte mich nicht. Er war ganz auf den jungen Mann neben sich konzentriert. Der kam mir vage bekannt vor.

»Mach uns erst mal drei stramme Mäxchen«, bat ich Otto. »Dann sehen wir weiter.«

Der Wirt zog ab, und ich betrachtete Jans Banknachbarn. In dieser Runde eher normal gekleideter Leute – mal abgesehen von meinem Bruder, versteht sich – wirkte er wie ein Paradiesvogel in einem Taubenschwarm. Gelbes Fransenhemd und weiße Leinenhosen. Dazu schwarze

Lackschuhe, wie ich mit einem schnellen Blick unter den Tisch feststellte. Die braunen Haare trug er kinnlang, mit blonden Strähnchen darin und einem Glanz, den es sonst nur in der Shampoowerbung im Fernsehen gab.

Das Gespräch der beiden drehte sich auch gerade um ein besonderes Spray.

»Didi?«, fragte ich dazwischen und rieb mir die Augen. »Bist du es wirklich?«

Er grinste mich an und entblößte zwei Reihen perfekter weißer Zähne.

Wow! Der Didi, den ich gekannt hatte, war mit krummen und eher bräunlichen Zähnen rumgelaufen. Und er war eher eine unterdurchschnittliche Erscheinung gewesen.

»Hans-Dieter wäre mir lieber«, sagte er freundlich. »Didi klingt so kindlich, und ich bin schon seit einer Weile ein erwachsener Mann.«

Ich nickte.

Wohin waren bloß all die schönen Spitznamen von damals verschwunden?

Am Ende war jetzt auch noch Pamela zu ihrem richtigen Vornamen zurückgekehrt. Wie traurig! Pamela natürlich nach Pamela Anderson. Wer so blond und gut ausgestattet war wie sie, konnte in den Neunzigern gar keinen anderen Spitznamen bekommen. Alle schauten wir Baywatch, Ehrensache, und alle Jungs schwärmten für Pamela, alle Mädchen für David Hasselhoff.

Außer mir. Ich liebte vorübergehend John Allen Nelson. Keiner machte am sonnigen Strand von Malibu bessere Liegestützen und Sit-ups als er. Als er wegen einer Erkrankung an der Netzhaut aus der Serie aussteigen musste, war das für mich richtig schlimm.

Ich trank mein Bier zur Hälfte aus. Meine linke Körperhälfte, die an Karl grenzte, war mollig warm geworden. Bildete ich mir das ein, oder drängte er sich gegen mich? Eben war noch viel mehr Platz zwischen uns gewesen.

»Hi, Irmintraud«, sagte ich zu der Blondine, die mit Anfang dreißig ausgesprochen sexy aussah. Sogar mehr als früher. Die Haare waren kürzer, der Ausschnitt dafür tiefer. Die Augen blitzten feuriger als zu ihrer Teenagerzeit.

»Irmintraud? Hast du sie noch alle? Willst du meinen Ruf ruinieren?«

»Äh … entschuldige, Pamela. Ich dachte, hier hätte ein kollektives Spitznamensterben eingesetzt.«

Sie lachte laut und rauchig, so wie früher.

»Ich will aber nicht mehr Mutti heißen«, meldete sich neben ihr eine brünette Frau zu Wort, die mir vorher noch gar nicht aufgefallen war. Typisch, Anke war schon immer unscheinbar gewesen. Sie hatte sehr aus dem Hintergrund gewirkt. Als Ansprechpartnerin für Probleme jeglicher Art. Daher die Mutti.

Wieso hatten eigentlich Karl und ich in der Clique keine Spitznamen gehabt? Mein Exfreund war nie zu einem Kalli degradiert worden, und ich war immer Nele geblieben. Umso besser – mir reichten der Spatz und die Kröte in meiner Familie.

Bevor mein Bier leer war, stand ein neues vor mir, und gleich darauf kamen meine zwei Strammen Mäxchen. Ich griff zu dem Glas ohne Henkel in der Mitte des Tisches, schnappte mir Messer, Gabel und Papierservietten und haute rein.

»Guten Hunger«, sagten die anderen wie aus einem Munde, und auf einmal waren sie alle wieder da, die Freunde meiner Kindheit und Jugendzeit. Mochten sie sich verändert haben, sie waren immer noch meine alte Clique. Plötzlich fragte ich mich, wie ich all die Jahre ohne sie klargekommen war. Sicher, ich kannte auch in München viele Menschen, und Sissi war eine wunderbare Freundin. Aber die hier, die waren meine Leute, meine Gefährten, mein Volk.

»Da«, sagte Anke und schob mir einen Jägermeister über den Tisch. »Trink den, bevor du losheulst. Wir haben dich übrigens auch vermisst.«

»Danke Mu … danke.«

Von dem Moment an wurde es lustig an unserem Stammtisch. Da Jan seinen Strammen Max nicht wollte, aß ich auch den. So hatte ich eine gute Grundlage für die Bierchen und Jägermeister, die noch folgten. Hin und wieder kippte ich fast vom Stuhl, aber nur, weil Karl mir so dicht auf die Pelle rückte.

»Können wir mal den Platz tauschen?«, bat ich ihn nach einer Weile.

Er verstand nicht, warum, tat mir aber den Gefallen. So wurde mir wenigstens gleichmäßig heiß.

Wer aus unserer Runde dann den Vorschlag machte, noch zum Baggersee zu fahren, wusste ich am nächsten Tag nicht mehr.

War jedenfalls keine gute Idee.

17.
Nachts im Baggersee

Wolfram, *former known as Bolle*, war dank kritischer Leberwerte, wie mir Silke verriet, als Einziger noch fahrtüchtig geblieben und holte seinen Lieferwagen. Lachend zwängten wir uns in den Laderaum.

Die Fahrt ging hoppelnd über den Sandweg zum Baggersee. Ich hielt mich an Karl fest, was der prompt missverstand. So eng drückte er mich an sich, dass ich um die Strammen Mäxchen in meinem Magen fürchtete. Es ging aber alles gut, und gleich darauf wurden wir befreit.

Absprachen waren nicht nötig. Jeder in der Clique erledigte die Aufgaben, die er schon damals innegehabt hatte. Wolfram, Hans-Dieter und Jan verschwanden zum Holzsammeln im Wald, Karl schleppte zwei Bierkisten zu unserem angestammten Lagerplatz, und wir Frauen spießten Würstchen auf grüne Zweige und wickelten Kartoffeln in Alufolie. Bald prasselte ein munteres Feuer, Bierflaschen wurden herumgereicht, und wir spürten alle, wie die Jahre von uns abfielen.

Ich stellte fest, dass noch zwei Würstchen in meinen Bauch passten, und Bier sowieso.

Es war gemütlich, romantisch, idyllisch – bis plötzlich Jan ausrief: »Wer kommt mit schwimmen?«

»Alle natürlich«, sagte Karl und fing schon an, sich auszuziehen.

Mist!

Bis zu dieser Sekunde war ich in Sicherheit gewesen. Auf dem umgestürzten Baumstamm zwischen Pamela und Anke konnte mir nichts passieren, und mir war auch nicht mehr so heiß wie vorhin bei Otto, obwohl ich nah am Feuer saß.

Pamela und Anke hatten verwundert die Augen aufgerissen, als ich mit leiser Panik in der Stimme gefragt hatte: »Ist hier noch frei?«, und mich dann zwischen sie quetschte.

Egal.

Karls verletzten Blick konnte ich im Feuerschein nicht genau erkennen, und ich hoffte, mein verirrtes Herz würde diese Nacht unbeschadet überstehen. Und der Rest von mir auch.

Hätte klappen können, wäre Jan nicht auf diese bescheuerte Idee gekommen.

Schwimmen.

Im Dunkeln.

Nackt.

So wie damals eben.

»Der sieht noch genauso knackig aus wie früher«, bemerkte Pamela voller Bewunderung und zeigte auf Karls entblößte Rückansicht.

Ich starrte sicherheitshalber ins Feuer, hob dann aber doch wie unter Zwang den Blick.

Verdammt! Ich kannte jeden Millimeter an diesem Körper, hatte ihn tausendmal gestreichelt.

Selbst im schwachen Feuerschein bemerkte ich die typische Bräune des Landwirts. Arme und Hals kaffeebraun, der Rest von geisterhaftem Weiß. Ich sah das Muskelspiel seines Rückens, die langen, kräftigen Beine und das verdammt knackige Körperteil dazwischen.

»Stimmt«, sagte Anke.

Ich konnte nur schlucken.

Jan und Hans-Dieter sprangen bereits unter lautem Kreischen ins Wasser. Wolfram und Silke schüttelten die Köpfe. Wolfram traute sich wohl nicht, sein Übergewicht zur Schau zu stellen, Silke blieb aus Solidarität bei ihrem Mann. Pamela und Anke zögerten noch, aber in ihren Augen glitzerte es abenteuerlustig.

Ich wollte nicht.

Viel zu gefährlich.

»Nele, kommst du?«, fragte Karl und drehte sich um.

Er drehte sich um!

»Wow!«, stieß Pamela aus.

»Boah!«, machte Anke.

Sogar die mehrfache Mutter Silke stieß einen kleinen spitzen Schrei aus.

Ich schloss die Augen.

Zu spät. Sein Anblick hatte sich bereits in meine Netzhaut gebrannt.

»Also, wenn du ihn nicht mehr willst, nehme ich ihn«, raunte Pamela mir zu. »Ich bin gerade Single.«

»Und ich werde Zweitfrau«, sagte Anke einen Tick zu laut.

»Was?«, fragte Karl. Er schien sich seiner Wirkung überhaupt nicht bewusst zu sein.

»Nichts«, erwiderten beide schnell. »Wir kommen!« Schon waren sie aufgesprungen und schlüpften nun aus ihren Klamotten.

»Und du, Nele?«

Ich nicht!

»Ich auch.«

Zum Ausziehen entfernte ich mich aber vom Feuerschein, *mein* Körper hatte sich in diesen Jahren schon ein wenig verändert. Früher war ich schlank gewesen, und alle anderen Mädchen hatten mich um meine Taille beneidet, die Karl mit seinen Händen umschließen konnte. Heute neigte ich zur Magerkeit. Und ich schämte mich auf einmal meiner hervorstehenden Rippen und meines kleinen Busens. Ich sollte eine Weile hierbleiben, dachte ich. Dann würde ich ein paar Kilo zulegen. Bei dem, was ich schon seit zwei Tagen alles in mich hineinschlang, müsste das zu schaffen sein.

Das Wasser war kalt. Eiskalt.

Für einige von uns genau das Richtige. Erotische Gefühle waren bei diesen Temperaturen eher ausgeschlossen.

Irrtum.

Plötzlich umschlangen mich Karls kräftige Arme von hinten, und ich spürte, wie er seinen eisigen und zugleich heißen Bauch an mich drückte.

Hilfe!

Meine Zehenspitzen erreichten gerade eben noch den schlammigen Grund, aber weil mir die Knie weich wurden, schluckte ich Wasser.

»Hör sofort auf!«, rief ich, als ich die Ladung ausgespuckt hatte.

»Warum denn? Gefällt es dir nicht?« Er knabberte inzwischen an meinem linken Ohrläppchen und zog mich ins tiefere Wasser.

Oh Gott! Karl wusste noch genau, was er tun musste, damit ich schwach wurde. Meine Ohrläppchen gehören definitiv zu meinen erogenen Zonen.

»Karl!«

Er ließ mich ganz plötzlich los, und ich ging unter.

Prustend kam ich wieder hoch. »Spinnst du? Willst du mich umbringen?«

»Nein«, sagte er zärtlich. »Ich will dich lieben.«

Dann drehte er mich zu sich um und verschloss meinen Mund mit seinen Lippen.

Ich achtete nicht auf das Gekicher von Pamela und Anke, ich verlor mich in diesem Kuss, und als seine Lippen zum rechten Ohrläppchen wanderten, war ich verloren.

»Oh, Paul«, flüsterte ich.

Schon war ich wieder unter Wasser.

Als ich strampelnd wieder hochkam, starrte Karl mich wütend an.

»Wer zum Teufel ist Paul?«

Autsch. Da hatte ich jetzt was durcheinander gekriegt. Lag bestimmt an dem Traum vom Nachmittag.

»Entschuldige. Du warst ja der auf dem Bett aus Kiefernnadeln.«

Entweder war mir der Alkohol nicht bekommen oder das viele Seewasser.

Karl sagte keinen Ton mehr. Er drehte sich um, schwamm ein Stück, stapfte dann aus dem Wasser und ging zum Feuer, wo er seine Sachen abgelegt hatte.

»Mensch, Nele«, sagte Pamela neben mir. »Hätten wir das nicht diplomatischer hinkriegen können? Jetzt hat keine was von ihm.«

Ich überlegte, ob ich ein schlechtes Gewissen hätte haben müssen, und entschied mich dagegen. Pamela und Anke lebten seit Jahren quasi Tür an Tür mit Karl. Wenn sie bis heute nichts mit ihm auf die Reihe gekriegt hatten, war das nicht mein Problem.

Rasch kehrte auch ich ans Ufer zurück und verbrachte ein paar Minuten in aufsteigender Panik damit, im Dunkeln nach meinen Klamotten zu suchen. Das hatte ich nun davon, dass ich mich aus lauter Schamhaftigkeit weit weg vom Feuer ausgezogen hatte. Möglich, dass ich die Sachen nicht mehr wiederfinden würde.

Was dann?

Um Hilfe rufen? Keine gute Idee, falls nur Karl meinen Ruf hören sollte.

Mich mit Palmenwedeln bedecken? Hätte im Urwald von Borneo klappen können.

Seufzend vor Erleichterung stieß ich schließlich auf das Bündel und zog mich an.

Die Rückfahrt verlief in gedrückter Stimmung, nur mein Bruder und Hans-Dieter ließen sich davon nicht stören. Sie unterhielten sich angeregt über die Vorteile verschiedener Cremes.

»Bist du müde?«, fragte mich Jan, nachdem Wolfram uns zu Hause abgesetzt hatte.

Müde? Ich war am Ende meiner Kräfte. Obwohl ich so viel geschlafen hatte. Ausgelaugt. Völlig am Ende.

»Kein Stück.«

Jan strahlte. »In fünf Minuten auf dem Heuboden. Ich hole uns noch was zu trinken.«

»Lieber nicht. Ich habe schon genug intus, und morgen muss ich für Hamburg fit sein.«

Andererseits fühlte ich mich nach dem Bad im See wieder stocknüchtern.

Jan war schon im Haus verschwunden, und ich überquerte den Hof in Richtung Stall. Ernie und Bert wieherten mir leise entgegen. Ich kraulte beiden kurz die Mähne, bevor ich im schwachen Licht über die Holzleiter nach oben stieg. Mir fiel ein, dass Papa noch nicht dazu gekommen war, mir die Pläne für den Stallausbau zu zeigen. Kein Wunder, bei dem, was so los war.

Süßlicher Heugeruch kitzelte mir in der Nase, und eine Duftwelle voller Erinnerungen rollte auf mich zu. Jan und ich als Kinder, die sich eine Höhle im Heu bauten und Lachkrämpfe bekamen, weil die immer wieder in sich zusammenstürzte.

Jan und ich, mit zwölf und vierzehn Jahren, vollkommen ernst, vertieft in das wichtigste Gespräch unseres bisherigen Lebens. Ich konnte mich noch gut an meinen Schrecken erinnern, als Jan mir eröffnet hatte, dass er, wie er sich ausdrückte, nicht normal war. Er fände Mädchen immer noch doof und fühle sich zu Jungs hingezogen. Geahnt hatte ich es natürlich schon, aber es aus seinem Mund zu hören, war ein Schock.

Trotzdem behielt ich die Fassung. »Du bist nicht unnormal, du bist einfach nur homosexuell«, erklärte ich mit meinem ganzen *Bravo*-Wissen. »Das ist heutzutage auch nicht mehr verboten.«

Jahre später erklärte mir Jan einmal, wie sehr ich ihm damals geholfen hatte. Seine Schwester, der erste Mensch, dem er sich anvertraut hatte, verurteilte ihn nicht. Das gab ihm Mut, auf seinem Weg weiterzugehen.

Eine andere Erinnerung drängte sich in meinen Kopf. Es half nichts, die Augen zu schließen. Im Gegenteil. Schon sah ich Karl noch viel deutlicher vor mir. Splitternackt wie vorhin am Baggersee, ohne Fältchen um die Augen, über mir, auf mir, in mir.

»Hier kommt Ferrari-Flasche Nummer zwei!«, tönte Jans Stimme von unten herauf.

Mein Bruder, mein Retter. Die Erinnerung verzog sich tiefer ins Heu.

»Wie viele Flaschen hast du denn mitgebracht?«, fragte ich, froh, dass meine Stimme einigermaßen normal klang.

Jan kam die Leiter heraufgeklettert und reichte mir zwei Sektgläser. Dann ließ er sich neben mich ins Heu sinken. »Drei. Aber die letzte wird nicht angerührt. Die ist für den absoluten Notfall.«

Ich zweifelte keine Sekunde daran, dass wir Ferrari Nummer drei auch noch köpfen würden.

Der absolute Notfall?

War bestimmt machbar.

Jan entkorkte die Flasche mit einem leisen *Plopp* und schenkte uns ein.

Wir prosteten uns zu, sahen uns an und grinsten.

»Das war ein Spaß vorhin«, sagte er.

»Na ja.«

»Was war eigentlich bei dir los? Ist Karl dir an die Wäsche gegangen?«

»Ich hatte keine an.«

Jan prustete mir einen Schluck Prosecco ins Gesicht.

»Igitt!« Aber ich musste auch lachen.

»Und dann?«, fragte Jan schließlich.

»Hat er mich geküsst.«

»Gut?«

»Hm.«

»Aber warum war Karl plötzlich so sauer? Ich habe nur gesehen, wie er aus dem See gestapft ist.«

»Ich habe Paul zu ihm gesagt.«

Jan hatte zum Glück noch nicht wieder getrunken.

Er sperrte den Mund weit auf.

»Nein!«

»Doch.«

»Übel.«

»Genau.«

Mehr gab es dazu nicht zu sagen.

Diesmal konnte Jan gefahrlos trinken, denn ich schwieg dumpf vor mich hin.

»Der Hans-Dieter ist nett«, sagte er nach einer Weile. »Ganz anders als früher, als er immer nur Blödsinn im Kopf hatte.«

Froh über die Ablenkung, nickte ich.

»Geht da was?«

»Wer weiß?«

Mir konnte er nichts vormachen. »Jan, komm schon. Ihr wart den ganzen Abend zusammen.«

Er trank lieber.

»Ihr habt über Haarspray geredet.«

Kein Kommentar.

»Und über Enthaarungscremes!«

»Äh, ja.«

Ich grinste.

Jan grinste.

Der Moment war günstig. »Willst du mir nicht erzählen, was mit Eike passiert ist?«

Jans Mundwinkel bogen sich nach unten.

Doch keine so gute Idee.

»Entschuldige.«

»Nein, ist schon gut. Eigentlich ist es eine total banale Geschichte. Kommt in den besten Familien vor. Aber für mich war es echt der Hammer.«

»Erzähl.«

Jan zögerte noch einen Moment. Dann holte er tief Luft und begann mit leiser Stimme zu berichten. »Letzten Samstag haben wir im Salon wie immer bis um sechs gearbeitet. Danach habe ich Eike gefragt, ob wir noch etwas trinken gehen wollten. Ich hatte wirklich keine Hintergedanken. Mir war nur danach, noch eine entspannte halbe Stunde mit ihm zu verbringen. Es war ein hektischer Tag gewesen, und es hätte mir gutgetan, ein bisschen mit ihm zusammen zu sein. Wir hatten schon seit einer Ewigkeit keine private Minute mehr miteinander verbracht. Ein schönes Glas Wein zum Ausklang der Woche. Mehr verlangte ich gar nicht.«

Ich ahnte, was kommen würde, schwieg jedoch.

Jans Stimme verlor an Kraft. »Eike hat abgelehnt. Er müsse heimfahren. Seine Frau habe Freunde zum Abendessen eingeladen, und er sei schon spät dran. Ich war enttäuscht und ging allein zu meiner Lieblingskneipe, aber vor der Tür habe ich es mir noch einmal anders überlegt. Einer meiner Stammkunden hatte mir am Vormittag von einem neuen Lokal erzählt. Keine reine Schwulenkneipe, meinte er, aber doch ein beliebtes Ziel Gleichgesinnter. Sehr nett und gepflegt. Ich habe mich entschlossen, dahin zu gehen, um auf andere Gedanken zu kommen.«

Ich hatte doch nicht geahnt, was kommen würde.

Jetzt ahnte ich's schon.

Voller Mitgefühl griff ich nach seiner Hand. Sie war eiskalt.

»Eike war dort. Er saß an der Theke und war mit einem jungen Mann ins Gespräch vertieft.«

Jan verstummte.

»Es war mehr als nur ein Gespräch, nicht wahr?«, hakte ich vorsichtig nach.

»Sie hielten sich an den Händen und schauten sich tief in die Augen.«

Ich wollte ihn an mich ziehen und in meinen Armen wiegen, so wie früher, wenn er sich das Knie aufgeschürft hatte oder heulend im Schulbus saß, weil die anderen Jungen ihn wieder mal gepiesackt hatten.

Aber ich sah, wie er um Fassung rang und um seinen Stolz kämpfte. Eine schwesterliche Umarmung war da jetzt nicht drin. Vielleicht später.

»Shit«, murmelte ich.

Mehr gab es nun wirklich nicht mehr zu sagen.

Wir tranken.

18.
Opas Asche kehrt heim

Als wir endlich ins Bett kamen, zeigten sich schon erste Lichtstreifen am Himmel. Trotzdem hatten wir vor, um acht Uhr nach Hamburg zu fahren.

Zwei Stunden Schlaf?, dachte ich noch, während mir schon die Augen zufielen. Aus dem Alter war ich schon eine Weile raus.

Trotzdem stand ich auf, als um kurz nach sieben mein Wecker klingelte, und ich fühlte mich gar nicht mal so schlecht. Offenbar konnte man doch vorschlafen, und mein gestriger Murmeltiertag hatte mich für die vergangene Nacht gestärkt. Sissi und ich hatten diese Möglichkeit vor langen Partynächten schon ausprobiert. Hatte eigentlich nie geklappt.

Unter der Dusche wurde ich vollends munter, und als ich eine Viertelstunde später die Treppe hinunterlief, pfiff ich fröhlich ein Lied vor mich hin. Heute würden wir Opa heimholen, und Mama gleich mit. Morgen würde Paul Liebling zur Beerdigung kommen und mir in einer ruhigen Minute erklären, dass er all seine traumatischen Erlebnisse vergessen habe und mich für alle Zeiten lieben wolle. Jawohl! So etwas nennt man die Kraft des positiven Denkens. Karl und meine unübersichtlichen Gefühle für ihn blendete ich dabei aus. Die Tatsache, dass in Dubai ein Traumjob auf mich wartete, auch.

Über mir am Treppenabsatz erklang Jans gequälte Stimme. »Würdest du bitte damit aufhören, *Schwarzbraun ist die Haselnuss* zu pfeifen?«

Ich verstummte.

Nicht für lange.

Zehn Sekunden später betrat ich die Küche, sah, wer dort mit Grete und Marie am Tisch saß, und stieß einen hellen spitzen Schrei aus.

»Willst du meine Hörnerven für immer schädigen?«, erkundigte sich Jan und kam hinter mir herein.

Er schrie nicht auf, aber er stieß hörbar die Luft aus. »Sag, dass das nicht die Frau ist, von der ich fürchte, dass sie es ist«, raunte er mir zu.

Mir stand nicht der Sinn nach kompliziertem Satzbau.

»Frau … äh … Kowalski«, stammelte ich.

Grete und Marie wussten Bescheid. Kein Zweifel. Beide sahen aus, als wäre ihnen ein Geist begegnet beziehungsweise die Asche eines Verstorbenen in einer Tupperdose.

»Frau Lüttjens«, erwiderte Hertha Kowalski unglücklich. »Guten Morgen. Es tut mir leid, dass ich so früh störe, aber nachdem ich gestern Abend aus dem Krankenhaus entlassen worden bin, konnte ich nicht schlafen. Da habe ich gleich den Frühzug nach Lüneburg genommen. Am Bahnhof erfuhr ich dann, dass ich nur mit dem Taxi hierher gelangen konnte, wenn ich nicht auf den Überlandbus um acht Uhr dreißig warten wollte …« Sie merkte, dass sie abschweifte, und verstummte schlagartig.

Marie neben ihr weinte leise vor sich hin, Grete auf der anderen Seite war so dunkelrot im Gesicht, dass ich um ihren Blutdruck fürchtete.

Heino schwieg im Kassettenrekorder.

Jan auch in der Küche.

Vorsichtig machte ich ein paar Schritte auf den Tisch zu.

Jan blieb wie ein Leibwächter dicht an meiner Seite. Man konnte ja nicht wissen, ob mir nicht gleich etwas an den Kopf fliegen würde. Ein Blumentopf oder der alte Kassettenrekorder oder die Tupperdose.

Opa!

Ein grauer Schleier tanzte plötzlich vor meinen Augen, und ich musste mich ganz schnell setzen.

Jan schnappte sich einen Stuhl und schob ihn mir unter den Po, bevor ich auf dem Fußboden landete.

Dann bewies er wahren Heldenmut.

»Bevor wir hier jetzt alle ausrasten, koche ich Kaffee, einverstanden?«

»Das wäre wundervoll«, erwiderte Hertha Kowalski.

Marie schniefte.

Grete stieß ein Schnauben aus.

Ich stierte auf die Tupperdose und stellte fest, dass sie sehr leicht geworden war. Sie schien sich vor meinen Augen vom Tisch zu erheben und hoch durch die Luft zu schweben.

»Nele!« Jan verpasste mir eine Ohrfeige.

Ich kam wieder zu mir.

»Geht's?«

»Alles gut«, sagte ich.

Die Kaffeemaschine blubberte, Jan holte die Brötchentüte herein, die der Bäckerjunge jeden Morgen vor unserer Tür ablegte, und begann das Frühstück anzurichten.

»Wir können doch nicht frühstücken, wenn Hermann da steht«, wimmerte Marie.

»Stimmt.« Jan griff nach der Tupperdose, alle Frauen am Tisch kreischten auf, ich eingeschlossen.

»Keine Panik, Ladys. Ich bringe ihn nur rüber ins Wohnzimmer. Wir können ihn ja nachher in die Urne umtopfen … ich meine umschütten. In einer feierlichen Zeremonie oder so was.«

Ein hysterisches Lachen stieg in meinem Hals hoch. Ich schluckte krampfhaft.

»Mein Anton, Gott hab ihn selig, hat auch so ausgesehen«, sagte Hertha.

»Grrmpf.«

»Nele.« Jan kniff mich in den Arm. »Jetzt reiß dich mal zusammen.«

Hertha bekam von meiner emotionalen Krise nichts mit. »Er wollte ja damals verbrannt und dann über der Nordsee verstreut werden«, fuhr sie fort. »Deswegen habe ich gleich gesehen, um was es sich bei dem Inhalt handeln muss. Nur habe ich leider einen Schwächeanfall erlitten.«

»Sie waren im Krankenhaus.« Jan hatte vorhin genau zugehört.

Hertha nickte. »Meine Nachbarin hat zum Glück den Notarzt gerufen. Es ging mir wirklich nicht so gut, sonst hätte ich mich schon früher bei Ihnen gemeldet. Es war eben doch ein Schock für mich. Man hat mich zwei Tage dabehalten.«

»Das tut mir leid«, murmelte ich.

»Jetzt geht es mir ja wieder gut«, sagte Hertha schnell. »Ich hoffe, Sie sind nicht böse, dass ich die Tupperdose geöffnet habe. Aber ich musste doch wissen, ob ich versuchen soll, Sie Ihnen wiederzugeben. Wegen ein paar Reiswaffeln hätte ich die Reise hierher nicht auf mich genommen. Ich bin ja nicht mehr die Jüngste.«

»Reiswaffeln?« Grete schlug sich mit der flachen Hand gegen die Stirn. »Sie dachten, mein Hermann wäre eine Reiswaffel?«

»Gewiss nicht«, erwiderte Hertha verwirrt. »Während der Zugfahrt von München nach Hamburg, als mir Ihre Enkelin die Tupperdose zur Aufbewahrung anvertraut hat, da habe ich an Reiswaffeln gedacht, weil Ihr verstorbener Gatte doch so leicht war.«

Jetzt biss Jan sich heftig auf die Lippen und bekam eine Art Schluckauf.

»Was ist das hier für eine Versammlung am frühen Morgen?« Papa stand in der Tür und schaute einen nach dem anderen an. Er entdeckte Hertha Kowalski. »Guten Morgen. Bedauerlicherweise ist der Ferienhof vorübergehend wegen eines Trauerfalls geschlossen.«

Hertha nickte nur. Sie wirkte eingeschüchtert. Papa ist ja auch eine imposante Erscheinung.

»Die Dame ist kein Feriengast«, erklärte ich. »Sie war meine Reisegefährtin im ICE.«

»Verstehe.«

»Sehr erfreut, Sie kennenzulernen, Herr Lüttjens. Ich bin Hertha Kowalski.«

»Angenehm.« Manieren hat er, mein Papa. Er zwang sich sogar zu einem freundlichen Lächeln, obwohl er sich müde über die Augen wischte. Offenbar hatte er auch nicht viel geschlafen. Kein Wunder. Seine Frau war innerhalb weniger Tage zum zweiten Mal verschwunden.

Ich empfand Mitleid mit ihm und hätte ihm gern gesagt, er müsse sich keine Sorgen machen. Jan und ich wollten nachher nach Hamburg fahren, um Opas Asche und Mama gleich mit heimzuholen. Das mit Opa hatte sich nun erledigt, und Mama rückte gerade weit in den Hintergrund.

Möglicherweise würde mir sowieso nie wieder erlaubt werden, irgendetwas für die Familie zu erledigen. Wäre auch verständlich gewesen.

Jan hatte sich unauffällig die Tupperdose geschnappt und aus der Küche getragen, aber das Thema war damit natürlich nicht vom Tisch.

Gretes Gesichtsfarbe war immer noch gefährlich dunkel, als sie nun etwas zur Aufklärung beitragen wollte: »Deine missratene Tochter hat meinen geliebten Hermann im Zug vergessen.«

»Unsinn.« Papa wollte sich an die Mütze fassen, aber er hatte sie noch nicht auf. So fuhr er sich nur übers Haar. »Ihren Filofax.«

Reiswaffeln, Filofax. Armer Opa.

»Da bist du falsch informiert«, beharrte Grete. »Es geht um Hermann.«

»Die Urne steht doch im Wohnzimmer.«

»Leer«, fügte Grete hinzu.

Papa sah von einem zum anderen. Er wirkte nicht vollkommen wie der Herr der Lage. »Leer? Wieso denn? Warum hast du eine leere Urne mitgebracht, Nele? Und was hat diese Dame damit zu tun?«

Ich räusperte mich. Der Lachreiz war zum Glück vorerst besiegt. »Die Urne ist doch so teuer gewesen, und Koffer werden auch schon mal geklaut. Da habe ich gedacht, ich gehe auf Nummer sicher und behalte Opa Hermann die ganze Zeit bei mir.«

»Und wie? Hast du meinen Vater vielleicht in eine Aldi-Tüte gefüllt?«

»Wie geschmacklos«, murmelte Jan.

»In eine Tupperdose«, gestand ich und zog den Kopf ein in Erwartung eines gewaltigen Donnerwetters.

Es kam keines.

Papa schwieg.

Als ich vorsichtig zu ihm hochlinste, sah ich, wie er schwer um seine Fassung kämpfen musste. Die Augen tränten, die Mundwinkel zuckten, sein Brustkorb bebte.

Oh Gott! Wenn er jetzt einen Lachanfall bekam, dann war's auch um mich geschehen. Und um Jan. Grete und Marie würden uns niemals verzeihen. Ich hatte keine Ahnung, woher Papa die Kraft nahm, ernst zu bleiben. Vielleicht reichte ihm ein Blick in Maries trauriges Gesicht.

Ich folgte seinem Beispiel, und das Lachen verging mir. Jan tat es uns nach.

Auf einmal fühlte ich mich furchtbar schlecht und schuldig. Diese kleine Frau hatte wahrhaftig schon genug im Leben mitgemacht. Nun auch noch das.

Eine Weile sagte niemand etwas. Grete atmete stoßweise, kam nach und nach jedoch zur Ruhe.

Marie schien vor meinen Augen zu schrumpfen, und Hertha Kowalski gab sich alle Mühe, unsichtbar zu werden. Wahrscheinlich hatte sie in ihrem ganzen Leben noch nichts so sehr bereut wie diesen Ausflug in die Lüneburger Heide.

Ich wollte ihr beruhigend zulächeln. Schließlich konnte sie ja nichts für das Familienchaos, das sie angerichtet hatte. Woher sollte sie wissen, dass ich niemandem von meinem Missgeschick erzählt hatte? Jeder normale Mensch hätte zu Hause doch sofort gestanden: »Hier ist die Urne. Sorry, aber Opas Asche fährt gerade nach Hamburg weiter.«

Das mit dem Lächeln ließ ich lieber.

Zu gefährlich.

Hätte ausarten können.

Meine Mundwinkel mussten eisern in neutraler Position verharren.

Paul kam mir in den Sinn. Paul und sein wunderbares Lachen, das bis in die Augenwinkel reichte. War bloß ein denkbar schlechter Zeitpunkt. Trotzdem grub sich eine dumme Sehnsucht in mein Herz.

Jan holte Butter und Marmelade aus dem Kühlschrank, schüttete die Brötchen in einen Korb, deckte den Tisch und schenkte Kaffee ein. Es waren normale Geräusche an einem nicht besonders normalen Morgen.

Papa brach schließlich das Schweigen mit einer logischen Frage, vor der ich mich schon gefürchtet hatte, seit ich in die Küche gekommen war.

Jetzt war es so weit.

»Woher wussten Sie, wo wir wohnen? Hat Nele Ihnen unsere Adresse gegeben?«

Hertha Kowalski schluckte. Die Sache mit dem Prospekt hätte sie wohl lieber für sich behalten.

Wäre mir sehr entgegengekommen.

Leider war sie keine begnadete Lügnerin. Genauso wenig wie ich, übrigens.

»Nun … also … es war …«, stotterte sie und sah mich Hilfe suchend an.

Da musste ich jetzt durch.

»Ich habe einen Prospekt vom Lüttjenshof mit in die Tupperdose gelegt«, erklärte ich und war ziemlich stolz auf mich. In dem Tonfall hätte ich auch verkünden können, dass die Butter ranzig war.

Half bloß nicht viel.

Grete und Marie schrien auf, Papa keuchte beim Versuch, die Fassung zu bewahren, Hertha Kowalski drehte sich zum Fenster um, als überlegte sie, durch die Scheibe hinauszuspringen. Mit einem resignierten Ausdruck im Gesicht drehte sie sich wieder zu uns zurück.

Jan legte schwer eine Hand auf meine Schulter. Um mich festzuhalten.

Oder sich selbst.

Wieder war es Papa, der zuerst seine Sprache wiederfand.

Bewundernswert.

»Das war nicht sehr pietätvoll von dir, Nele.«

»Aber es hat geholfen«, verteidigte ich mich. »Ohne den Prospekt hätte Frau Kowalski nicht gewusst, was sie mit Opas Asche machen sollte.« Da ich gerade mal in Fahrt war, fügte ich noch hinzu: »Opa hätte das bestimmt nicht so schlimm gefunden. Der Lüttjenshof war schließlich sein Leben.«

»Bis in den Tod«, murmelte Jan und fing sich einen strafenden Blick von Papa ein. Der musste schon wieder mit sich kämpfen.

Auch in meinem Zwerchfell meldete sich der Lachreiz zurück. War nur mit einer Nervenüberreizung zu erklären.

»Ich kann Ihnen versichern«, sagte Hertha zu Papa, »dass ich äußerst vorsichtig zu Werke gegangen bin, als ich den Prospekt aus der Tupperdose genommen habe. Er war ein bisschen … nun … eingesunken, aber ich habe nichts von Ihrem Herrn Vater verschüttet. Es ist alles noch da.«

»Herzlichen Dank«, erwiderte Papa artig.

Gleich würde ich schreien müssen.

Ging nicht mehr anders.

»Ist noch Honig da?«, fragte Grete.

Alle starrten sie an.

War das jetzt zu viel für ihren Verstand gewesen?

»In der Anrichte«, erwiderte Marie. »Jan, bist du so freundlich? Frau Kowalski, unseren Heidehonig müssen Sie unbedingt probieren. Goldgelb und zuckersüß. Den stellt ein Imker her, mit dem wir seit vierzig Jahren befreundet sind. Sie werden nirgendwo einen besseren finden. Unsere Gäste lieben diesen Honig. Wenn Sie mögen, geben wir Ihnen gern ein Glas mit.« Abgesehen von dem leicht monotonen Klang in der Stimme hörte sie sich vollkommen normal an.

Panisch sah ich zu meinem Bruder hoch. Was hatte ich angerichtet? Zwei alte Damen schnappten über, und ich war schuld daran.

Dann jedoch sah ich mir Marie und Grete genauer an.

Und verstand.

In seltenem stillem Einvernehmen hatten sie beschlossen, dass jetzt mal gut war. Was geschehen war, konnte nicht wieder rückgängig gemacht werden. Hauptsache, ihr geliebter Hermann war wieder da und würde angemessen beerdigt werden können. Die Umstände seiner Heimkehr wurden vergessen.

So sind sie, die starken Frauen bei uns auf dem Lande. Pragmatisch und aufs Wesentliche konzentriert.

Ich wünschte, ich besäße ein Stück von ihrer Kraft.

Grete und Marie halfen uns anderen, wieder zur Ruhe zu kommen.

Selbst Hertha Kowalski entspannte sich und verdrückte drei Brötchen. Sie lobte den Kaffee, den Honig, die Butter, Gretes Erdbeermarmelade, die gute Landluft, die schöne Gegend …

Ich verließ die Küche und ging nach draußen. Musste mal frische Luft tanken und zu mir kommen. Alle in der Familie waren wütend auf mich, bis auf Jan.

Fühlte sich nicht gut an. Fühlte sich auch nicht nach durchtrennter Nabelschnur an.

Ich seufzte. Wenigstens war Opa wieder daheim. Ein Problem weniger.

»Moin!«, rief ich Karl zu, der drüben gerade mit einer Schubkarre aus dem Kuhstall kam.

»Moin«, knurrte er.

Klang nicht sehr freundlich.

Tja, man kann nicht alles haben im Leben.

19.
Entspannt euch!

Zehn Minuten später kam Jan zu mir nach draußen. Ich saß in der Hollywoodschaukel und gab mir Mühe, an gar nichts zu denken. Außer an Paul Liebling, aber dabei verfiel ich in eine Art Minutendepression. So war ich ganz froh, als Jan sagte: »Hoch mit dir. Wir fahren nach Hamburg, und Frau Kowalski nehmen wir mit.«

»Gut.« Ich sprang auf. »Ich kann es gar nicht erwarten, hier rauszukommen. Hamburg ist mal eine nette Abwechslung.«

Hätte ich besser nicht gesagt.

Man kann Katastrophen auch herbeirufen.

Jan hob die Schultern. »Sei froh, dass du deine größte Sorge los bist.«

Hätte er auch besser nicht gesagt.

Hertha Kowalski kam mit Grete, Marie und Papa heraus. Papa trug eine voll gepackte Tasche und verstaute sie im Kofferraum von Jans Wagen.

»So viel kann ich allein doch gar nicht essen«, protestierte Hertha schwach. »All die gute Marmelade, der Honig, der Heideschinken, die Mettwurst. Das ist doch viel zu viel für eine alte Frau.«

Grete und Marie hatten die Speisekammer geplündert.

»Sie können ja Ihrer Tochter etwas davon mitbringen, wenn Sie nächstes Mal nach München fahren«, sagte ich. »Die freut sich bestimmt.«

»Das ist eine famose Idee. Wann fahren Sie zurück?«

Ihr Gesichtsausdruck verriet nicht, ob sie darauf hoffte, mit mir gemeinsam zu reisen, oder eher auf das Gegenteil.

»Ich weiß noch nicht genau. Frühestens am Sonntag.«

Mit der Auskunft war sie nicht wirklich zufrieden.

»Ach«, sagte sie unbestimmt. Dann verabschiedete sie sich von Grete und Marie und ließ sich von Papa auf den Rücksitz helfen.

»Tschüs, Papa«, murmelte ich.

»Tschüs, mein Spatz.«

Er war mir nicht böse.

Gott sei Dank.

Einen Moment lang war ich versucht, mich in seine Arme zu werfen.

Grete hielt mich davon ab. »Sieh bloß zu, dass in Hamburg nichts verloren geht!«, rief sie mir zu.

Marie stupste sie in die Seite. »Lass das Kind in Ruhe.«

»Musst du gerade sagen. Du hast die Deern doch immer nur verzärtelt. Das hast du nun davon.«

Marie schwieg. Das konnte dauern.

Grete schimpfte weiter.

Ich seufzte. Bei den beiden war wieder alles beim Alten. Irgendwie beruhigend.

Eine halbe Stunde später nahmen wir bei Garlstorf die Auffahrt zur A 7 in Richtung Hamburg.

Hertha Kowalski hatte seit unserer Abfahrt keinen Ton

mehr gesagt. Als ich mich einmal zu ihr umdrehte, sah ich, dass sie eingeschlafen war.

»Sie sieht so erschöpft aus«, raunte ich Jan zu.

»Eine geballte Ladung Lüttjens ist ja auch anstrengend.«

Mein schlechtes Gewissen machte mir zu schaffen. »Ich weiß gar nicht, ob wir sie nachher allein lassen können. Immerhin war sie schon im Krankenhaus.«

Jan runzelte die Stirn. »Sie hat doch von einer Nachbarin erzählt, die den Notarzt gerufen hat. Wir werden die Dame bitten, sich um Hertha zu kümmern.«

»Gute Idee.«

Mein Blackberry klingelte durchdringend, aber nicht einmal davon wachte Hertha auf.

»Sissi«, sagte ich. »Wie läuft's?«

»Das fragst du *mich?* Ich schmore hier vor mich hin, und du meldest dich nicht. Ich will alles wissen. *Sofort!*«

Ratlos sah ich aus dem Fenster. Grüne Weiden und dunkle Eichenwälder flogen an mir vorbei. Wo sollte ich bloß anfangen? Bei dem nackten Karl Küpper im Baggersee? Dem lachenden Paul Liebling in seiner Kanzlei? Oder bei dem gelüfteten Familiengeheimnis?

»Opas Asche ist wieder da«, erklärte ich. Schien mir im Moment das Einfachste zu sein.

»Schön, das freut mich. Und weiter? Was ist mit Karl? Und was macht der Anwalt mit den kuscheligen Augen?«

Im Hintergrund vernahm ich Geräusche, die mir bekannt vorkamen. Ich wusste nur gerade nicht, woher.

»Es ist alles sehr kompliziert«, gab ich zurück.

»Ich habe Zeit, nun erzähl schon. Ach nee, warte mal, die Verbindung ist gerade schlecht.«

Es rauschte eine Weile, dann war Sissi wieder da.

»So, im Speisewagen ist es besser.«

Speisewagen?

»Sissi, wo bist du?«

»Im ICE. Heute Abend bin ich in Lüneburg. Ich hab doch gesagt, ich komme zur Beerdigung. Holst du mich ab?«

»Was ist denn?«, fragte Jan.

»Sissi ist auf dem Weg zu uns.«

»Super. Sag ihr, ich freue mich.«

»Jan freut sich und ich mich auch.«

Tatsächlich. Ich stellte fest, dass ich wirklich froh war. Es würde mir guttun, Sissi bei mir zu haben. Freundinnen haben oft den besseren Durchblick, besonders wenn es schwierig wird.

»Wir sind gerade auf dem Weg nach Hamburg, aber bis du ankommst, sind wir bestimmt zurück.«

»Alles klar«, sagte Sissi. »Wenn es bei euch knapp wird, schick mir eine Nachricht. Dann fahre ich einfach weiter bis Hamburg, und ihr holt mich da ab.«

»Wird gemacht.« Ich beendete das Gespräch und schaute mich nach Hertha um. Sie rührte sich nicht.

Ein eisiger Schreck durchfuhr mich. Sie war doch nicht etwa …?

Lieber Gott im Himmel, bitte nicht!

Als ich mich schon in Panik abschnallen und auf die Rückbank kriechen wollte, stieß sie einen leisen Schnarchlaut aus.

Ich schickte ein Dankgebet in Richtung Himmel.

Jan sah mich fragend an. »Alles okay?«

»Alles bestens.« Für einen Moment schloss ich die Augen und war im nächsten Moment tief eingeschlafen. Ganz so leicht wie gedacht hatte mein Körper die vergangene Nacht doch nicht weggesteckt.

Ich wachte erst wieder auf, als Jan den Motor ausschaltete.

»Guten Morgen, die Damen«, sagte er fröhlich. »Wir sind angekommen.«

Hertha rieb sich die Augen, ich mir ebenfalls. Dann schaute ich mich um. Wir parkten an einer baumbestandenen Straße in Altona. Rechts und links erhoben sich vierstöckige Häuser aus der Gründerzeit.

Hertha lächelte. »Das haben Sie aber gut gefunden, lieber Herr Lüttjens.«

Jan grinste bescheiden und zeigte auf sein Navi. »Alles sein Verdienst.«

Damit konnte Hertha nichts anfangen. »Vielen Dank, dass Sie mich nach Hause gefahren haben.«

»Wir haben Ihnen zu danken«, sagte ich schnell.

»Genau«, warf Jan ein. »Wer weiß, wo Opa ohne Sie gelandet wäre.«

Ich blitzte ihn böse an. Das hätte er sich jetzt sparen können.

»Wir bringen Sie noch in Ihre Wohnung«, sagte ich zu Hertha.

Obwohl sie protestierte, bestanden wir darauf und klingelten auch gleich bei ihrer Nachbarin, einer gewissen Aline Grünlich.

»Natürlich kümmere ich mich um Hertha«, versprach sie und warf einen begehrlichen Blick auf all die Heidespezialitäten, die Jan gerade auspackte. »Solange sie mich braucht, bin ich für sie da.«

»Danke«, sagte ich.

»Darf ich Sie zu einem Kaffee einladen?«, fragte Hertha höflich.

Als wir ablehnten, wirkte sie nicht sonderlich enttäuscht. Verständlich.

An ihrer Stelle wäre ich mich auch lieber losgeworden.

»Macht es dir was aus, wenn wir erst noch woanders hinfahren?«, fragte Jan, nachdem wir uns verabschiedet hatten.

Ich blieb auf dem Treppenabsatz stehen. »Nee, aber Mama wird …«

»Es ist erst halb elf«, schnitt er mir das Wort ab. »Um die Zeit schläft sie sowieso noch.«

Ich staunte. In ihrem Doppelleben hatten sich anscheinend auch ihre Schlafgewohnheiten geändert. Auf dem Lüttjenshof stand Mama immer um halb sechs auf, wie es sich gehörte.

»Na gut«, gab ich nach. »Wo willst du denn hin?«

»Nur kurz in den Salon.«

Ich musterte meinen Bruder prüfend. »Du machst doch hoffentlich keine Dummheiten?«

»No Stress, Kröte. Ich will mich nicht Eike vor die Füße werfen. Nur mal kurz nach dem Rechten schauen. Immerhin habe ich mir die ganze Woche freigenommen. Außerdem müsste Tim heute da sein.«

Tim war ein Kollege von ihm. Ich kannte ihn flüchtig

und wusste, dass die beiden sich gut verstanden. Tim hatte allerdings Frau und drei Kinder.

Bevor meine Vermutungen aus dem Ruder laufen konnten, erklärte Jan: »Er soll mir helfen, mich umzustylen. Die dunklen Haare passen nicht zu mir. Hat Hans-Dieter gestern auch gesagt.«

Ach so.

»Gibt es nebenan noch diese Kaffeebar mit dem göttlichen Frühstück?«

Jan nickte.

»Dann gerne. Ich sterbe vor Hunger.« Zu Hause hatte ich nur Kaffee getrunken, und mein ausgeleierter Magen forderte seine Rechte ein.

Die Hamburger Rushhour war längst vorbei, und so erreichten wir schon nach zwanzig Minuten das Schanzenviertel. Jan verschwand im Salon, und ich bestellte mir in der Kaffeebar ein englisches Frühstück mit allem Drum und Dran. Spiegeleier, gegrillte Würstchen, gebackene Bohnen, Toast, Orangensaft und Butter. Dazu las ich das *Hamburger Abendblatt*, dann die *Morgenpost* und schließlich die *Bild*-Zeitung.

Anderthalb Stunden später kam Jan herein und sah wieder aus wie mein Bruder. Die blonden Haare wirkten absichtlich zerzaust, und die Augen strahlten wieder blau.

»Und?«

»Klasse. Sieht fast aus wie deine Haarfarbe. Auch die Augenbrauen.«

Jan setzte sich mir gegenüber an den Tisch. »War nicht so leicht, den Ton zu treffen. Tim musste mir die dunklen Haare ja wieder hell färben.«

»Hat er gut gemacht. Und eigentlich gefällst du mir jetzt auch viel besser. Der Latin Lover stand dir nicht so gut.«

Jan bestellte sich Toast und Rührei, und als er fertig war, machten wir uns auf den Weg nach Eppendorf.

»Inzwischen wird Mama hoffentlich wach sein«, meinte ich, als wir in die Straße einbogen, in der sie wohnte.

»Klar.«

Jan fand zu seiner Überraschung gleich einen Parkplatz, und wenige Minuten später klingelten wir neben dem Namensschild Berger/Strobel.

»Das sind die beiden Hauptmieter«, erklärte mir Jan. »Carlo Berger und Sibylle Strobel.«

»Sind die beiden ein Paar?«, fragte ich, weil ich ungewollt wieder Bilder der freien wilden Liebe in einer Kommune vor Augen hatte.

»Kann sein.«

Aha.

»Willst du 'ne Runde intolerant werden, Kröte?«

»Ich doch nicht.«

Die Haustür sprang auf, und wir stiegen in den dritten Stock hoch. Oben empfing uns ein freundlicher Herr um die fünfzig.

Wie ein Kommunarde sah er nicht aus, fand ich. Auch nicht wie ein Sektenguru. Mit seiner rundlichen Figur, den weichen Gesichtszügen und der randlosen Brille auf der knubbeligen Nase wirkte er auf mich eher wie ein durchschnittlicher Familienvater.

»Was kann ich für euch tun?«, fragte er liebenswürdig.

Wenigstens die Stimme klang nach einem Erleuchteten.

Und das *Du* nach Völkerfreundschaft und Weltfrieden. »Möchtet ihr jemanden besuchen? Es ist aber nur Bodhi da, und ich muss schnell zum Penny-Markt, Eier, Milch und Mehl kaufen.«

Hm.

Der Klang mochte erleuchtet sein, die Aussage eher alltäglich.

Eben doch Familienvater.

Jan verzog enttäuscht das Gesicht. »So ein Mist! Wir sind extra hergekommen, um unsere Mutter zu sehen. Heidi Lüttjens. Haben Sie eine Ahnung, wo sie sein könnte? Vielleicht im Laden? Wenn Sie uns sagen, wo der ist, fahren wir dahin.«

Der Mann lächelte. »Da wird Bodhi sich aber freuen. Kommen Sie herein. Ich bin Carlo Berger. Wenn Sie mich jetzt entschuldigen.« Damit zog er uns in den Flur und war im nächsten Moment verschwunden.

Jan und ich sahen uns an.

Bodhi?

Wer, bitte?

»Sehen wir uns erst mal um«, schlug Jan vor und ging den langen schmalen Flur in eine Richtung. Wir stießen auf einen Raum, der so sehr einem ganz normalen Wohnzimmer ähnelte, dass ich kichern musste.

Keine Ahnung, was ich erwartet hatte. Vielleicht Sitzsäcke, bunte Tücher, erleuchtende Wandmalerei und massenhaft Kerzen. Stattdessen stand ich vor einer mit braunem Cord überzogenen Sofalandschaft, einem flachen Glastisch und einer Schrankwand aus der Design-Serie Gelsenkirchener Barock.

Das Mobiliar wirkte zusammengewürfelt, und Jan tippte vermutlich ganz richtig, als er sagte: »Sperrmüll.«

Wir standen eine Weile ratlos herum, bis wir wie aus weiter Ferne ein Plätschern vernahmen. Durch den Flur näherten wir uns dem Geräusch und blieben vor einer angelehnten Tür stehen.

Ganz klar, da lag jemand in der Badewanne und ließ es sich gut gehen.

Bodhi.

Wer immer das sein sollte.

»Ashoka-Schatz, bringst du mir bitte ein Gläschen Sekt?«

Tja, das war nun eindeutig die Stimme meiner Mutter.

Heidi Lüttjens, die mittags um halb zwei in der Badewanne lag und Sekt schlürfte?

Wow!

»Wenn das Grete wüsste«, flüsterte ich Jan zu, der daraufhin mit den Augen rollte.

Ich feixte. »Du hältst hier die Stellung. Ich besorge den Sekt.«

»Pass auf, dass du dieser Ashoka nicht über den Weg läufst. Klingt gefährlich.«

Todesmutig machte ich mich auf den Weg. Nach kurzem Suchen fand ich die Küche. Sie war offenbar mit Restposten aus verschiedenen Möbelhäusern eingerichtet worden. Ein Kühlschrank, der mir vage bekannt vorkam, brummte vor sich hin. Ich schaute genauer hin. Der hatte früher bei uns zu Hause gestanden. Kein Zweifel. Bis er in den Keller gewandert war, weil Grete und Marie das laute Brummen nicht mehr ertragen konnten. Wie Mama den wohl nach Hamburg gekriegt hatte?

Ich nahm eine angebrochene Sektflasche heraus und goss ein Glas voll. Keine besonders gute Marke, dieser Sekt. Hätte ich normalerweise nicht angerührt. Andererseits konnte ein Schluck nicht schaden. Ich nahm zwei weitere Gläser, leerte die Flasche und stellte eine zweite, die ich in der Speisekammer fand, ins Eisfach. Gut möglich, dass wir ihn noch brauchen würden.

Ein Schneidebrett diente mir als Tablett, und ich trug es an Jan vorbei ins Wohnzimmer. Dann kehrte ich zurück.

Mamas Stimme schallte mir schon entgegen. »Ashoka-Schatz, ich verdurste. Wo bleibt mein Sekt?«

Jan machte eine einladende Handbewegung. Ich holte tief Luft, stieß die Tür auf und betrat ein mit Dampfschwaden gefülltes Bad. Jan folgte mir.

»Hallo Mama.«

Ich an ihrer Stelle hätte jetzt einen Schrei ausgestoßen und Badewasser überschwappen lassen. Nicht so Mama. »Nele-Süße, kannst du mir den Sekt holen? Oder du, Jan-Hase?«

Gab's in dieser Bude keine normalen Namen mehr?

Mama wirkte außerordentlich entspannt, und das konnte nicht nur an dem nach Vanille und Kokos duftenden Badezusatz liegen.

»Hast du was geraucht?«, erkundigte ich mich und fing mir einen Nele-du-Spießer–Blick von Jan ein.

Mama stieß ein glucksendes Lachen aus.

»Meine Kinderchen, lasst mich hier mal rauskommen, dann trinken wir zusammen ein Gläschen.«

Wir verkrümelten uns ins Wohnzimmer und mussten nicht lange warten.

Mama erschien in einem gestreiften Herrenbademantel. Auf dem Kopf trug sie ein zum Turban gewundenes Handtuch, an den Füßen Adiletten. Aber ihre Haltung war königlich.

Und ein bisschen klarer im Kopf war sie auch. Vielleicht hatte sie sich ja noch mal kalt abgeduscht.

»Das ist aber eine Überraschung«, sagte sie und ließ sich neben uns aufs Sofa fallen. »Meine Kinderchen bei mir zu Besuch. Darauf stoßen wir an.«

Wir hoben unsere Gläser. Der Sekt schmeckte wie erwartet.

Egal. Hauptsache, er wirkte.

»Wer ist Bodhi?«, fragte ich. War im Moment nicht das Wichtigste, aber ich musste mich erst mal sammeln.

»Na, ich. Das ist mein buddhistischer Name. Er bedeutet Erwachen. Wir alle hier haben uns neue Namen gegeben. Carlo zum Beispiel heißt Ashoka. Das bedeutet ›ohne Traurigkeit‹. Aber er hat sich noch nicht daran gewöhnt. Er stellt sich immer noch als Carlo vor. Sibylle …«

»Lass gut sein, Mama«, schnitt ich ihr das Wort ab.

»Warum bist du denn so aggressiv, Nele?«

»Ich? Kein Stück!«

»Und ob. Was meinst du, Jan?«

Wenigstens hießen wir nicht mehr Nele-Süße und Jan-Hase.

Konnte als Fortschritt gewertet werden. Trotzdem merkte ich, dass ich wirklich stinksauer war. Wieso durfte Mama hier ihr Leben genießen, während mein eigenes gerade von einem Sturm durcheinandergewirbelt wurde?

Auch Jan wirkte jetzt angespannt. Mochte er mich

Spießer schimpfen, so ganz geheuer war ihm unsere Mutter auch nicht. Er trank sein Glas in einem Zug aus und verzog bei dem Geschmack nicht einmal die Mundwinkel.

So was nennt man Courage.

Mama schien direkt in uns reinzusehen.

»Jetzt werdet erst mal locker, Kinder«, sagte sie und lehnte sich zurück. »Dann können wir uns in Ruhe unterhalten. Nele, schaust du mal nach, ob wir noch ein Fläschchen von dem Zeug haben? Wir wollen es uns so richtig schön gemütlich machen.«

Gute Idee. Zumindest die mit dem Sektnachschub.

Ich ging in die Küche, wo die Flasche im Eisfach noch nicht wesentlich kühler geworden war.

Egal.

Zurück im Wohnzimmer setzte ich mich bewusst ein Stück weg von Mama.

Sie quittierte das mit einem gleichmütigen Blick und hielt mir ihr Glas hin. Ich ließ den Korken knallen, Sekt sprudelte auf den gräulichen Flokati, Mama lachte, und ich wurde immer wütender.

»Jan hat dir also alles erzählt«, begann sie.

Ich nickte.

»Dann kennst du auch meine Gründe.«

Ich nickte wieder.

»Und bist du jetzt so schlecht gelaunt, weil ich dich nicht eingeweiht habe?«

Getroffen.

Ich starrte zu Boden. Genau das war der Punkt. Von mir aus konnte Mama machen, was sie wollte, außer Papa endgültig verlassen, natürlich. Aber dass sie mich nicht ins Vertrauen gezogen hatte, das schmerzte sehr.

Schon merkwürdig.

Erst jetzt stellte ich fest, wie wichtig sie mir war.

20.
Mama packt aus

Eine Weile blieben wir stumm und nippten an dem ekligen Sekt.

Jan brach schließlich das Schweigen. »Nächstes Mal bringe ich dir einen wirklich guten Prosecco mit«, sagte er zu Mama.

»Fein.«

Wieder senkte sich Stille über uns, und ich stellte fest, dass meine Wut langsam verrauchte. Offenbar hing eine ausgesprochen friedfertige Aura in dieser Wohnung rum.

Carlo Berger kam vom Einkaufen zurück und gesellte sich für einen Moment zu uns ins Wohnzimmer. Als niemand mit ihm sprach, fuhr er sich verwirrt durchs Haar und verkündete, er wolle jetzt einen Kuchen backen.

Kuchen klang gut, fand ich. Hauptsache, es wurden keine Haschplätzchen.

Warum eigentlich nicht?, fragte ich mich im nächsten Moment. Wenn ich an die feindliche Stimmung auf dem Lüttjenshof dachte, konnte es nicht schaden, im Geiste auf einem anderen Planeten zu schweben.

Ich merkte, dass Mama mich intensiv musterte. Tat sie wohl schon eine ganze Weile, denn auch Jan wurde jetzt darauf aufmerksam.

»Was starrst du denn Nele so an?«

»Ach, nichts.« Sie starrte weiter.

Mir wurde kalt.

Da lag etwas in ihrem Blick, das mir Angst machte. Um sie abzulenken, fragte ich das Erste, das mir in den Sinn kam:

»Wie hast du unseren alten Kühlschrank hergekriegt?«

»Was?« Es schien, als wachte sie aus einem Traum auf.

»Den Kühlschrank. Von Nordergellersen nach Eppendorf.«

»Oh, den. Ashoka besitzt einen kleinen Transporter. Wir haben den Kühlschrank letztes Jahr geholt, als der Rest der Familie auf dem Heideblütenfest war.«

Wieder dieses Starren.

»Mama, was ist denn?«

»Nichts, Süße, gar nichts. Hat sich Papa wieder beruhigt?«

Das war mein Stichwort. »Es geht so. Worüber habt ihr gestern eigentlich so gestritten?«

Mama hob die Schultern. »Olaf will mich auf dem Hof einsperren, aber ich brauche meine Freiheit. Darüber diskutieren wir schon ziemlich lange.«

»Was erwartest du denn von ihm? Er weiß nicht einmal, wo du bist und was du tust, wenn du nicht da bist. Vorgestern wollte er schon nach Hamburg kommen, um dich zu suchen. Der arme Papa.«

»Verloren in der großen Stadt«, ergänzte Mama und kicherte.

»Ich finde das nicht besonders lustig«, sagte ich.

»Ich auch nicht«, pflichtete Jan mir bei.

»Olaf ist ein Holzkopf.«

Ich wollte protestieren, aber Mama hob gebieterisch die Hand.

»Es ist so. Wenn er jemals erfahren sollte, dass ich hier in einer WG lebe und mich mit alternativen Lebensformen befasse, wird er nur an freie Liebe in einer Kommune und an Drogensumpf denken.«

Ich fühlte mich ertappt.

Da hatte ich ja mehr mit Papa gemeinsam, als ich dachte.

Zwei Holzköpfe also.

»Dabei sind wir hier gar nicht so ausgeflippt«, führte Mama aus. »Natürlich befassen wir uns mit Bewusstseinserweiterung und fernöstlicher Philosophie, aber dazu feiern wir weder Orgien noch knallen wir uns die Birnen mit Drogen zu. Hin und wieder lassen wir mal eine Haschpfeife kreisen, aber nur, damit wir besser diskutieren können. Und Sex? Der wird meiner Meinung nach sowieso überbewertet. Oder könnt ihr euch vorstellen, wie ich mit Ashoka das Kamasutra durchprobiere?«

Jan gluckste. »Nee.«

Ich stellte fest, dass ich einiges von dem, was Mama sagte, nachempfinden konnte.

Trotzdem.

»Papa wird noch verrückt vor Sorge. Er kommt mir ganz hilflos vor ohne dich.«

Das saß. Mama runzelte die Stirn. Offenbar empfand sie doch so etwas wie ein schlechtes Gewissen.

Ich setzte noch eins drauf. »Ihr solltet keine Geheimnisse voreinander haben. Das tut keiner Ehe gut.«

»Geheimnisse tun auch keiner Familie gut«, schoss

Mama zurück. Sofort hielt sie sich die Hand vor den Mund, ganz so, als bereute sie, was sie eben gesagt hatte.

»Du kennst die Geschichte von Marie und Hermann?«, fragte Jan arglos.

»Von wem?«

Ihre Verwirrung war echt. Ich begriff plötzlich, dass es noch ein zweites Geheimnis in der Familie Lüttjens geben musste, und ich war mir sicher, dass ich es nicht erfahren wollte. Dieses Gestarre hatte mich misstrauisch gemacht.

Jan fasste für Mama zusammen, was wir von Opa Hermanns Anwalt erfahren hatten. Die Erwähnung Paul Lieblings tat mir nicht gut. Ich wünschte mir plötzlich, er säße neben mir. Ganz dicht. Und hielte meine Hand. So allein fühlte ich mich.

»Ist ja ein Ding!«, rief Mama aus, als Jan geendet hatte. »Davon habe ich nie etwas geahnt. Die ganzen Jahre nicht. Aber es erklärt so einiges. Ich habe mich schon oft gefragt, wie Hermann damals so schnell alles entscheiden konnte, als …« Sie brach ab. Wieder flog die Hand zum Mund. Nicht schnell genug. »Der hatte schon geübt«, schloss sie kryptisch.

»Ist dir kalt, Nele?«, fragte Jan.

Ich merkte, dass ich zitterte, und verschränkte die Arme vor der Brust. Schon komisch, dass ich neuerdings so leicht fröstelte. War sonst nicht meine Art.

Dann nahm ich meinen ganzen Mut zusammen. »Mama, wovon redest du?«

»Lass es endlich raus, Bodhi.« Carlo-Ashoka stand plötzlich in der Tür. Niemand hatte ihn kommen gehört.

Jetzt faltete er die Hände wie zum Gebet. »Du trägst zu schwer daran. Wir wissen nicht, was es ist, das dich so belastet, aber wir wissen, dass du leidest. Seit mehr als dreißig Jahren ist deine Seele gefangen. Mach dich frei. Gib deinem Namen einen Sinn. Erwache.«

»Oh Gott, die Zeugen Jehovas«, murmelte Jan. »Ich muss hier raus.«

Keiner hörte auf ihn.

Mama sah auf, und in ihrem Blick lag plötzlich wilde Entschlossenheit.

»Es geht um dich, Nele.«

Bis hierhin keine Überraschung.

Mein Instinkt hatte mich gewarnt.

»Opa Hermann hat uns gezwungen, Stillschweigen zu bewahren. Er hatte immer Angst vor einem Skandal. Jetzt verstehe ich ihn besser. Vielleicht hat er befürchtet, dass alles herauskommen würde, wenn erst mal der Deckel gehoben wird. Auch die Sache mit Olaf. Aber nun ist er tot, und du sollst es wissen.«

Bitte nicht, flehte ich im Stillen. Ich dachte daran, wie nervös Mama auf der Rückfahrt von Lüneburg und dann auch zu Hause gewesen war. Sie hatte befürchtet, Opa könnte mir irgendetwas Wichtiges verraten haben. Und sie war erleichtert gewesen, als ich Opas letzte Momente beschrieben hatte.

Musste sie diese Angst unbedingt ablegen? Hier und jetzt in dieser Umgebung, die ihr offensichtlich mehr behagte als der Lüttjenshof?

Blöde Aura.

War doch alles in Ordnung, so wie es war.

»Ich liebe dich sehr, Nele, aber du bist nicht meine Tochter.«

Jan schnappte nach Luft, Carlo-Ashoka murmelte etwas, das wie »Halleluja« klang. Dann begriff er wohl, dass dies eine Familienangelegenheit war, und ließ uns allein. Nicht ohne uns vorher mit großer Geste zu segnen.

Ich sagte nichts, rührte mich nicht.

Ich war ein Stein.

»Mama«, sagte Jan. »Bist du high oder was? Das ist doch vollkommener Blödsinn. Papa ist der treueste Mensch, den ich kenne. Nie und nimmer hätte er dich betrogen. Willst du behaupten, er hat es wie Opa Hermann gemacht und mit einer anderen Frau ein Kind gezeugt? Das glaube ich im Traum nicht.«

Ich war hart, unangreifbar. Alles perlte an mir ab wie Regenwasser. Ich stand fest.

»Das sage ich doch gar nicht«, erwiderte Mama. »Es ist so … also … Nele ist auch nicht Papas Tochter.«

Jan lachte. Es klang hysterisch. »Natürlich ist Nele Papas Tochter. Sie ist sein Spatz, und es vergeht kein Tag, an dem er nicht hofft, dass sie heimkehrt und mit ihm zusammen den Lüttjenshof führt.«

Meine äußere Schicht begann zu bröckeln. Ich kämpfte dagegen an. Wollte Stein bleiben.

»Gefühle haben nichts mit Blutsverwandtschaft zu tun«, sagte Mama leise. »Olaf und ich, wir haben Nele vom ersten Tag an geliebt. Aber sie ist definitiv nicht unser leibliches Kind.«

»Klar.« Jans Stimme überschlug sich. »Wahrscheinlich hat der Klapperstorch sie gebracht.«

Mama nickte. »So ähnlich.«

»Was?«, kreischte Jan.

Ich zerfiel zu Staub.

Mama stöhnte auf. »Vielleicht lasst ihr mich mal in Ruhe erzählen.«

So erfuhren wir, dass Heidi als jung verheiratete Frau Lüttjens fünf Jahre lang vergeblich versucht hatte, schwanger zu werden. Nichts, was sie versuchte, klappte. Sie gab sich selbst die Schuld und verfiel oft in Depressionen. Es war eine schlimme Zeit, zumal ihr Schwiegervater immer wieder von einem Fluch anfing, der angeblich über der Familie Lüttjens lag. Und der habe mit dem Ausbleiben der Störche zu tun.

Eines Tages kam er mit einem großen Korb heim, nagelte ihn auf den Dachfirst und kleidete ihn mit Gräsern und kleinen Zweigen aus.

Heidi zweifelte an seinem Verstand, wagte aber nicht, es laut auszusprechen.

Ein Glück für sie, denn in jenem Frühjahr nistete tatsächlich zum ersten Mal wieder ein Storchenpaar auf dem Dach der Lüttjens. Ein paar Tage später fand Opa Hermann kurz nach Sonnenaufgang ein Findelkind auf der Türschwelle. Warm eingepackt und fröhlich glucksend. Das Baby sah nicht aus wie ein typischer Lüttjens. Es war eher dunkel, fast mediterran.

Das würde sich schon zurechtwachsen, befand Opa Hermann, und brachte das Kind zu Heidi. Die zögerte zwar, aber als das Baby in ihrem Arm lag und an ihrem kleinen Finger nuckelte, war es um sie geschehen. Liebe auf den ersten Blick.

Am nächsten Tag wurde sie samt Baby zur Kur geschickt. Nach Bayern, wie es bei den Lüttjens schon Tradition war. Sie hatte sich im Winter so viel Kummerspeck angefuttert, dass in Nordergellersen schon gemunkelt wurde, sie sei wohl schwanger. Das passte. Als sie mit dem Baby nach zwei Monaten zurückkehrte, wunderte sich niemand über den Familienzuwachs.

Mama machte eine Pause und trank einen Schluck Sekt. Sie sah mich nicht mehr an, sondern schaute zu Boden. »Ich habe dich nicht selbst geboren, Nele, aber ich habe dich immer geliebt«, erzählte sie dem Flokati. »Du bist von der ersten Sekunde an das große Glück meines Lebens gewesen.«

Ich konnte nicht sprechen. Etwas in mir weigerte sich, die Geschichte zu glauben. Eine Erinnerung aus meiner Kindheit. Aber ich kam nicht drauf, was es war.

Jan übernahm das Reden für mich. »Und es hat wirklich nie jemand Verdacht geschöpft?«

»Nein. Manchmal hieß es, die Kleine sei ja sehr dunkel geraten, irgendwie aus der Art geschlagen. Dann haben wir das Foto von Uropa Franz herumgereicht. Das hat immer geholfen.«

Uropa Franz!

Genau!

Das war der Beweis dafür, dass Mama sich gerade eine wilde Lügengeschichte ausgedacht hatte. Aus welchen Gründen auch immer. Wahrscheinlich stand sie doch unter dem Einfluss von Drogen.

Uropa Franz war in meiner Kindheit auch mein Beweis gewesen, dass ich zu den Lüttjens gehörte. Wie oft hatte ich den Kavalleristen auf dem sepiafarbenen Foto angeschaut und mich mit ihm verbunden gefühlt! Seinetwegen wollte ich sogar zur berittenen Polizei von Niedersachsen gehen.

Zwei aus der Art geschlagene Familienmitglieder, über Generationen hinweg einander nah.

Ich wollte schon erleichtert aufseufzen, als ich Mamas Mienenspiel bemerkte. Es zerfloss nur so vor schlechtem Gewissen.

»Das … ähm … das Foto habe ich mal auf einem Flohmarkt in Lüneburg gekauft. Auf die Rückseite habe ich *Franz Lüttjens* geschrieben. Damit waren die Leute beruhigt.«

»Ist nicht wahr«, sagte mein Bruder. In seinen Augen stand fast so etwas wie Bewunderung. Vorübergehend hasste ich ihn dafür.

»Doch«, erwiderte Mama. »Und Nele war später auch immer glücklich, wenn ich es ihr gezeigt habe.«

Jan übernahm nun auch das Wütendwerden für mich. »So etwas nennt man arglistige Täuschung!«

»Ich weiß«, murmelte Mama. »Aber es gab eine Zeit, da hat Nele immer wieder gefragt, warum sie so anders aussieht als wir. Keinen Tag gab sie Ruhe. Ich wusste mir nicht anders zu helfen.«

Sie hob wieder den Blick zu mir. Ich las Traurigkeit und die Bitte um Vergebung darin. »So ganz unrecht hatte Hermann mit den Störchen übrigens nicht. Nach deiner Ankunft hat jedes Jahr ein Storchenpaar bei uns gebrütet. Erst als du nach München gezogen bist, blieb das Nest wieder verwaist.«

Wen interessierte das jetzt? Meine Welt war zusammengebrochen, und Mama sprach von Störchen.

»Was ist eigentlich mit mir?«, fragte Jan plötzlich. »Ich sehe aus wie ein echter Lüttjens. Habt ihr mich vielleicht aus einer Wikingerfamilie entführt?«

»Das ist nicht lustig, Jan«, entgegnete Mama.

»War auch nicht lustig gemeint.«

Wir erfuhren, dass Heidi Lüttjens zur allgemeinen Überraschung neun Monate nach meiner Ankunft schwanger geworden war. »Der Druck, unbedingt ein Kind bekommen zu müssen, war weg, und ich konnte mich entspannen. Da hat es plötzlich geklappt.«

»Wie beruhigend«, brummte Jan.

Ich sprang auf. Keine Sekunde hielt ich es mehr hier aus. Schon hatte ich das Wohnzimmer durchquert, lief durch den Flur, riss die Tür auf, sprang über die Treppen nach unten, war auf der Straße. Ich lief los, während die Gedanken in meinem Kopf hämmerten.

Ein Findelkind. Ausgesetzt. Nicht gewollt. Nicht geliebt. Wie weggeworfen. Keine Lüttjens. Nie gewesen. Anders als der Rest der Familie. Immer geahnt. Immer gewusst. Nie dazugehört.

Ich schreckte hoch, als ein Krankenwagen mit eingeschalteter Sirene an mir vorüberfuhr. Der Fahrer schrie mich an, ich solle gefälligst die Einfahrt frei machen. Verwirrt sah ich mich um. Ich stand vor der Notaufnahme der Universitätsklinik Eppendorf. Von Mamas Wohnung bis zum UKE war es eine weite Strecke. Ich hatte von meinem Fußmarsch nichts mitbekommen.

Ein Blick auf die Uhr sagte mir, dass es schon halb drei

war. Wenn wir Sissi rechtzeitig in Lüneburg abholen wollten, mussten wir uns spätestens in einer Stunde auf den Weg machen. Ab vier Uhr waren in Hamburg die Straßen verstopft.

Es half mir, über einfache Dinge nachzudenken. Alles andere war im Augenblick zu groß, zu schwer.

Ich ging zum Taxistand auf der anderen Straßenseite und ließ mich zurückfahren.

Als ich die Wohnung wieder betrat, kam Jan erleichtert auf mich zugelaufen.

»Mensch, Nele, ich hab mir solche Sorgen gemacht! Du hast dein Blackberry hier liegen lassen. Ich konnte dich nicht mal erreichen. Ich hatte schon Angst, du könntest dir was antun.«

»Bist du bescheuert?«, fragte ich erschrocken. »So schnell wirst du mich nicht los.«

»Dann ist ja gut.« Er schloss mich fest in seine Arme. »Und nur, dass du es weißt: Es ist mir schietegal, ob du meine leibliche Schwester bist oder nicht. Du bist meine Kröte und wirst es immer bleiben!«

»Und meine Tochter«, fügte Mama hinzu.

Ich heulte los, heulte Rotz und Wasser, klammerte mich an Jan und zitterte am ganzen Körper.

Keine Ahnung, wie lange.

Irgendwann saß ich auf dem Sofa und aß Carlo-Ashokas Marmorkuchen mit Schokoladenglasur, vollkommen frei von Hasch, wie er mir versicherte, weil ich ihn bei jedem Bissen danach fragte.

Alle behandelten mich wie eine seelisch Gestörte.

War ich ja auch.

Einmal fragte Jan Mama, ob sie damals eigentlich bei mir irgendwas gefunden hatten, das auf meine wahre Identität schließen lassen konnte. Einen Zettel vielleicht, oder sogar eine Geburtsurkunde.

Mama schüttelte heftig den Kopf. »Da war nichts. Ich schwöre.«

Rasch nahm ich mir noch ein Stück Kuchen. Es wäre über meine geistigen Kräfte gegangen, jetzt auch noch über meine richtige Mutter und ihre Beweggründe, mich wegzugeben, nachzudenken. Das würde ich vielleicht irgendwann einmal tun, wenn ich den Schock überwunden hatte. Sofern mir das jemals gelingen sollte.

Als Jan erklärte, wir müssten nun fahren, verkündete Mama, sie werde mitkommen.

»Ich kann Nele jetzt nicht allein lassen. Außerdem wird es Zeit, dass wir auch zu Hause endlich alle offen und ehrlich miteinander umgehen.«

Ich hatte erreichen wollen, dass Mama mit uns nach Hause fuhr.

Nur nicht auf diese Art.

»Gebt mir zehn Minuten, Kinder. Ich muss mich schnell umziehen.«

Für ihre Verhältnisse erschien sie kurz darauf in geradezu bürgerlicher Aufmachung. Jeans und ein gestreiftes Männerhemd zu Turnschuhen. Kaum Schminke, keine silbernen Armreifen.

»Ashoka-Schatz, du kannst übers Wochenende mein Cabrio benutzen. Ich fahre mit den Kindern.«

Der strahlte. Wenigstens einen Menschen hatte sie an diesem Tag glücklich gemacht.

Auf der Fahrt nach Lüneburg bekam ich nur am Rande meines Bewusstseins mit, dass Jan die Geschichte von Opas verschwundener Asche erzählte.

Mama stieß einige Ahs und Ohs aus, einmal lachte sie laut heraus. »Das ist meine Nele!«

Ich sagte nichts, machte mich klein auf der Rückbank.

Unsichtbar.

War nicht ganz da.

Dachte an Paul, je näher wir Lüneburg kamen. Dachte, dass er mich niemals würde lieben können. Jetzt erst recht nicht. Jetzt, da ich eine andere war, als ich selbst immer geglaubt hatte.

Ich sah aus dem Fenster.

Hatte mich nie so verloren gefühlt.

21.

Carrara-Marmor für Opa?

Die Türme von Sankt Johannis und Sankt Nicolai waren bereits in Sicht, als Jan und Mama bemerkten, dass ich seit der Abfahrt aus Hamburg noch keinen Ton von mir gegeben hatte.

»Geht es dir gut, Süße?«, fragte Mama.

Ich schwieg.

»Hey, Kröte, alles klar?«

Ich schwieg.

»Das ist der Schock«, sagte Jan zu Mama.

Mein Blick wanderte über Gemüsefelder, fand nirgends Halt.

Mama gab nicht so leicht auf. Sie drehte sich zu mir um und sah mir fest in die Augen: »Möchtest du etwas trinken? Wir haben noch Zeit, bis deine Freundin ankommt. Ein Kaffee würde uns allen guttun. Mit einem schönen Stück Kuchen dazu. Oder wir besorgen uns etwas Herzhaftes. Ein Grillhähnchen mit Pommes.«

Schweigen.

»Nele, bitte.«

Ich erwiderte ihren Blick.

Sie zuckte zurück. Keine Ahnung, was sie darin gesehen hatte.

»Das hat sie von Marie«, sagte Jan. »Die kann auch so eisern schweigen.«

Mama stieß einen langen Seufzer aus. »Das war dumm und taktlos.«

Im Rückspiegel erhaschte ich Jans trauriges Grinsen. »Entschuldige, Kröte. Ich habe auch noch nicht alles auf die Reihe gekriegt. Außerdem kann man sich Eigenschaften ja auch angewöhnen. Man muss sie nicht zwangsläufig in den Genen haben.«

Der hatte leicht reden. Der kannte seine Gene.

Mein Blackberry klingelte. Ich nahm an, dass es Sissi war, und ging nicht ran.

Es klingelte wieder.

Ich reichte es nach vorn zu Jan. Mama hielt ihm das Blackberry ans Ohr.

»Hallo?«, sagte er. Dann hörte er eine Weile zu. »Verstehe. Ich fürchte nur, meine Schwester ist im Moment … äh … indisponiert.«

Was?

Musste jemand anderes sein. Das Hotel? Oder der Headhunter, der mich für das »Al Salam« in Dubai angeworben hatte?

Dubai.

Genau dort wollte ich jetzt sein. An einem Ort, der so weit wie möglich von Nordergellersen entfernt war. Ich träumte von Wüste, während rote Backsteinhäuser an mir vorüberflogen.

»Ein Brief von Opa Hermann?«, fragte Jan. »Verstehe, Doktor Liebling. Da gibt es zwei Möglichkeiten. Der Gedenkgottesdienst ist morgen um elf Uhr, anschließend gibt es den festlichen Leichenschmaus im *Heidekrug*. Sie sind herzlich dazu eingeladen. Bei der Gelegenheit können Sie Nele den Brief geben. Oder wir kommen kurz bei Ihnen vorbei. Wir sind nämlich zufällig gerade in Lüneburg. Passt es Ihnen in einer knappen Viertelstunde?«

»Nein!«, schrie ich.

Paul Liebling gegenübertreten? Jetzt gleich? In meiner Verfassung? Eher ließ ich mich vierteilen.

Ich verdrängte, wie sehr ich mir vorhin in Hamburg noch gewünscht hatte, er wäre bei mir. Das war gewesen, bevor meine Welt unter Mamas Worten zerbrach.

Wie Glas.

Ich würde diesen schrecklichen Tag überleben. Irgendwie. Aber nicht, wenn ich mit ansehen musste, wie sich Pauls Freundlichkeit in Widerwillen verwandelte.

Du musst es ihm doch nicht erzählen, sagte eine naive Stimme in meinem Innern. Du könntest so tun, als wäre nichts geschehen. Als wärst du immer noch die Nele, die er kennengelernt hat.

Ja, naiv.

Paul würde mir ansehen, dass etwas nicht stimmte, und ich würde nicht lügen können.

Das wär's dann gewesen. Den würde ich nie wiedersehen. Nicht bei seinem negativen Erfahrungsschatz.

Auf die Idee, dass ich diesen Mann möglicherweise unterschätzte, kam ich nicht.

»Wie bitte?«, fragte Jan ins Blackberry. »Nein. Da schreit nur irgendein Verrückter auf der Straße rum.«

Er fuhr rechts ran, drehte sich zu mir um und musterte mich prüfend.

»Doktor Liebling, ich glaube, jetzt passt es doch nicht so gut«, fuhr er dann fort. »Morgen? Ja, wunderbar. Sie können den Brief meiner Schwester dann persönlich überreichen. Vielen Dank.«

Er drückte das Gespräch weg, und Mama reichte mir das Blackberry zurück.

Ich nahm es mit zitternden Händen.

»Papa hat ihm deine Handynummer verraten«, erklärte mir Jan. »Da ist noch ein Brief von Opa für dich. Wir waren so schnell aus seinem Büro weg, dass Liebling nicht mehr dazu gekommen ist, ihn dir zu geben. Wahrscheinlich steht nur das drin, was er dir sowieso schon erzählt hat.«

Ich dachte an meinen Besuch bei Paul. Mir kam es vor, als wären seitdem viele Jahre vergangen.

»Kann auch sein, dass Opa Hermann reinen Tisch machen wollte«, sagte Mama. »Er ahnte bestimmt, dass ihm nicht mehr viel Zeit blieb. Und deshalb hat er Nele die ganze Wahrheit geschrieben. Auch über ihre eigene Herkunft.«

»Oder er hat noch etwas ganz anderes geschrieben«, orakelte Jan düster. »Etwas, das sich keiner von uns vorstellen kann. Ich an Neles Stelle wäre mittlerweile auf alles gefasst.«

Jetzt drehte er durch, mein Bruder. Was bitte, sollte es denn noch geben? Es reichte ja wohl.

»Wie auch immer«, sagte Jan zu mir. »Du sollst den Brief natürlich bekommen. Opa Hermann hat Paul Liebling das Versprechen abgenommen, ihn nur dir persönlich zu geben. Er wird morgen zur Beerdigung da sein.«

Ich nickte stumm.

Morgen konnte kommen, wer wollte. Auch ein Paul Liebling, der mich niemals lieben würde.

Morgen würde ich nicht mehr da sein.

Der Gedanke hatte sich in meinem Kopf geformt, ohne dass ich es richtig mitbekommen hätte.

Ich würde abreisen.

Noch heute.

Weg von den Lüttjens.

Weit, weit weg.

Wohin?

Erst mal zurück nach München. Wieder zu mir kommen. Begreifen, dass ich nicht die Frau war, für die ich mich dreiunddreißig Jahre lang gehalten hatte.

Nele Lüttjens vom Lüttjenshof in Nordergellersen.

Der Schmerz grub sich tief in meinen Bauch.

Mein Leben lang hatte ich mich von meiner Familie distanziert. Erst jetzt, da ich wusste, ich gehörte gar nicht dazu, erst jetzt begriff ich, dass ich ohne sie nichts war.

Niemand.

Ein Findelkind.

»Wir sind da«, sagte Jan.

Ich hatte nicht bemerkt, wie er wieder angefahren war und die Abzweigung zum Bahnhof genommen hatte. Jetzt hielt er auf dem Parkplatz.

»Willst du im Auto bleiben?«, fragte Mama.

Ich nickte.

Kaum waren sie weg, meldete sich mein Blackberry erneut. Ich schwor mir, den Klingelton zu ändern. Nichts sollte mich mehr an den Lüttjenshof erinnern.

»Hat der Zug Verspätung?«, fragte ich. Meine Stimme klang seltsam, als gehörte sie nicht zu mir. Vielleicht war ich ja dabei, mich aufzulösen, und verwandelte mich zurück in das Nichts, aus dem ich kam.

Nele!, rief ich mich selbst zur Ordnung. Jetzt reicht's!

»Welcher Zug?«, kam die Rückfrage.

Es war auch nicht Sissis Stimme.

Ich erstarrte. Wäre klüger gewesen, nachzuschauen, wer da anrief. Lüneburger Festnetznummer.

Paul Liebling.

»Schön, dass ich doch noch mit Ihnen sprechen kann, Frau Lüttjens.«

»Hm.«

»Pardon. Sind Sie noch dran?«

»Ja«, krächzte ich.

»Die Verbindung scheint schlecht zu sein.«

»Kann sein.«

Falls er sich wunderte, warum ich so kurz angebunden war, so ließ er sich nichts anmerken. »Was den Brief Ihres Großvaters betrifft… Ihr Bruder hat Ihnen davon erzählt?«

»Ja.«

»Gut. Nun, ich habe mir eben überlegt, dass ich die Übergabe gern weniger öffentlich gestalten möchte. Ist es Ihnen recht, wenn wir uns schon eine halbe Stunde vor der Beerdigung treffen?«

Ich schwieg.

Panik machte sich in mir breit, denn erst in dieser Sekunde wurde mir klar, dass ich diesen Mann liebte. Mit Haut und Haaren, mit Leib und Seele – nur ohne Verstand. In den letzten Tagen hatte ich mir alle Mühe gegeben, diese in meinem Herzen längst feststehende Tatsache zu ignorieren. Hatte mir sogar vorübergehend eingeredet, ich könnte mich zum zweiten Mal in Karl verlieben. Weil er damals gar nicht so gemein gewesen war, wie ich immer gedacht hatte. Weil er in diesen Tagen vorübergehend meine Sinne zum Schwingen gebracht hatte.

Was für ein Irrtum.

Was für ein Chaos.

»Frau Lüttjens, ich höre Sie gar nicht mehr.«

»Um halb elf am *Heidekrug*«, presste ich hervor.

»Wunderbar, dann bis morgen.« So langsam schien er von mir doch irritiert zu sein und legte auf.

Halb elf am *Heidekrug*.

Da konnte er lange warten. Bis er alt und grau und hässlich wurde.

Mist!

Paul Liebling mochte vielleicht irgendwann alt und grau werden, aber niemals hässlich. Er würde außerdem irgendwann die Frau treffen, die zu ihm passte. Die ehrlich war, die sich nicht als jemand ganz anderes entpuppte und die nicht zum Kontrollfreak mutierte.

Na gut, Letzteres hätte er von mir auch nicht zu befürchten gehabt.

Trotzdem, Paul Liebling musste mit einer anderen Frau glücklich werden, eine große Familie gründen, alt und grau werden. Nicht mit mir.

Sissi rettete mich vor einem Heulkrampf. Sie riss die Autotür auf, zog mich raus und schlang ihre Arme um mich – grad so, als hätten wir uns Wochen nicht gesehen.

Kam mir auch so vor.

»Jan hat mir alles erzählt. Du Ärmste! Ist ja grauenvoll!«

»Jan konnte seinen Mund nicht halten«, schimpfte Mama. »So etwas sollte in der Familie bleiben.«

»Na und?«, verteidigte sich mein Bruder. »Sissi gehört quasi zur Familie.«

»Genau!« Meine Freundin drückte mich fest. »Wenn du willst, adoptieren dich meine Eltern. Die würden sich freuen.«

Mama stieß einen leisen Schrei aus, Jan drohte Sissi mit dem Zeigefinger. »Das könnte dir so passen. Mir einfach meine Schwester wegnehmen!«

»War nicht böse gemeint.« Sissi lächelte in die Runde. »Gibt's bald was zu futtern? Ich sterbe vor Hunger. Hatte keine Zeit, was einzupacken, und der Speisewagen war ständig überfüllt.«

So ist sie, meine beste Freundin. Kommt immer gleich zum Wesentlichen.

Es half.

»Lass uns fahren«, sagte ich zu Jan.

Der wechselte einen schnellen Blick mit Mama. Es gibt wieder Hoffnung, sollte das wohl heißen. Die Kröte ist wieder normal.

Wenn er sich da bloß nicht täuschte.

Die Kröte entwickelte gerade Fluchtpläne.

Sissi unterstützte mich unbewusst darin, indem sie ununterbrochen redete. Sie erzählte Anekdoten aus dem Hotel, berichtete von der Scheidung eines befreundeten Paares und gestand, sie sei gestern bei einem Speed-Dating gewesen. »Kannst du echt vergessen. Kaum denkst du, hm, gar nicht so übel der Typ, da klingelt auch schon so ein bescheuertes Glöckchen, und der Nächste sitzt vor dir. War echt nichts für mich. Ich angele mir jetzt lieber einen zünftigen Heidjer. Oder ist das auf einer Beerdigung verboten?«

»Was?«

»Heidjer. Beerdigung.«

Keine Ahnung, wovon sie redete. Ich wusste jetzt, wie ich am besten verschwinden konnte. War noch nicht einmal besonders kompliziert. Es durfte mir nur keiner dazwischenkommen.

»Ich geb's auf«, sagte Sissi und beugte sich, so weit es der Sicherheitsgurt erlaubte, nach vorn, um mit Jan und Mama zu plaudern.

Das war meine Chance, unauffällig das Blackberry hervorzuholen und eine Nachricht an meinen Headhunter zu schicken: »Bin morgen Abend wieder in München. Nehme das Angebot an. Am Montag kann ich den Vertrag unterzeichnen.«

Schon abgeschickt.

Die Würfel waren gefallen.

Es gab kein Zurück mehr. Mit den Lüttjens hatte ich nichts mehr zu schaffen.

Mit einer Ausnahme.

Kaum stiegen wir zu Hause aus dem Auto, als auch schon eine verzweifelte Marie auf mich zukam.

»Kann ich dich einen Moment sprechen?«

Mist!

Der Grabstein!

Hatte ich völlig vergessen.

Das musste noch erledigt werden, sonst würde ich nicht mit gutem Gewissen verschwinden können.

»Nele ist ein bisschen erschöpft«, griff Mama ein. »Sie möchte sich vielleicht hinlegen.«

»Nein«, sagte ich schnell. »Komm, Marie, wir machen es uns auf der Hollywoodschaukel gemütlich.«

Die anderen verschwanden im Haus.

Sanft pendelten wir hin und her, während die Abendsonne ihre warmen Strahlen nach uns ausstreckte.

Es war das letzte Mal, dass ich hier so sitzen würde, das letzte Mal, dass ich mit Marie in vollkommener Eintracht schweigen konnte.

Reden war nicht nötig. Ich wusste ja, was ihr auf dem Herzen lag. Aufmerksam betrachtete ich sie von der Seite. Während Grete in diesen Tagen geradezu aufgeblüht war, wirkte Marie noch zarter als sonst, geradezu durchscheinend. Ganz so, als ob die eine Schwester der anderen alle Kraft nahm.

»Solange wir ihn nicht vergessen, ist er nicht fort«, sagte ich leise.

Dann ließ ich sie allein und machte mich auf die Suche nach Grete. Weit musste ich nicht gehen. Sie deckte in der Küche den Abendbrottisch, während die anderen sich offenbar noch kurz frisch machten.

Passte mir gut in den Kram.

Als ich hereinkam, würgte sie gerade Heino ab. Sie hatte wohl gedacht, Marie käme zurück. Eigentlich mochte Grete den Schlagersänger auch, aber um ihre Schwester zu ärgern, verzichtete sie gern auf seine Musik.

»Ich muss mal mit dir reden«, sagte ich.

Grete schaute mich unfreundlich an. »Hast du wieder was liegen gelassen?«

Ja, mich selbst.

»Nein.«

»Dann ist ja gut. Was gibt es?« Sie begann, dicke Scheiben Bauernbrot abzuschneiden.

Auf dem Tisch stand bereits ein Teller mit Schweinskopfsülze.

Mein Magen revoltierte. Offenbar hatte ich mit meiner Identität auch meinen Appetit eingebüßt.

Da ich nicht wusste, wie ich das Thema diplomatisch anschneiden sollte, platzte ich heraus: »Ein Grabstein aus schwarzem Carrara-Marmor geht gar nicht! Das kannst du Opa nicht antun!«

Grete wirbelte erstaunlich flink herum und fuchtelte mir mit dem Brotmesser unter der Nase herum.

Ich stellte fest, dass ich trotz allem an meinem Leben hing, und wich zurück.

»Was geht dich das an?«

Nichts, wollte ich erwidern. Ich bin ja gar keine Lüttjens. Tschüs dann.

Aber ich dachte an Marie und erwiderte: »Opa war ein durch und durch bescheidener Mensch. Das weißt du genau. Er hätte das nicht gewollt.«

»So.«

Nur dieses eine Wörtchen, das alles Mögliche sagen konnte, während das Brotmesser immer noch die Luft zerteilte. Dann tat Grete etwas Unerwartetes: Sie fing an zu kichern. Aus dem Kichern wurde ein Lachen. Das Brotmesser landete zu meiner Erleichterung auf dem Tisch, weil Grete die Hände freihaben musste. Sie riss ein Stück von der geblümten Küchenrolle ab und wischte sich die Lachtränen weg.

»Hat sie es wirklich geglaubt?«, fragte sie glucksend.

Ich begriff, dass sie Marie einen bösen Streich gespielt hatte.

Und diese Frau hatte sich über Opas verschwundene Asche aufgeregt!

»Auch das mit der goldenen Inschrift?«, fragte mich Grete.

Ich nickte. Mitlachen mochte ich nicht. Fand es nicht besonders lustig.

Grete beruhigte sich wieder. »Ich war wirklich versucht, so ein Teil zu bestellen. Nur um Maries Gesicht zu sehen. Wäre aber viel zu teuer geworden. Ich hab natürlich einen kleinen Findling genommen.«

Erleichtert atmete ich auf. Letztlich hatte die Sparsamkeit der Landfrauen unseren Opa vor einem protzigen Grabstein bewahrt.

Unseren Opa?

Falsch.

Meiner nicht.

Da ich schon mal dabei war, sprach ich gleich noch einen zweiten Punkt an.

Grete stieß ein Schnauben aus, hob dann die Schultern und brummte: »Die kann von mir aus machen, was sie will. Ich werde sie nicht davon abhalten.«

Na also, ging doch.

Sissi und Jan kamen zum Essen herein, gleich darauf erschienen auch meine Eltern.

Adoptiveltern.

Oder so etwas in der Art.

Papa schien noch nichts zu ahnen. Er wirkte nur froh, dass seine Frau wieder da war.

Ich konnte nichts essen, keinen Krümel.

»Marie ist noch draußen. Ich gehe sie schnell holen.«

»Kann sich meine Schwester etwa nicht mehr allein herbequemen?«, erkundigte sich Grete.

Sollte sie schimpfen. Mir doch egal.

Als ich Marie aus der Hollywoodschaukel half, erklärte ich ihr die Sache mit dem Grabstein in leicht abgewandelter Form. Sie musste nicht wissen, dass sie einem Streich zum Opfer gefallen war. So sagte ich nur, das Problem sei erledigt, Opa bekomme einen Findling.

»Und zur Beerdigung gehst du natürlich mit. Ich hab das noch mal geklärt. Das war nur eine leere Drohung neulich. Sie könnte dich auch gar nicht daran hindern.«

»Nein.« Es klang entschlossen. »Ich wäre mit oder ohne ihre Erlaubnis gegangen. Ich lasse mir doch nicht alles von ihr gefallen.«

»Richtig so.«

»Und vorher sterben werde ich auch nicht. Den Gefallen tue ich ihr nicht. Da müsste sie mich schon ermorden.«

Ich dachte an das Brotmesser und schwieg.

Marie reckte sich und nahm mich in die Arme.

»Danke, liebe Nele. Vielen, vielen Dank. Ich hab dich lieb.«

»Ich dich auch«, murmelte ich.

Dann machte ich mich schnell los und ging in Richtung Stall.

»Kommst du nicht zum Essen?«, rief Marie mir nach.

»Ich … habe keinen Hunger.«

»Na gut, ich heb dir was auf.«

So wie früher, dachte ich.

Nur würde ich auch später nichts essen. Mir war schlecht. Außerdem galt es, meine Flucht vorzubereiten.

22.

Eine Flucht, ein Unfall, eine Entscheidung

Eine Stunde später klopfte es an meiner Zimmertür. Ich schaffte es gerade noch, meinen Koffer unter das Bett zu schieben, bevor Sissi hereinkam.

»Störe ich?«

»Nein, komm nur.«

Ich wäre lieber allein geblieben.

Sissi stellte ein Tablett mit Brot, Butter, Sülze und Tee auf meinem alten Schreibtisch ab. »Das schickt dir deine Großtante Marie. Oder soll ich Oma Marie sagen? Oder … äh …?«

»Davon weißt du auch schon?«

»Jan«, sagte Sissi nur.

Alles klar.

»Er kommt auch gleich. Er sagt, er hat noch eine Flasche Ferrari. Die bringt er mit.«

Die dritte Flasche für den absoluten Notfall.

Das passte.

Sissi musterte mich lange und prüfend. »Willst du reden?«

Ich schüttelte den Kopf. Wenn ich den Mund aufmachte, würde ich ihr womöglich verraten, was ich vorhatte. Wie gesagt, ich bin keine begnadete Lügnerin.

Einerseits hätte ich meine beste Freundin gern ins Vertrauen gezogen, andererseits fürchtete ich, sie könnte mich mit guten Argumenten von meinem Plan abhalten. Mir fielen ja selbst schon genügend gute Argumente ein, gegen die ich ankämpfen musste. So war es zum Beispiel unverzeihlich, Opa nicht die letzte Ehre zu erweisen, und meine Familie hatte sicherlich auch etwas anderes verdient als dieses grußlose Verschwinden. Ich glaubte jedoch, dass ich gehen musste. Noch heute Abend. Es fühlte sich zwar nicht hundertprozentig richtig an, aber da sich sowieso gar nichts mehr richtig anfühlte, war mir das egal.

Sissi zeigte auf das Tablett. »Essen?«

»Bloß nicht. Mir ist schon schlecht.«

»Etwas Tee?«

»Igitt.«

»Dir geht es gar nicht gut, stimmt's?«

»Erraten.«

»Ach, komm schon, Nele. Nimm's nicht so schwer. Immerhin hast du noch Glück gehabt.«

Glück?

Ich?

Wie bitte?

»Deine leibliche Mutter hätte dich auch vor dem Küpperhof ablegen können. Dann wäre Karl dein Bruder gewesen, und du hättest dich nie in ihn verlieben dürfen.«

Boah!

Diese Variante musste einem erst mal einfallen.

Sissi kam so richtig in Fahrt. »Stell dir das nur vor. Du hättest dich natürlich trotzdem in ihn verliebt, und dann hätte es einen fetten Skandal gegeben.«

»Ja, klar. Ich hätte mich im zarten Alter von siebzehn im Baggersee ertränkt.«

»Zum Beispiel.«

»Hör auf, Sissi!«

Sie grinste, und fast hätte ich zurückgegrinst. Obwohl selbst eher praktisch veranlagt, liebte Sissi bunte Bollywoodfilme und witterte schon in jeder stinknormalen Beziehung dramatische Verwicklungen. Angesichts meiner Geschichte lief sie jetzt zur Höchstform auf. »Das Findelkind und der Landwirt. Die große romantische verbotene Liebe. Wahnsinn!«

Ich sah mich schon im Flittergewand zu einer indischen Liebesweise mit Karl durch den Kuhstall tanzen. Paul könnte auf einem Kriegselefanten hinzukommen und gegen Karl um mich kämpfen. Und draußen schwangen die Landfrauen ihre Hüften.

Na ja.

Jan trat ein. Offenbar hatte er einen Teil unseres Gesprächs mit angehört. »Wenn schon ertränken, dann in Ferrari. Ach-tung!« Der Korken knallte genau gegen die Ikea-Uhr. Die blieb prompt stehen.

Ich starrte auf die dicken schwarzen Zeiger und stellte mir vor, wie diese Uhr mit immer gleicher Zeigerstellung hier hängen blieb. In einem Zimmer, in dem nichts verändert wurde. Und Besucher bekamen dann zu hören: »Das ist an dem Abend passiert, an dem unsere über alles geliebte Tochter Nele verschwunden ist. Kurz vorher blieb auf geheimnisvolle Weise die Uhr stehen.«

Und alle würden ein paar Tränen verdrücken angesichts dieser Tragödie. Nur Sissi, falls sie gerade dabei war, würde mit ihrem Sinn fürs Wesentliche einwerfen: »Wahrscheinlich sind sowieso gerade die Batterien leer gewesen.«

Ich schniefte.

»Nicht heulen, trinken«, kommandierte Jan und hielt mir ein volles Glas hin.

Ich trank. Ging runter wie nix, der Ferrari. Wir lümmelten zu dritt auf meinem Bett.

Jan schenkte nach. Ich kippte noch ein Glas, und gleich noch eins. Für die anderen beiden blieb nicht ganz so viel übrig. Egal. Ich brauchte das jetzt.

Hätte aber lieber nicht so viel trinken sollen. Vor allem nicht auf leeren Magen. Wäre besser nüchtern geblieben bei dem, was ich noch vorhatte. Das konnte leicht in einer Katastrophe enden.

»Willst du mich betrunken machen?«

Jan zwinkerte mir zu. »Dann schläfst du wenigstens gut und vergisst den ganzen Mist für ein paar Stunden.«

»Aber morgen früh weiß sie wieder alles«, warf Sissi ein.

Danke.

Sehr hilfreich.

»Ich bin wirklich müde«, sagte ich und gähnte herzhaft.

Das stimmte auch. Es war eine Art bleierne Müdigkeit, wie sie nur nach einer besonders rasanten seelischen Achterbahnfahrt auftreten kann.

Sissi und Jan wechselten einen Blick.

»Dann lassen wir dich schlafen«, entschied Sissi.

»Ciao, Kröte, bis morgen in alter Frische.«

Ich schwieg.

Jan würde mir fehlen. Als Einziger von der ganzen Sippe. Er war ja auch der Einzige, der wie ich von nichts eine Ahnung gehabt hatte. Der mich nicht ein Leben lang getäuscht hatte.

Erst gegen elf Uhr kehrte endlich Ruhe ein auf dem Hof. Mama und Papa waren die Letzten, die hochkamen. Sie hatten offenbar noch viel zu bereden gehabt. Über Mamas Doppelleben zum Beispiel. Wahrscheinlich hatte Mama auch erzählt, dass sie endlich mit der Wahrheit rausgerückt war. Ich hörte jedenfalls, wie Papas Schritte auf dem Weg ins Elternschlafzimmer vor meiner Tür verharrten.

»Sie schläft längst«, flüsterte Mama. »Du kannst morgen mit ihr reden.«

Papa schien zu zögern, und sekundenlang wünschte ich mir, er würde nicht auf Mama hören, sondern hereinkommen, mich in den Arm nehmen, mich ganz fest halten und trösten.

Der Moment verstrich. Papa ging weiter.

Ich war enttäuscht.

Und erleichtert.

Eine halbe Stunde wartete ich noch ab, dann holte ich meinen Koffer unter dem Bett hervor und schlich die Treppe hinunter. Ich bildete mir ein, wieder nüchtern zu sein, aber der Prosecco hatte dazu seine eigene Meinung. Auf der vorletzten Stufe geriet ich ins Stolpern und musste mich am Geländer festhalten, um nicht zu fallen. Der Koffer entglitt mir und landete laut polternd in der Diele. Einige Minuten lang hielt ich den Atem an. Als alles still blieb, ging ich weiter.

Mein Plan war denkbar einfach: mit dem Auto nach München fahren, und zwar mit Papas Mercedes. Mamas

Cabrio war in Hamburg geblieben, Jans Auto schied aus, weil mein Bruder seinen Schlüssel immer bei sich hatte. Papa dagegen bewahrte den Autoschlüssel in der Innentasche seiner Weste auf, und die hing an der Garderobe. In München angekommen würde ich schon eine Möglichkeit finden, den Wagen zurückzuschicken.

Ich schnappte mir den Schlüssel, verließ das Haus und ging auf den Wagen zu. Nachdem ich den Koffer auf die Rückbank gestellt hatte, überlegte ich, den Wagen ein Stück vom Hof zu schieben, bevor ich den Motor anließ.

Wäre bloß über meine Kräfte gegangen.

Also drehte ich mit zusammengebissenen Zähnen den Schlüssel im Zündschloss, dankte dem Motor, weil er so leise ansprang, und fuhr los.

Erst als ich schon auf der Landstraße in Richtung Autobahn unterwegs war, fiel die Anspannung von mir ab. Ich hatte es geschafft!

Dieses Kapitel meines Lebens lag hinter mir.

Zeit, ein neues aufzuschlagen.

Nicht das kleinste Schuldgefühl hatte jetzt Platz in Kopf oder Herz. Auch keine Sehnsucht.

Verboten!

Die Straße führte schnurgerade durch die Nacht, rechts und links erhoben sich hohe dunkle Eichen. Weiter südlich machten sie dem Naturpark Lüneburger Heide Platz, aber ich würde nach Norden in Richtung Garlstorf abbiegen. Ein kurzes Stück in die falsche Himmelsrichtung, und dann auf der Autobahn nach Süden, immer weiter nach Süden, direkt hinein in mein neues Leben.

Irrtum.

Es ging direkt hinein in den Wald.

Musste das Reh auch so plötzlich vor dem Auto auftauchen? Und woher hatte es gewusst, dass ich nicht, wie es dir jeder Verkehrspolizist rät, geradeaus fahren, sondern ihm natürlich ausweichen würde? Aber wer, bitte schön, nagelt auch schon freiwillig ein süßes Bambi um?

Ich nicht.

Ich versuchte es mit einer Eiche. Doch die war stärker.

War ich angeschnallt? Selbstverständlich!

Lag der Koffer vorschriftsmäßig im Kofferraum?

Leider nicht.

Der knallte jetzt so heftig gegen meinen Hinterkopf, dass es erst mal dunkel um mich herum wurde.

Irgendwann wachte ich von einem lauten Hupen auf. Ich löste meine Stirn von der Hupe, stellte fest, dass noch alles dran war an mir, und beschloss auszusteigen.

Gute Idee.

Ging bloß nicht. Die Türen hatten sich bei dem Aufprall so stark verzogen, dass ich keine aufbekam. Papas Mercedes war nicht das neueste Modell. Dem konnte die Konfrontation mit einer niedersächsischen Eiche durchaus den Todesstoß geben.

Na gut, also Hilfe rufen.

Schwierig ohne Blackberry.

Was? Denk nach, Nele!

Es war in der Handtasche gewesen.

Hundertprozentig!

Okay, die Handtasche hatte offen auf dem Beifahrersitz gestanden, und jetzt lag sie im Fußraum. Aber irgendwo musste das Ding doch sein. Nach zwanzig Minuten Herumtasten gab ich es auf. Da unten befand sich zwar das Blackberry, aber vielleicht war es in die verbogenen Teile der Knautschzone gerutscht. Ich kam nicht dran. Außerdem tat mir jetzt der Kopf weh. Ich würde mich ein wenig ausruhen und dann neu überlegen, was zu tun war.

Das nächste Mal wachte ich von einem energischen Klopfen auf.

»Komm rein, Jan«, murmelte ich. »Und bring Frühstück mit.«

»He, Sie da! Leben Sie noch?«

Ich kam zu mir und stellte fest, dass der Wald nicht mehr ganz dunkel war. Das Morgengrauen hatte eingesetzt und mir einen Retter vorbeigeschickt. Der hämmerte jetzt wieder mit seinem Stock gegen die Windschutzscheibe. Erste Risse bildeten sich im Glas.

»Würden Sie bitte damit aufhören? Ich möchte nicht von einem Splitter aufgeschlitzt werden.« Ich staunte, dass ich zwei vollständige Sätze zusammengebracht hatte.

Mein Retter auch. Sekundenlang wünschte ich mir, es wäre derselbe gewesen wie im ICE.

So ein Quatsch!

Dieser hier hatte keine kuscheligen, sondern stahlblaue und ziemlich ärgerlich blickende Augen.

»Jetzt kommen Sie da raus«, sagte er streng, »ich muss mit der Herde pünktlich nach Wilsede.«

Erst jetzt entdeckte ich den Viehtransporter hinter ihm. Es blökte anhaltend, und aus ein paar Ritzen lugten schwarze Heidschnuckenköpfe heraus. Der Mann selbst trug die Kluft eines Schäfers. Großer Filzhut, Schafwollweste, kariertes Hemd und Hosen aus grobem Cordstoff.

Nichts gegen Heideschäfer, aber dieser hier schien nicht übermäßig intelligent zu sein.

»Wenn ich einfach aussteigen könnte, hätte ich das längst getan. Aber es geht leider nicht.«

Der Mann kratzte sich am Kinn, während ein Bordercollie jaulend an ihm hochsprang. Der Hund schien mir um einiges klüger als sein Herrchen zu sein.

»Die Türen haben sich verzogen. Ich kriege sie nicht auf«, erklärte ich.

»Ach so.« Endlich kam Leben in den Mann, und er begann, an der Beifahrertür zu zerren. Ohne großen Erfolg.

»Geht nicht auf.«

Sag bloß.

»Haben Sie ein Handy dabei?«, fragte ich.

»Sehe ich so aus?«

Nein.

»Versuchen Sie es mal mit dem Kofferraum«, schlug ich vor.

»Und wie wollen Sie da hinkommen?«

Ich zwang mich, ruhig zu bleiben. »Da finden Sie den Wagenheber. Damit können Sie vielleicht die Tür aufstemmen.«

»Darauf wäre ich auch schon allein gekommen.«

Klar.

Der Kofferraum war jedoch auch verzogen. Immerhin kam der Schäfer ganz von allein auf die Idee, den Wagenheber aus seinem Transporter zu holen. Unter lautem Gestöhne, Gejaule und Geblöke sprang die Beifahrertür endlich auf.

»Na dann, schönen Tag noch.«

»Halt! Sie können mich doch hier nicht einfach stehen lassen.«

Das leuchtete ihm ein, und so stieg ich zu ihm ins Führerhäuschen, nahm auf einem nicht so gut duftenden Heidschnuckenfell Platz und fuhr mit bis in die nächste Ortschaft. Der Transporter tuckerte quälend langsam vor sich hin, während ich überlegte, was ich tun sollte. Konnte ich meine Flucht einfach fortsetzen?

Nein. Der Unfall hatte mich zur Besinnung gebracht. Ich musste mich zu Hause melden, erklären, was passiert war, Papa den Schaden ersetzen und bei Opas Beerdigung erscheinen.

Das war ich den Menschen, die mich aufgezogen hatten, immerhin schuldig.

Danach, spätestens morgen, würde ich dann ganz offiziell abreisen.

Eine kluge Entscheidung, wie ich fand. Hätte ich auch schon früher und vor allem unfallfrei treffen können. Vielleicht hatte ich aber auch den Schlag gegen den Kopf gebraucht, um zu dieser Einsicht zu gelangen.

Der Kopf tat übrigens verdammt weh. Ich überlegte, ob ich eine Gehirnerschütterung hatte. Eher nicht. Sterne sah ich jedenfalls keine, nur massenhaft Heidschnucken, wenn ich mich umdrehte.

23.
Hier stinkt doch was!

Mein Schäfer hielt am erstbesten Haus und ließ mich aussteigen. »Tschüs dann.« Seiner Meinung nach hatte er mehr als genug für mich getan.

So stand ich allein vor dem modernen Bungalow und fragte mich, ob ich da wirklich klingeln sollte. Wahrscheinlich wohnten hier Pendler, die unter der Woche in Hamburg arbeiteten und wenigstens ein paar Stündchen Schlaf genießen wollten. Denen hatte ein Unfallopfer, das nach Schaf stank, gerade noch gefehlt.

Ich sah mich um. Entlang der Hauptstraße nicht die Spur einer Telefonzelle.

Logo. Die Zeiten waren vorbei.

Auch die nächsten Nachbarhäuser sahen eher modern aus. Gab's denn gar keinen Bauernhof im Dorf? Da hätte ich wenigstens davon ausgehen können, dass morgens um sechs schon jemand auf war.

Während ich noch unschlüssig von einem Fuß auf den anderen trat, ging die Haustür auf. Eine alte Frau kam mit einem Dackel an der Leine heraus.

»Wer sind Sie?«, fragte sie unfreundlich.

Der Dackel ignorierte mich und hob das kurze Bein an einem imposanten Wacholder.

»Betteln und Hausieren ist hier verboten. Können Sie nicht lesen?« Sie wies mit arthritischen Fingern auf ein entsprechendes Schild an der Gartenpforte. Direkt daneben wurde vor einem bissigen Hund gewarnt.

Ich trat einen Schritt zurück.

»Darf ich bitte bei Ihnen telefonieren? Ich hatte einen Autounfall und muss meine Familie benachrichtigen.«

Die alte Frau kam näher und rümpfte die Nase, der Dackel zerrte in die entgegengesetzte Richtung an der Leine. Dem war mein Schafsgeruch auch nicht geheuer.

»Auf den Trick falle ich nicht rein. Ihr jungen Leute habt doch alle ein Handy.«

»Meins ist beim Unfall kaputt gegangen«, erklärte ich geduldig.

»Sie können mir viel erzählen.«

»Oma Traudel!«, erscholl eine junge Frauenstimme am Fenster. »Jetzt hör mal auf mit dem Blödsinn! Bitte, kommen Sie herein. Natürlich können Sie telefonieren.«

Erleichtert machte ich einen großen Bogen um die giftige Alte und den bissigen Dackel.

»Sie müssen meine Großmutter entschuldigen«, sagte eine stämmige Blondine mit rosa angehauchten Wangen. Meine alte Antipathie gegen Blondinen verflog. Stattdessen kam mir eine Idee.

»Ich bin Mona Petersen«, sagte sie.

»Nele Lüttjens.«

»Oma guckt zu viel *Aktenzeichen XY.*«

Ich lächelte schwach. Fühlte mich nicht so gut.

»Nur nicht umkippen!« Mona fasste mich unter den Arm und brachte mich in ihre modern eingerichtete Küche.

Dort drückte sie mich auf einen Stuhl. »Jetzt wecke ich erst mal meinen Mann. Der ist Arzt.«

»Ich … habe aber bloß einen Schlag gegen den Kopf gekriegt.«

»Na, passt doch. Martin ist Neurologe am UKE.«

»Da hätte ich ihn ja gestern glatt treffen können.«

»Wie bitte?«

»Ach, nichts.« Ein paar Gehirnwindungen waren offenbar noch nicht fit.

Mona stellte einen Kaffeebecher und einen Teller mit Keksen vor mich hin. Dann ging sie ihren Mann holen.

Die Oma kehrte zurück, beäugte mich misstrauisch und verschwand wieder, den Dackel hinter sich herziehend. Der wäre mir jetzt wohlgesinnt gewesen, da er vermutlich die Kekse auf dem Tisch erschnuppert hatte.

Dumm gelaufen, mein kleiner Freund.

Gleich darauf war Mona wieder da. »Mein Mann kommt sofort.«

Ich nickte, betrachtete sie und fand meine Idee immer besser. Der Assoziation zur Heidekönigin sei Dank. Ich würde nicht auf dem Lüttjenshof anrufen, sondern bei Karl. Der sollte mich abholen. Dann musste ich meine Leute nicht gleich so erschrecken. Und Karl hatte mir hoffentlich mittlerweile den Zwischenfall am Baggersee verziehen.

Gerade wollte ich nach dem Telefon fragen, als Doktor Martin Petersen erschien.

»Guten Morgen«, sagte er freundlich.

Dann, zu seiner Frau: »Ist Omas blöde Töle wieder ausgebüxt? Es stinkt hier wie auf einer Schafheide.«

»Das bin ich«, piepste ich und wurde rot. Meine Sehnsucht nach einer Dusche war selten so groß gewesen.

Doktor Petersen grinste.

»Meine Frau sagte was von einem Unfall. Waren Heidschnucken darin verwickelt?«

»Nur bei meiner Rettung«, entgegnete ich und erzählte den beiden, was passiert war.

Während Mona vor sich hin kicherte, hörte ihr Mann mit unbewegter Miene zu. Nur seine Mundwinkel zuckten ganz leicht.

Ich fühlte mich inzwischen schon viel besser und hätte gern telefoniert. Doktor Petersen dachte jedoch gar nicht daran, mich so einfach gehen zu lassen.

»Kommen Sie mit in mein Arbeitszimmer«, sagte er, und es klang wie ein Befehl.

Dort untersuchte er mich lange und gründlich. Sehr lange und sehr gründlich.

»Sie haben Glück gehabt«, sagte er nach einer kleinen Ewigkeit. »Keine Gehirnerschütterung, kein Schleudertrauma. Nur eine dicke Beule am Hinterkopf, die noch wachsen wird.«

Prima, dachte ich. Meine Beule vom Seifenspender im ICE war ja auch gerade erst verheilt.

»Wie gut, dass ich nicht meinen Hartschalenkoffer dabeihatte.«

»Dann wäre es anders ausgegangen.«

Doktor Petersen erhob sich und öffnete das Fenster weit. Ich konnte genau beobachten, wie er unauffällig ganz tief einatmete.

»Wenn ich jetzt telefonieren könnte«, bat ich. »Es ist

schon nach acht, und um elf habe ich einen wichtigen Termin. Vorher müsste ich noch duschen.«

»Selbstverständlich.« Doktor Petersen reichte mir das schnurlose Telefon von seinem Schreibtisch. »Aber ich fahre Sie auch nach Hause, wenn Sie möchten.«

Kurz erwog ich, das Angebot anzunehmen. Wäre die einfachste Lösung gewesen. Aber dann lehnte ich dankend ab. Diese Leute hatten schon genug für mich getan; ich musste ihnen nicht auch noch ihr Auto verpesten.

Doktor Petersen nickte und ließ mich dann allein.

Ich starrte auf das Telefon und geriet einen Moment lang in Panik. Wie war noch mal die Nummer vom Küpperhof? Konnte man nach dreizehneinhalb Jahren schon mal vergessen. Zu meiner Erleichterung fiel mir die Zahlenfolge dann wieder ein. War gut in meinem Langzeitgedächtnis abgespeichert. Früher hatte man nämlich noch nicht die Nummern sämtlicher Freunde und Verwandten im Handy stehen gehabt und war dann aufgeschmissen gewesen, wenn man das Ding mal nicht bei sich hatte.

Ach ja, die gute alte Zeit.

Es klingelte. Dreimal, fünfmal, zehnmal. Als ich schon dachte, Karl sei bestimmt irgendwo auf einer Weide, ging er endlich ran.

»Karl, Gott sei Dank!«, rief ich.

»Nele?« Es klang alles andere als begeistert.

Der war immer noch sauer.

Mist!

»Du musst mir helfen!«, rief ich, damit er bloß nicht wieder auflegte. »Ich hatte einen Unfall!«

»Was?«

Ich erklärte ihm alles.

Er schwieg eine Weile, nachdem ich geendet hatte.

»Und warum bist du abgehauen?«, fragte er dann punktgenau.

»Das ist eine lange Geschichte. Ich erzähle sie dir nachher, ja?«

»Okay. Ich bin in einer halben Stunde da.«

»Danke.«

Geht doch.

Mona Petersen bot mir an, in der Zwischenzeit zu duschen. Allerdings hätte sie keine passenden Klamotten für mich gehabt. Nach XXL war mir heute Morgen nicht. Also lehnte ich dankend ab, setzte mich auf die Terrasse, worüber das Ehepaar außerordentlich erleichtert war, und trank noch einen Kaffee, bis Karl kam.

»Ich habe den Abschleppdienst benachrichtigt«, sagte er statt einer Begrüßung.

Dankbar lächelte ich ihn an. Auf den Gedanken war ich noch gar nicht gekommen.

Ich musterte ihn. Er sah gut aus. Frisch, gesund, ausgeschlafen, knackig. Aber ich bekam keine weichen Knie mehr. Nur eine melancholische Anwandlung, weil nun wirklich alles vorbei war, was schon vor langer Zeit ein Ende gefunden hatte.

»Alles okay mit dir?«, fragte Karl irritiert, weil ich wohl so komisch guckte.

Ich nickte nur.

»Gut. Wir treffen uns mit dem Abschleppdienst am Auto, dann kannst du deine Sachen holen.«

Darauf war ich auch noch nicht gekommen.

Ich verabschiedete mich von den Petersens und stieg zu Karl ins Auto. Das roch wie gewohnt intensiv nach Kuhstall, sodass ich nicht weiter auffiel. Wenn er doch etwas bemerkte, so verzog er keine Miene. Landwirte sind an intensive Duftnoten gewöhnt.

Es wurde neun, bis Papas Mercedes auf der Ladefläche eines Abschleppwagens unterwegs nach Lüneburg war. Vorn zerbeult, in der Mitte verbogen, hinten alt wie immer. Trotzdem. Ich hatte darauf bestanden, dass der Wagen in die Werkstatt kam. Ganz gleich, was die Reparatur kosten sollte, ich würde sie bezahlen.

»Lohnt sich eigentlich nicht bei der alten Kiste«, hatte der Pannenhelfer gesagt. »Der ist nur ganz knapp am Totalschaden vorbeigeschrammt, und zweimal rum ist der auch schon.«

Fragend hatte ich Karl angeschaut.

»Er meint den Kilometerzähler. Die Karre hat schon mehr als 200 000 auf dem Buckel.«

Ach so.

Egal.

Ich wusste, wie sehr Papa an seinem Mercedes hing. Da ließ ich mich auf keine Diskussion ein.

Meinen Koffer hatte Karl von der Rückbank genommen, wohin er nach dem Zusammenprall mit meinem Hinterkopf zurückgefallen war. Meine Handtasche hatte der Pannenhelfer aus dem Fußraum gefischt. Sogar mein Blackberry befand sich wieder in meinem Besitz. Hatte mir mehr gefehlt, als ich zugeben mochte.

Nun saß ich mit Karl im Auto auf dem Rückweg nach Nordergellersen.

»Diesen Abgang hast du ja gnadenlos versemmelt«, sagte er. »Aber ich weiß immer noch nicht, warum du überhaupt abgehauen bist. Ich habe diesmal jedenfalls nichts damit zu tun.«

»Nein«, erwiderte ich kleinlaut. Dann gab ich ihm eine Kurzfassung der Ereignisse und wunderte mich, dass Karl so ruhig blieb.

»Scheint dich ja nicht zu überraschen«, sagte ich.

»Tut es auch nicht.«

Ich riss die Augen auf. »Willst du etwa behaupten, du hast immer gewusst, dass ich ein Findelkind bin?«

»Quatsch. Woher denn? Aber mir war klar, dass du anders bist als die anderen Lüttjens. Wahrscheinlich war es auch das, was mich so besonders angezogen hat.«

Darauf wusste ich nichts zu erwidern, also schwieg ich.

»Mir ist dann nur irgendwann aufgegangen«, fuhr Karl fort, »dass du gerade deshalb auf Dauer auch nicht zu *mir* passen würdest und ich nicht zu dir.«

»Hm.«

Diese Erkenntnis hatte er in den letzten Tagen aber gut verdrängt.

Karl erriet meine Gedanken. »Als ich dich jetzt wiedergesehen habe, war die alte Faszination gleich wieder da. Aber … na ja … es hat sich nichts geändert. Wir gehören einfach nicht zusammen.«

Ziemlich elegant, wie er die Szene am Baggersee umschifft hatte.

Ich lächelte schwach. »Danke. Du bist ein echter Freund.«

In seinen Augen stand ein Hauch von Bedauern, aber er

gab das Lächeln zurück. »Und du bist eine durchgeknallte Deern, die mich wahrscheinlich in kürzester Zeit wieder in den Wahnsinn treiben würde.«

»Danke.«

»Immer gern.«

Wir grinsten beide um die Wette, bis wir den Lüttjenshof erreichten.

Da war's vorbei mit meiner guten Laune.

Obwohl mir Doktor Petersen ein Schmerzmittel gegeben hatte, tat mir auf einmal wieder heftig der Kopf weh. Außerdem war da plötzlich ein Bleigewicht in meinem Magen, so schwer, dass ich gar nicht aussteigen konnte. Wurde noch schwerer, als ich sah, wie die gesamte Familie aus dem Haus gelaufen kam. Die einen schneller, die anderen langsamer, je nach Alter. Dann blieben sie als Grüppchen stehen und schauten uns entgegen.

»Ich habe ihnen Bescheid gegeben, als ich auf dem Weg zu dir war«, erklärte Karl. »Sie hatten sich schon schreckliche Sorgen gemacht.«

»Danke.« Diesmal konnte ich nur flüstern.

Ich wollte sitzen bleiben, niemals dieser Familie gegenübertreten müssen, niemals erklären müssen, was in mich gefahren war, niemals Vorwürfe anhören müssen.

Sie überraschten mich alle.

Papa schnappte sich meinen Koffer und ließ sich kurz von Karl erklären, in welcher Werkstatt sein Auto war. Mich lächelte er einfach nur an.

Voller Liebe.

Mama erklärte, ich hätte noch Zeit zu frühstücken, bevor es zur Beerdigung ging.

Kein Tadel.

Nur ein Blick.

Voller Liebe.

Grete und Marie sagten gar nichts, sondern sahen mich nur an.

Voller Liebe.

Mannomann!

Jan bemerkte: »Ab unter die Dusche, Kröte. Du stinkst wie ein Schafstall. Erst danach kriegst du eine fette Umarmung von mir.«

Seine Gefühle waren auch klar.

In meinem Zimmer wartete Sissi auf mich. »Du gehst duschen, ich pack deinen Koffer aus und leg dir dein schwarzes Kostüm von Jil Sander hin.«

»Okay«, sagte ich und heulte los.

»Ich würde dich ja gern trösten, aber du riechst so komisch. Nun geh schon. Und was deine Familie betrifft, habe ich es mir anders überlegt. Ich glaube, *ich* würde lieber *von euch* adoptiert werden.«

Ich feixte und heulte gleichzeitig.

Unter der Dusche schrubbte ich mich, bis meine Haut einen rosafarbenen Schimmer aufwies. Trotzdem hatte ich anschließend das Gefühl, noch immer ein wenig nach Schaf zu riechen.

Sissi sagte aber nichts, und auch Jan rümpfte nicht die Nase, als er kam, um mich zu frisieren.

Ich wurde gerade noch fertig, bevor sich die Familie zur Kirche aufmachte. Jan fuhr Marie und Grete mit dem Auto, wir anderen gingen zu Fuß. Opas Urne war schon am frühen Morgen vom Pastor abgeholt worden.

Der Sommertag breitete seine sonnigen Arme über uns aus, und in den Baumwipfeln jubilierten die Spatzen um die Wette.

Wir wurden alle von der feierlichen Stimmung angesteckt.

Die Glocken von St. Johannis läuteten, und im Innern der Kirche war jede Bank besetzt. Das ganze Dorf schien gekommen zu sein, um Hermann Lüttjens die letzte Ehre zu erweisen.

Die vorderste Bank war für die Familie freigehalten worden, und wir setzten uns, während der Organist Opas liebstes Kirchenlied anstimmte: »Geh aus mein Herz und suche Freud.« Alle sangen mit, und auch ich hatte meine Freude an diesem Gesang.

Merkwürdig.

Dies war ein Moment der Trauer, und doch empfand ich auf einmal Glück. Es war das Glück, in einer Familie aufgewachsen zu sein, die mich geliebt hatte und mich bis heute liebte.

Meine seelische Achterbahnfahrt war definitiv noch nicht vorbei.

Hatte ich auch nicht erwartet.

Jan stieß mir den Ellenbogen in die Seite. »Hör auf zu flennen. Dein Mascara ist nicht wasserfest.«

Ich gab mir alle Mühe.

Pastor Gräve hielt eine wunderbare Predigt, in der er die Lebensstationen unseres Opas nachzeichnete. Nicht alle natürlich, denn ein paar einschneidende Stationen kannte er offensichtlich nicht. Aber er rühmte Hermann Lüttjens als Stütze der Dorfgemeinschaft, und damit hatte er durchaus recht. Opa hatte jahrelang im Gemeinderat mitgewirkt, war in der Freiwilligen Feuerwehr aktiv gewesen und hatte dem Schützenverein vorgestanden.

Die Predigt geriet ausgesprochen lang. Ich bemerkte, wie Marie zwischendurch mal einnickte und von Grete angestoßen wurde. Ich sah mich um und bemerkte, dass einige Dorfbewohner ein Gähnen unterdrückten.

Okay, es ging um ein langes Leben, aber es wurde auch langsam Zeit für die Beisetzung und dann für einen ausgiebigen Leichenschmaus. Ich konnte sie verstehen. Opa war auch kein Freund der langen Rede gewesen.

Ich schielte noch einmal nach hinten und entdeckte Paul Liebling. Unbeschreibliche Freude erfüllte mich, und ich verspürte den irren Wunsch, über die Bänke zu steigen und mich in seine Arme zu werfen.

Nach der Knutschorgie im Krematorium wäre die Kirche eine passende Location gewesen.

Ich schluckte und nahm seine Erscheinung in mich auf. Dunkler Anzug, ernstes Gesicht.

Ein Gedanke fand den Weg in mein Innerstes: Dort also gehörst du hin, mein Herz.

In der nächsten Sekunde schlug die Realität mit voller Wucht zu.

Niemals!

Nicht er.

Nicht ich.

Keine Chance.

Ich senkte den Kopf.

Traurigkeit füllte mich aus, floss über, zeichnete schwarze Rinnsale auf meine Wangen.

»Mensch, Kröte«, flüsterte Jan und reichte mir ein Taschentuch.

»Lass sie doch«, flüsterte Sissi auf der anderen Seite.

Ich liebte sie. Alle beide. Und die anderen, die mit uns auf der Bank saßen, auch.

Hatte nicht gewusst, wie viel Liebe in mir war.

Vielleicht half es ja. Wenn ich die Lüttjens und Sissi so heftig liebte, blieb nicht so viel für Paul übrig.

Ich schniefte leise vor mich hin.

Das Leben ging weiter.

Wie auch immer.

Wo auch immer.

Dann fiel mir ein, dass ich mit Paul Liebling am *Heidekrug* verabredet gewesen war, damit er mir Opas Brief geben konnte.

Musste er mir den Brief eben nachher geben. Oder ich konnte Jan bitten, ihn entgegenzunehmen. Gute Idee. War mir nämlich nicht sicher, ob ich es mit Fassung überstehen würde, Paul so nahe zu kommen.

Lieber nicht.

Persönliche Übergabe hin oder her – Opa konnte das jetzt egal sein.

Außerdem würde in dem Brief eh nichts anderes drinstehen, als ich ohnehin schon wusste.

Tja, wieder mal geirrt.

24.
Ist das Leben ein Wartesaal?

Als es auf den Friedhof ging, hatte ich mich wieder im Griff. Paul Liebling stand irgendwo abseits, und ich schaute mich nicht nach ihm um.

Der Findling an Opas Grab war schlicht, nicht zu groß, genau passend. Ich bemerkte, wie Marie erleichtert aufseufzte und dann ihrer Schwester zulächelte.

Grete schien darüber außerordentlich überrascht zu sein, und sie lächelte natürlich nicht zurück. Immerhin – die beiden Schwestern standen nebeneinander, und keine rückte von der anderen ab. Ich fand auch, dass Marie neben Grete nicht mehr ganz so gebrechlich wirkte. Das freute mich.

Pastor Gräve sprach von einer langen Lebensodyssee, die nun zu Ende ging, und Jan neben mir murmelte: »Odyssee kommt hin. Besonders in den letzten Tagen.«

Papa warf ihm einen strafenden Blick zu, aber seine Mundwinkel zuckten.

Ich stellte fest, dass rechts und links zwei Grabstellen frei waren, und als die Zeremonie vorbei war, erfuhr ich, wer dort eines Tages liegen würde.

War keine Überraschung.

»Mein Platz ist links von meinem geliebten Hermann«,

erklärte mir Grete auf dem kurzen Weg zum *Heidekrug*. »So wie es sich gehört.«

»Ich werde auf der anderen Seite liegen«, sagte Marie leise.

»Ja«, brummte Grete. »Nicht mal im Tod kannst du uns in Ruhe lassen.«

Marie richtete sich auf. »Es ist mein einziger Wunsch.«

»Schon gut«, kam es gebrummt zurück. »Ich denke, Hermann wird es freuen.«

Erstaunt starrte ich Grete an. Hatte sie das eben wirklich gesagt?

Auch Marie wirkte verblüfft. »Danke«, flüsterte sie zaghaft.

Grete war ihr eigener Großmut wohl nicht geheuer. »Und fang beim Essen bloß nicht an zu heulen«, sagte sie barsch zu ihrer Schwester. »Das war in der Kirche schon peinlich genug.«

Okay, die Welt war wieder in Ordnung.

Mein Platz im Festsaal des *Heidekrugs* war am Kopfende der U-förmig angelegten Tafel, bei der Familie. Irgendwo ganz am anderen Ende saß Paul Liebling, eingerahmt von ein paar neu zugezogenen Dorfbewohnern, die Opa Hermann nicht gekannt hatten, sich aber einen zünftigen Leichenschmaus nicht entgehen lassen wollten.

Ich vermied es, in Pauls Richtung zu schauen.

Links von mir saß Jan, dann kamen Mama und Papa, Grete und Marie. Sissi saß rechts von mir, sozusagen am Rande der Familie und doch dazugehörend. Schien ihr zu gefallen, zumal neben ihr wiederum Karl Küpper Platz genommen hatte.

Sie kam kaum dazu, ihre Buchweizensuppe zu löffeln, so sehr war sie damit beschäftigt, mit Röntgenblick Karls dunklen Anzug zu durchbohren. Ich hatte ihr von dem Vorfall am Baggersee erzählt, und nun stellte sie sich den nächtlichen nackten Karl offensichtlich bildlich vor.

»Benimm dich«, zischte ich ihr zu. »Das ist eine Beerdigung und keine Singleparty.« Sissi grinste und guckte weiter. Dann begann sie, Karl in ein Gespräch zu verwickeln, das jedoch immer wieder ins Stocken geriet. Fernreiseziele und Münchener Szenelokale waren nicht so Karls Themen. Seine Beiträge beschränkten sich auf ein gemurmeltes »Interessant« oder ein Kopfnicken. Das schien Sissi nicht weiter zu stören, denn sie plauderte munter weiter.

Als die Suppenteller abgeräumt waren und der Heidschnuckenbraten aufgetragen wurde, begannen auch die Reden zu Opas Ehren, und dazu gab es natürlich für jeden Gast ein Gläschen Köm zum Anstoßen.

Überrascht stellte ich fest, wie hungrig ich war. Nachdem mir vorübergehend der Appetit vergangen war, kehrte er nun mit voller Wucht zurück.

War vielleicht ein Zeichen der seelischen Heilung. Ich ließ mir Nachschlag geben, während Sissi ihren nächsten Köm kippte.

Die meisten Gäste taten es ihr nach, und so geriet der Leichenschmaus nach und nach zum fröhlichen Fest. Aus dem kleinen Saal nebenan mischten sich Fremde unter die Gäste. Ich hörte den einen oder anderen Berliner Ausdruck und schloss, dass es sich um eine Gruppe Touristen handelte. Die Einheimischen füllten die Berliner kräftig ab, und die Stimmung stieg.

»Das hätte Opa gefallen«, sagte Jan zu mir. »Eine wilde Party zu seinen Ehren.« Dann stand er auf, um sich zu unserer alten Clique zu gesellen. Genauer gesagt, zu Hans-Dieter. Ich ahnte, dass er dort so schnell nicht wieder weggehen würde.

Mist.

Hatte vergessen, ihn zu bitten, sich von Paul Liebling den Brief geben zu lassen.

Überall an der langen Tafel wurde nach und nach die Sitzordnung aufgehoben. Nur Sissi rührte sich nicht. Sie saß bereits dort, wo sie sitzen wollte. Fast auf Karls Schoß, wie ich feststellte.

»Pass bloß auf mit dem Schnaps«, sagte ich. »Den bist du nicht gewöhnt.«

Sissis Blick war ein ganz klein bisschen glasig. »Isch vertrach schon wasch.«

Ja, klar.

Ich sah mich weiter um. Andere Leute hielten offenbar die Grenzen zwischen Leichenschmaus und Singleparty ebenfalls für fließend. Pamela zum Beispiel, die plötzlich neben Paul Liebling saß. Und Anke auf der anderen Seite. So einen gut aussehenden Mann ließen die sich natürlich nicht entgehen.

Mädels, wie wär's, wenn ihr euch selbst mal einen Kerl angeln würdet, anstatt bei mir abzustauben?

»Hey, Süße, was schaust du denn so finster?«, fragte Mama, die sich auf Jans freien Stuhl geschoben hatte. »Jetzt ist doch alles gut. Opa ist begraben, und in unserer Familie gibt es keine Lügen und keine Geheimnisse mehr.«

Ich wandte mich ihr zu. Sie hatte sich dem Anlass entsprechend als brave Landfrau verkleidet. Mit dunklem Zweiteiler, anthrazitfarbener Bluse und einem sittsamen Haarknoten. Nur ein Hauch von Lipgloss zierte ihr Gesicht, und auf Schmuck hatte sie ganz verzichtet. Wer Heidi Lüttjens nicht besser kannte, hätte sie in die Reihe der pflichtbewussten Gattinnen eingeordnet. Fast konnte ich mir vorstellen, wie sie zweimal in der Woche bei Kaffee und Kuchen in geselliger Runde im Gemeindesaal saß und hübsche Heidesträußlein bastelte. Einzig das abenteuerlustige Funkeln in ihren Augen verriet sie. Aber das sah nicht jeder.

Nur ich.

Keine Lügen und keine Geheimnisse mehr?

Na ja.

Grete und Marie wussten nicht, dass Olafs wahre Herkunft inzwischen allen bekannt war. Und niemand außer Jan ahnte etwas von meiner Bewerbung für Dubai. Von Opas Brief wussten nur Mama und Jan, von meinen Gefühlen für Paul Liebling hatte abgesehen von Jan niemand eine Ahnung.

Na gut. Letztere waren nun wirklich Privatsache.

»Es gibt sehr wohl noch Lügen und Geheimnisse«, mischte sich Papa ein, der ebenfalls aufgerückt war. Er warf Marie einen schnellen Seitenblick zu, den diese zum Glück nicht mitbekam.

Grete schon. Die guckte auf einmal ganz komisch, was Papa aber nicht merkte.

»Und es gibt immer noch eine Ehefrau und Mutter, die ihre Familie im Stich lässt, in Hamburg wilde Partys feiert und sich neuerdings Bodo nennt.«

»Bodhi«, korrigierte Mama. »Das bedeutet …«

»Erwachen, hab ich kapiert. Könnte bloß sein, dass ich auch mal aufwache und den ganzen Krempel hier hinschmeiße. Ich hab's nämlich satt, geduldig zu warten, bis meine ausgeflippte Frau mal wieder Lust hat, ein paar Tage Landluft zu schnuppern.«

»Olaf!«, rief Mama schockiert aus. »Willst du mir etwa drohen?«

Papa kippte einen Köm. »Ich will auch noch was vom Leben haben.«

Oha!, dachte ich. Da ist es wieder, Papas Donnergrollen. Gleich geht's los.

Und ich steckte mittendrin. Wo ich doch eigentlich gar nichts zu suchen hatte. Nicht wegen der Findelkindgeschichte. Einfach, weil dies ein Problem meiner Eltern war, nicht meins.

»Nele-Süße, sag du doch auch mal was«, forderte Mama mich auf.

»Ich? Wieso denn?«

Sie zupfte eine Haarsträhne aus ihrem Nackenknoten und rollte sie um den Finger. »Du bist schließlich unsere Älteste. Willst du etwa tatenlos mit ansehen, wie die Familie vor deinen Augen zerbricht?«

Ich glaube, Mama hatte auch schon was getrunken. Und die Frage war natürlich, was es noch zu zerbrechen gab. Wo doch schon alles in Scherben lag.

Ich hatte echt keine Lust, die Eheberaterin zu geben. »Was soll ich denn machen? Papa im Stall anbinden? Und dich gleich dazu?«

Gar keine schlechte Idee, fand ich.

Beide starrten mich an.

Ich kicherte. »Angebunden oder nicht – ich kann euch den Stall nur wärmstens empfehlen. Da könnt ihr euch mal so richtig aussprechen. Hat ja wohl nicht gereicht, dass ihr gestern Abend schon bis spät gequatscht habt. Im Stall stört euch keiner, und Ernie und Bert sind gute Zuhörer. Jan und ich waren früher oft auf dem Heuboden und haben alle unsere Probleme da gelöst. Es hilft wirklich.«

Beide schüttelten den Kopf.

Dann eben nicht.

Pastor Gräve kam und setzte sich zu mir. Ich war eine Weile abgelenkt. Er lobte mich, wie tapfer ich in München alles geregelt hatte, und erzählte mir ein paar Anekdoten aus Opas Leben, die ich fast alle kannte.

Hermann Lüttjens hatte mal auf einem Feuerwehrball ein streitendes Liebespaar mit kaltem Wasser abgespritzt, bis sich beide wieder beruhigt hatten.

Eine alte Geschichte.

Hermann Lüttjens hatte in den Fünfzigerjahren die Ansiedlung einer Chemiefabrik verhindert, indem er den Direktor der Mutterfirma mit Hilfe der damaligen Heidekönigin in eine peinliche Lage brachte.

Geschenkt. Und meiner Meinung nach sowieso nur eine Legende.

Hermann Lüttjens hatte Anfang der Achtziger durchsetzen wollen, dass unser Dorf in Storchengellersen umbenannt wurde.

Nee, ne?

Während ich noch überlegte, was Pastor Gräve wohl zu

meinen Anekdoten über Opa sagen würde, war er schon wieder weg.

Ich hätte ihm ohnehin nichts erzählt. Unsere wahre Familiengeschichte ging niemanden etwas an. In diesem Punkt war ich eine echte Lüttjens.

Als ich mich wieder zu meinen Eltern umdrehte, waren sie verschwunden. Upps! Die waren jetzt aber nicht wirklich in unseren Stall gegangen, oder?

»Wo sind denn Mama und Papa hin?«, fragte ich laut in die Runde.

»Sie wollten mal frische Luft schnappen«, informierte mich Grete. Sie und Marie saßen immer noch beieinander. Keine schien das Bedürfnis zu verspüren, sich unter die anderen Trauergäste zu mischen.

»Hermann würde das nicht wollen«, sagte Marie, als hätte es die kurze Unterbrechung nicht gegeben.

»Woher willst du das wissen?«, keifte Grete. »Er war mein Mann, und ich kenne seine Wünsche.«

Ich stöhnte auf. Ein neuer Streit, worum auch immer. Vielleicht ging es um den Grabschmuck, vielleicht um Opas persönliche Sachen.

Keine Ahnung.

Es kam auch gar nicht darauf an, erkannte ich plötzlich. Nicht der Inhalt eines Streits war für Grete und Marie so wichtig, sondern der Streit an sich. Ganz so, als hielte er sie zusammen, jetzt, da der Mittelpunkt ihres Lebens nicht mehr da war.

Ich stand auf, beugte mich zu ihnen hinunter und gab beiden einen dicken Kuss auf die Wange. »Ihr zwei seid die Besten.«

»Nun werd man nicht melanklüterig«, brummte Grete ungehalten, aber ich sah genau, wie sie sich schnell über die Augen wischte.

Marie drückte nur stumm meine Hand.

Ich setzte mich wieder auf meinen Platz. Große Platten mit Butterkuchen wurden hereingetragen, und mir lief das Wasser im Munde zusammen. Ich schaffte es, zwei Stück zu essen, bevor Grete mir sagte, was sie zu sagen hatte. Was sie wahrscheinlich schon seit Tagen loswerden wollte. Ihre Miene drückte Entschlossenheit aus.

Das machte mir Angst.

Zu Recht.

»Es wird Zeit, dass du heimkommst, Nele. Du gehörst nach Nordergellersen auf den Lüttjenshof. Nicht nach München oder sonst wohin.«

»Dubai«, murmelte ich und wischte mir ein paar Kuchenkrümel aus den Mundwinkeln.

»Wat?«

»Äh, nichts. Wie kommst du darauf, dass ich wieder hier leben will?«

»Wer redet von wollen? Das Leben ist kein Wunschkonzert. Hier ist dein Platz.«

»Aber ich bin gern in München.« Und demnächst in Dubai.

»Dumm Tüch!«

Marie nickte dazu.

Schön, dass sie mal einer Meinung waren, weniger schön, dass es auf meine Kosten ging.

»Wer soll denn sonst den Ferienhof führen, wenn Olaf hinschmeißt?«, fragte Grete.

Aha. Sie hatte gut zugehört vorhin.

»Das würde Papa niemals tun.«

»Da sei dir man nicht so sicher. Dem Olaf ist alles zuzutrauen.« Das war ein Seitenhieb gegen Marie, den ich nicht verstehen sollte.

Tat ich aber doch und beschloss, Grete zu ärgern. »Du hast aber keine hohe Meinung von deinem Sohn.«

Das saß. Grete verfiel für einen Moment in Schweigen, und sie guckte wieder genauso komisch wie vorhin, als sie Papas Seitenblick auf Marie eingefangen hatte. Ich nutzte die Zeit, um mir gute Argumente zurechtzulegen, die für mein Leben fern der Heide sprachen.

Hm.

Fand bloß keine.

Nicht mehr.

Nun, da ich die Gewissheit hatte, keine geborene Lüttjens zu sein, fühlte ich mich dieser Familie mehr verbunden als je zuvor.

Ganz schön bekloppt.

Aber es fühlte sich wirklich so an.

Ich schüttelte den Kopf und zählte im Geiste auf, was mich an meinem Leben in München so faszinierte. Die Karriere im Luxushotel – okay, hatte in den letzten Jahren ein bisschen an Reiz verloren. Die Partys, das Stadtleben – na ja, darauf konnte ich auch verzichten.

Diese langen Jahre fern von meiner Familie, was waren sie gewesen? Nur eine Luftblase, kein wirkliches Leben?

Doch, natürlich. Ein Leben sogar, das mir gefallen und das ich ausgekostet hatte. Aber auch ein Leben in der Warteschleife.

Ja, genau. Ich glaube, ich hatte immer nur auf etwas gewartet. Auf die Beförderung, auf den Winterschlussverkauf, auf eine neue große Liebe. Aber würde es in Nordergellersen nicht genauso sein?

Nicht, wenn du Paul Liebling heiratest, sagte eine Stimme, die sich frech in meinen Kopf geschlichen hatte. Ich brachte sie mit einiger Mühe zum Schweigen.

Außerdem, wer wusste es schon? Auch wenn ich Paul Liebling heiratete, so würde ich vielleicht doch wieder nur warten. Auf seine Heimkehr aus der Kanzlei, auf das Ende der Schwangerschaft, auf den ersten Milchzahn.

Nur, dass es ein süßes Warten wäre, ein glückliches Warten.

Shit! Schon wieder diese Stimme.

Ich war Grete dankbar, dass sie genau jetzt mit dem Schweigen fertig war.

»Auch wenn Olaf dableibt und Heidi zur Besinnung kommt, brauchen wir dich auf dem Hof. Marie und ich sind nicht mehr die Jüngsten. Sollen wir etwa mit hundert noch von früh bis spät schuften? Haben wir uns nicht auch einen ruhigen Lebensabend verdient?«

Sie nahm sich ein Stück Butterkuchen und biss herzhaft hinein. Alt und gebrechlich wirkte sie nun wirklich nicht. Marie auch nicht mehr so arg wie gestern.

Dennoch fühlte ich mich plötzlich wie eine egoistische, undankbare und gewissenlose Tochter und Enkeltochter.

Genauso wie Grete es bezweckt hatte. Und sie setzte noch eins drauf. »Opa Hermann hat sich immer gewünscht, dass du heimkommst. Erst dann kehren auch die Störche zu uns zurück, hat er gesagt.«

Mann! Immer diese blöden Störche!

»Ich brauche auch mal frische Luft«, sagte ich und stand auf.

Ohne nach rechts oder links zu schauen, durchquerte ich den Saal und stürmte durch die Hintertür in den kleinen Garten.

Hätte mich mal lieber doch umgeschaut. Zu spät. Nun lag ich schon in Pauls Armen.

Wenn es wirklich einen Gott der Liebe gab, dann hatte der beschlossen, uns mit Gewalt zusammenzubringen.

Zederndurft. Kanadischer Himmel.

Wie hatte ich das vermisst!

Das laut klopfende Herz unter seinem gestärkten Hemd. Seine Hände, die mich hielten, sein Atem auf meinem Haar.

Nur den Kopf heben, ihm in die Augen schauen, auf seinen Kuss warten.

Warten? Schon wieder?

Ja, aber ein süßes Warten.

»He, was soll das?« Pamelas Stimme drängte sich zwischen uns. »Was machst du mit Paul?«

»Ich? Gar nichts. Ich bin bloß gestolpert.«

Pamela verschränkte die Arme vor ihrem tiefen Ausschnitt, Anke stand neben ihr. »Ach, so nennt man das heute. Bei uns heißt das immer noch Kerl wegschnappen.«

Paul Liebling räusperte sich.

»Frau Lüttjens und ich kennen uns bereits. Ich war der Anwalt ihres Großvaters.«

»Äh …«

»Und wenn Sie uns jetzt bitte entschuldigen würden, Frau Hansen, wir hätten noch etwas zu besprechen.«

»Klar doch«, murmelte Pamela und verschwand im Lokal, Anke ganz dicht hinter ihr.

25.
Rechtsanwälte küsst man nicht!

Paul rückte von mir ab.

Was auch sonst.

Na gut. Dann konnte ich auch gleich für immer beenden, was nie wirklich begonnen hatte.

»Nur, dass Sie es wissen: Mich hat der Klapperstorch gebracht.«

»Verzeihung?«

Der war aber schwer von Begriff.

Ich sammelte mich. »Die Familie Lüttjens hat mich aufgenommen und als eigene Tochter großgezogen. In Wahrheit bin ich ein Findelkind. Ich lag eines Morgens auf ihrer Türschwelle, kurz nachdem ein Storchenpaar ins Nest auf dem Dach zurückgekehrt war. Opa Hermann hat mich gefunden. Meine leiblichen Eltern kenne ich nicht.«

»Verstehe.«

An seiner Miene war nichts abzulesen.

Mir kam ein Verdacht. »Sie haben das schon gewusst?«

Paul schüttelte den Kopf. »Nein. Davon hat Ihr Großvater nie gesprochen.«

»Nun wissen Sie es. Sie können mir jetzt den Brief geben und mich dann allein lassen.«

»Wie Sie wünschen.«

Shit! Wie konnte man nur so förmlich miteinander umgehen, wenn man sich in Wahrheit nur küssen wollte? Ich ihn jedenfalls! Kurzfristig wünschte ich mich zurück in die Zeiten der Höhlenmenschen. Da hatte man nicht so viel Wert auf Umgangsformen gelegt. Frau an den Haaren herbeischleifen und ran an den Speck.

Na ja, viel Speck war an mir nicht dran.

Paul griff in die Innentasche seines Jacketts und förderte einen schlichten weißen Umschlag zutage.

»Bitte.«

»Danke.«

Küss mich.

»Haben Sie etwas gesagt?«

Oh Gott! Hatte ich?

»Nein.«

»Das wäre also erledigt«, sagte er. »Wir sehen uns dann am Montag. Die Testamentseröffnung ist um elf Uhr in meiner Kanzlei.«

»Ich werde nicht da sein.«

Paul hob die Augenbrauen. »Nein? Aber Ihre Anwesenheit ist zwingend erforderlich.«

»Wozu denn? Ich kann doch meinem Bruder eine Vollmacht geben.«

»Sie erben die Hälfte des Lüttjenshofes.«

Eine Bombe schlug ein.

Mit lautem Knall.

Direkt in meinem Kopf.

»Wie bitte?«, krächzte ich.

Paul lief rot an. Vollkommen unmännlich, aber süß. Ich

war bloß grad nicht in der Stimmung für romantische Beobachtungen.

Ich sollte die Hälfte des Hofes erben? Die abtrünnige Nele, die sich seit dreizehneinhalb Jahren nicht die Bohne darum gekümmert hatte? Die schwarze Heidschnucke der Familie Lüttjens?

Musste ein Irrtum sein.

»Dieser verflixte Korn«, sagte Paul. »Frau Hansen hat behauptet, ich müsste nach jeder Rede einen mittrinken. Alles andere wäre unhöflich. Ich habe zwar die meisten Gläser in einen Blumentopf geleert, aber den einen oder anderen muss ich doch getrunken haben.«

Ich hörte gar nicht richtig hin.

Der Lüttjenshof sollte zur Hälfte mir gehören. Das war – erschreckend. Und – der helle Wahnsinn. Und – einfach wunderbar.

Opa, dachte ich, da hast du mir aber was eingebrockt!

Ich sah den alten Mann vor mir, wie er sich ins Fäustchen lachte.

Verdammt!

Er hatte mich gut gekannt. Er hatte genau gewusst, wie er mich ködern musste.

Mit Besitz.

Mit Haus und Hof.

Grete mochte mir noch so sehr ins Gewissen geredet haben, ich wäre vermutlich trotzdem wieder abgereist. Schuldbewusst, aber entschlossen. Papa mochte versuchen, mich mit den Plänen für den Stallausbau wieder für den Ferienhof zu interessieren, ich hätte mich von meinen Karriereplänen nicht abbringen lassen.

Opa war klüger gewesen.

Opa hatte mich am Haken.

Was kümmerten mich noch eine schicke Dachwohnung in München oder ein gemietetes Penthouse im fernen Dubai, wenn ich ein großes niedersächsisches Hallenhaus mein Eigen nennen konnte?

Na gut, mein halbes Eigen.

Im Geiste machte ich mir eine Notiz: Headhunter benachrichtigen, Stelle absagen.

Zweite Notiz: Stallausbau. Mit Papa reden. Mir schwebte da auf einmal etwas anderes, etwas Größeres vor.

Paul kehrte mit einem Räuspern in mein Bewusstsein zurück.

»Frau Lüttjens …«

»Wer erbt denn die andere Hälfte?«

Er schwieg und setzte ein undurchdringliches Anwaltsgesicht auf.

Konnte mich nicht abschrecken. »Kommen Sie schon. Jetzt ist es doch auch egal. Und ich schwöre, ich werde bis Montag schweigen.«

Sicherheitshalber kreuzte ich Zeige- und Mittelfinger hinter dem Rücken. Möglicherweise musste ich diese Information doch noch anbringen. Um Papa vor einem Herzinfarkt in der Kanzlei Liebling & Meyer zu bewahren, zum Beispiel.

Ich sah, wie Paul mit sich rang, aber schließlich sagte er: »Die andere Hälfte wird zu gleichen Teilen zwischen Ihrem Vater und Ihrem Bruder aufgeteilt.«

Hm. Was Papa wohl davon halten mochte? Ich an seiner Stelle wäre schwer eingeschnappt gewesen. Da hatte er sich jahrzehntelang auf dem Hof abgerackert, während die Kinder das Weite suchten, und nun wurde er mit einem Viertel seines Erbes abgespeist.

Ziemlich starker Tobak.

Hoffentlich würde ich ihn milde stimmen können, wenn ich ihm versprach, mit ihm gemeinsam den Ferienhof zu führen.

Paul räusperte sich wieder. »Ich habe meine Schweigepflicht gebrochen. Das ist unverzeihlich.«

»Ach was«, sagte ich leichthin, stellte mich auf die Zehenspitzen und gab ihm einen schnellen Kuss auf die Wange. »Sie haben genau das Richtige getan. Und Sie haben mir sogar sehr geholfen. Montag wäre vielleicht schon alles zu spät gewesen.«

Montag hätte ich schon den Vertrag für Dubai unterschrieben.

Mist!

Das mit dem Kuss hätte ich wohl lieber bleiben lassen sollen.

Jetzt brannten meine Lippen, und Paul Liebling stand stocksteif da und starrte mich an. Das Anwaltsgesicht hatte dem Mienenspiel eines entsetzten Mannes Platz gemacht. Sah für mich jedenfalls so aus.

Verständlich. Wer wird schon gern von einer Frau mit merkwürdigen Familienverhältnissen geküsst?

Dieser Mann nicht.

»Entschuldigung«, sagte ich schnell.

Ohne seine Reaktion abzuwarten, drehte ich mich um und ging zurück in den Festsaal. Opas Brief zerknüllte ich dabei in der Hand und steckte ihn dann in die Tasche meiner Kostümjacke. Ich würde ihn noch lesen, später irgendwann. Aber nun wusste ich ja endgültig, was drinstand. Opa hatte der Testamentseröffnung vorgreifen und mich schon auf mein Erbe hinweisen wollen. Als hätte er geahnt, wie eilig die Angelegenheit sein würde.

Kluger Opa.

Dumme Nele.

Schon wieder bildete ich mir ein, den Inhalt des Briefes zu kennen.

Schon wieder irrte ich mich gewaltig.

Jan hielt mich auf, als ich an der langen Tafel entlang zurück zu meinem Platz ging. Bisher hatte ich noch keinen Alkohol getrunken, aber einen klitzekleinen Köm wollte ich mir nun doch gönnen.

Auf das Erbe.

Oder Prosecco?

Ach nein, Köm passte schon zu einem Heidehof. Und ich war mir auf einmal sicher, dass er mir wieder schmecken würde, zum ersten Mal, seit ich es mit vierzehn … ähm … leicht übertrieben hatte. Außerdem war bestimmt kein Prosecco aufzutreiben.

»Stopp, Kröte! Was läufst du hier rum wie ein aufgescheuchtes Huhn?«

Ich blieb stehen. »Kannst du dich bitte mal im Tierreich entscheiden?«

»Hä?«

Hans-Dieter neben ihm lachte. »Trink mit uns auf unser Wohl, Nele.«

Ich staunte. Blickte von einem zum anderen. Jan sah glücklich aus. Hans-Dieter auch. Ich freute mich. Was konnte es Schöneres auf einer Beerdigung geben als eine frisch erblühende Liebe?

Vielleicht meine eigene erblühende Liebe, aber das tat jetzt nichts zur Sache.

»Gerne«, sagte ich und setzte mich auf einen freien Stuhl neben die beiden.

Nach dem gemeinsamen Köm hatten sie keine Verwendung mehr für mich. Verständlich. Ich hätte meinem Bruder gern die große Neuigkeit erzählt, aber ich wollte nicht länger stören.

Erbschaftsangelegenheiten konnten warten.

»Weißt du, wo die Eltern sind?«, fragte ich Jan.

Der hob die Schultern. »Die sind schon vor einiger Zeit hier vorbeigekommen. Hab sie noch auf der Straße gesehen. Ich glaube, sie sind in Richtung Hof gegangen. Vielleicht wollten sie etwas besorgen?«

Oder sie waren meinem Rat gefolgt.

Ich grinste. Das musste ich sehen!

Schon war ich zum Saal hinaus und gestand mir nicht eine Sekunde lang ein, dass ich schon wieder auf der Flucht war. Diesmal vor Paul Liebling und seinem steinernen Gesicht, nachdem ich ihn auf die Wange geküsst hatte.

Wenige Minuten später näherte ich mich leise dem Stall. Ein süßer Duft wehte mir entgegen.

Heu, oder?

Nein!

Ich riss die Stalltür auf.

Ernie und Bert wieherten erschrocken.

Papa saß in der Schubkarre, Mama auf seinem Schoß.

Beide hatten weite Pupillen und lächelten entspannt.

»Seid ihr bescheuert?«, rief ich. »Wollt ihr den Stall abfackeln?«

Der gehörte nämlich auch zur Hälfte mir, und mit meinem Eigentum war nicht zu spaßen.

»Keep cool, Süße«, sagte Mama weich.

»Im Umkreis von zwei Metern um unsere Schubkarre findest du keinen Halm Stroh oder Heu«, erklärte Papa umständlich und langsam. Sehr umständlich und sehr langsam. »Ich habe gründlich gefegt. Und hier steht auch ein Wassereimer. Für alle Fälle.«

Er musste um eine klare Aussprache kämpfen.

Ich wandte mich ab, um einen Lachkrampf am Entstehen zu hindern. Meine Eltern saßen übereinander in einer Schubkarre und rauchten Pot.

Auch eine Möglichkeit, Frieden zu schließen.

Mein Blick fiel auf die Ponys. Von denen gehörte mir ein ganzes. Toll. Ich entschied mich spontan für Ernie. Bert konnten sich dann Papa und Jan teilen.

»Willst du mal ziehen?«, fragte Mama.

Ich drehte mich wieder um. Der Joint war schon weit runtergeraucht. Ganz kurz geriet ich in Versuchung, dann schüttelte ich den Kopf. »Lieber nicht. Ich muss euch was sagen.«

Ein durch Haschisch entspannter Olaf Lüttjens würde meine Neuigkeiten eventuell besser aufnehmen.

»Moment, erst sind wir dran. Heidi, du quetscht mir gerade was ab.«

»Verzeih, mein Lieber«, sagte Mama und ruckelte ein wenig herum.

»Besser?«

Papa nickte.

»Ihr habt euch ja schnell wieder vertragen«, warf ich ein.

Mama legte den Kopf schief. »Opas Tod hat uns zu denken gegeben. Das Leben kann so plötzlich vorbei sein, da wollen wir es lieber noch genießen.«

»Zusammen genießen«, ergänzte Papa.

Ich grinste. Mit vierundneunzig Jahren war Opas Leben nicht gerade plötzlich vorbei gewesen, aber wenn er aus seinem Urnengrab heraus auch noch das Leben meiner Eltern in Ordnung bringen sollte, war das okay.

Auch?

Na ja, meines doch auch, zumindest teilweise.

»Also, Nele, wir möchten dich bitten, eine Weile hier auf dem Hof zu bleiben.«

Er deutete meinen Gesichtsausdruck falsch und fügte schnell hinzu. »Nicht für immer natürlich. Ich akzeptiere, dass du hier nicht leben willst.«

Er sagte »asssepiere«, aber das fiel nur mir auf.

»Was habt ihr denn vor?«

»Wir verreisen«, sagte Papa. »Für einen Monat.«

»Zwei«, korrigierte Mama.

»Nach Rügen.«

»Indien.«

Papa runzelte die Stirn. »Ja, so ungefähr. Kannst du dich so lange um den Hof kümmern?«

»Klar.«

Beide rissen die Augen auf.

»Wirklich, Spatz?«

»Ganz im Ernst, Süße?«

Ich nickte und grinste.

Beide schwiegen eine Weile verblüfft. Sie waren eindeutig auf eine lange Diskussion eingestellt gewesen.

Mama fand als Erste ihre Sprache wieder. »Wir wollen nämlich wieder zueinander finden. Mit allem Drum und Dran.« Sie grinste anzüglich.

»Das Drum und Dran könnte schwierig werden«, meldete sich Papa gequält zu Wort. »Da ist bald nichts mehr an mir dran.«

Mama kicherte wie ein kleines Mädchen und streckte die Hand nach mir aus. »Hilf mir mal hoch, sonst kastriere ich deinen Vater noch.«

Mir war das ein bisschen peinlich, und ich wollte endlich zum Thema kommen. Zunächst aber gerieten Mama und ich gefährlich ins Schwanken, und es dauerte eine Weile, bis ich sie auf einem Strohballen platziert hatte. Den restlichen Joint warf ich in den Wassereimer.

Als ich Papa die Hand reichte, winkte der ab. »Lass man, ich bleibe erst mal hier sitzen.«

War auch sicherer.

Später würden Jan, Hans-Dieter und Karl ihn mit vereinten Kräften hochhieven und ins Bett bringen, aber das wusste er zu diesem Zeitpunkt noch nicht.

»Was wolltest du uns eigentlich sagen?«, fragte Mama. Sie war nicht annähernd so high wie Papa. Kein Wunder. Sie war's ja gewohnt.

Ich setzte mich auf einen zweiten Strohballen und fummelte an den Halmen herum. Plötzlich wusste ich nicht, wie ich anfangen sollte.

»Ich erbe die Hälfte vom Lüttjenshof.«

Na also, ging doch.

Mama wurde blass, Papa rot.

Diplomatie war nicht so mein Ding.

»Woher willst du das wissen?«, erkundigte sich Mama. »Das Testament wird doch erst Montag verlesen.«

»Ich hab vorhin mit Opas Anwalt geredet. Dem ist das so rausgerutscht.«

»Olaf, was sagst du dazu?«

Papa schaute lange starr auf seine Fußspitzen. Dann hob er den Blick.

»Ich finde das wundervoll. Dann kommt Nele heim.«

Mein Papa kannte mich auch gut.

»Und wer kriegt die andere Hälfte?«, fragte Mama. »Ernie und Bert? Dem Alten war ja alles zuzutrauen.«

»Papa und Jan«, informierte ich sie. »Aber ihr dürft noch nichts verraten; ich habe versprochen, bis Montag zu schweigen.«

»Mutter wird fuchsteufelswild werden«, fürchtete Papa.

Ich wusste nicht gleich, von wem er redete.

»Grete?«, fragte Mama nach. »Die soll schön still sein. Die hat auch so ihre Leichen im Keller.«

»Mama!«

»Wie meinst du das?«, hakte Papa nach. Er wirkte jetzt schon wieder ziemlich wach.

Zu wach für meinen Geschmack.

Mama sah mich nicht an. »Es wird Zeit, dass hier klar Schiff gemacht wird. Olaf, ich muss dir sagen, dass du nicht Gretes Sohn bist.«

Papa schwieg.

»Du bist Hermanns und Maries Sohn.«

Hilflos sah ich von einem zum anderen. Mein armer Papa. Erst verlor er drei Viertel seines Erbes, dann seine Mutter, und dabei saß er auch noch in einer Schubkarre fest.

Aber Papa reagierte ganz anders als erwartet. Ihm liefen plötzlich die Tränen übers Gesicht.

»Das … ist wundervoll. Ich hatte schon immer das Gefühl, zwei Mütter zu haben. Jetzt habe ich Gewissheit.«

Er weinte noch ein bisschen vor sich hin, dann wischte er sich übers Gesicht.

»Und ihr habt alle davon gewusst?«

»Ich hab's erst Dienstag erfahren«, verteidigte ich mich. »Und ich wollte es dir im richtigen Moment sagen.«

»Wenn ich bekifft bin?«

»Äh, zum Beispiel.« Dann erzählte ich ihm, was ich von Paul Liebling wusste. Dass Opa Hermann extra nach München gefahren war, um mir dieses eine Familiengeheimnis zu erzählen.

»Der ist wirklich merkwürdig geworden auf seine alten Tage«, befand Mama. »Nimmt so eine lange Reise auf sich, aber das Wichtigste wollte er Nele nicht verraten.«

Wir dachten alle drei eine Weile an Opa Hermann, der sich auch im Tod nicht in die Karten schauen lassen wollte. Meiner Meinung nach hatte er genau gewusst, dass eines zum anderen führen würde.

Tja, er hatte sich mit einem Dominospiel verabschiedet.

»Wissen Grete und Marie, dass ihr Geheimnis gelüftet ist?«, fragte Papa dann.

Mama schüttelte den Kopf.

»Nein«, antwortete ich. »Obwohl Grete vielleicht Verdacht geschöpft hat.«

»Gut«, sagte Papa. »Sie sollen es auch nicht erfahren. Wozu ihnen Kummer bereiten? Sie haben mich beide wie einen Sohn geliebt. Lassen wir sie in dem Glauben, dass sich nichts ändert.«

Mama und ich stimmten mit einem Nicken zu.

Papa lächelte uns dankbar zu. »Und nun sollten wir zurück zum *Heidekrug*. Wir können unsere Gäste nicht so lange allein lassen.«

»Könnte schwierig werden für dich«, murmelte Mama, und ich war ganz ihrer Meinung. »Nele, holst du bitte Hilfe, damit wir Olaf ins Haus bringen?«

»Mach ich.«

Auf dem Rückweg zum *Heidekrug* steckte ich die Hände in die Taschen meiner Kostümjacke und fand dabei Opas Brief.

Ich riss ihn auf und überflog die Zeilen.

Ich stockte. Las noch einmal, aufmerksam.

Wort für Wort.

Der Sommertag verwandelte sich in eine frostige Frühlingsnacht, und mir wurde kalt. Schon wieder.

Und schwindelig.

Ich stützte mich an einem Bus ab, der direkt vor dem *Heidekrug* stand.

26.

Auf der Lüneburger Heide

Es dauerte eine Weile, bis ich wieder zu mir kam. Mein Instinkt sagte mir, dass ich nicht dort war, wo ich im Moment sein sollte, und ich traute mich nicht, die Augen zu öffnen. Um mich herum wurde kräftig berlinert; aus einem Lautsprecher erklang Heino: »Auf der Lüneburger Heide, in dem wunderschönen Land ...«

Einige Leute sangen lautstark und fröhlich, aber furchtbar falsch mit. Wie kamen die in unsere Küche? Der Ferienhof war doch vorübergehend geschlossen.

Wer hatte Maries Kassettenrekorder angestellt?

Und seit wann ruckelte unser Haus so merkwürdig hin und her?

Jetzt legte es sich auch noch in die Kurve.

Was?

Es half alles nichts, ich musste die Lider heben.

Ich sah mich um.

Ein Bus.

Ich saß in einem Bus. Inmitten einer Reisegruppe aus Berlin.

»Na, Kleene, allet klar?«

Eine freundliche Dame im geblümten Sommerkleid lächelte mir zu.

»Wie komme ich hierher?«

»Du warst ja fix und alle, wie du vorhin am Bus jelehnt hast. Da hab ick dir jeholfen.«

»Schönen Dank.«

Hilfe!

Ich war von einer Berliner Hausfrau entführt worden.

»Ick bin die Hilde, und du?«

»Nele.«

»Hab dich auf der Herfahrt jar nicht jesehen. Haste wohl janz hinten gesessen?«

»Sind Sie Hausfrau?«

»Wat? Ick gloobe, du brauchst wat zur Stärkung. Hier. Runter damit!«

Bevor ich mich's versah, hatte die geblümte Hilde einen Pappbecher zur Hälfte mit Korn gefüllt und hielt ihn mir unter die Nase.

Ich trank.

Oh, seliges Vergessen.

»Hoch mit dir!«

Das muss einige Zeit später gewesen sein, denn ich war so halbwegs wieder bei mir. Bevor ich protestieren konnte, saß ich auch schon auf einer langen Bank in einer Kutsche – unterwegs in den Naturpark Lüneburger Heide.

Mein Kopf tat weh, meine Gedanken krachten ständig gegen eine unsichtbare Tür, die ich nicht öffnen wollte.

Bitte nicht!

Lieber noch einen Schnaps mit Hilde. Die wollte mir aber keinen mehr geben, guckte mich nur mütterlich an und sagte: »Musst erst mal wieder klar werden, Kleene.

Und deenem Paule heulste besser nicht mehr nach. Det scheint ja een janz Schlimmer zu sein. Die Kerle sind's nicht wert, dass wa ihnen nachweenen.«

Himmel! Was hatte ich im Schlaf erzählt?

Hilde und die anderen Touristen zückten jetzt ihre Kameras, um einen Schäfer mit seiner Heidschnuckenherde zu fotografieren. Dabei stießen sie kleine spitze Freudenschreie aus.

Ich kniff die Augen zusammen. Nein, es war nicht mein Retter von heute früh. Sonst hätte ich ihn vielleicht ein zweites Mal bemüht.

Fragte sich bloß, was der dazu gesagt hätte.

Und weiter ging die fröhliche Fahrt über Sandwege, vorbei am violett blühenden Heidekraut. Die Reisegruppe sang auch ohne Heino tapfer das alte Volkslied. Bis zum Erbrechen.

Ich musste mich mal kurz rausbeugen.

»Igitt«, sagte Hilde und reichte mir einen Becher mit klarer Flüssigkeit.

Wasser. Gott sei Dank.

Auf dem Wilseder Berg wurde angehalten, damit viele schöne Panoramafotos geschossen werden konnten, und bevor ich auch nur an Flucht denken konnte, saß ich schon wieder in der Kutsche. Die gummibereiften Räder rollten nun munter talwärts.

Meine Handtasche hatte ich nicht dabei und somit auch nicht mein Blackberry. Wo war das eigentlich ständig, wenn ich es brauchte?

»Kann ich mal bitte kurz Ihr Handy benutzen?«, fragte ich Hilde.

»Willste etwa den Paule anrufen?«, erkundigte sie sich misstrauisch. Es war ihr zuzutrauen, dass sie mir ihr Handy in dem Fall verweigerte. Hilde gehörte zu den Menschen, die anderen gern zu ihrem Glück verhalfen oder sie von ihrem Unglück abhielten.

»Nein, ich schwöre!«

»Na jut.« Sie reichte es mir. »Aber pass bloß op. Ick höre allet mit.«

Sehr diskret, die Dame.

Das Handy stammte aus grauer Mobilfunkvorzeit und hatte die Größe einer Hollandgurke. Egal. Es funktionierte.

Hm. Und wo sollte ich jetzt anrufen? Zuhause war niemand, auf dem Küpperhof auch nicht, die Nummer vom *Heidekrug* wusste ich nicht auswendig.

Moment mal!

»Sie waren doch alle vorhin in Nordergellersen im *Heidekrug!*«, rief ich in die Runde.

Kollektives Kopfnicken.

»Hat jemand vielleicht einen Prospekt davon mitgenommen?«

Brave Berliner. Schon hatte ich die Nummer.

»Hier *Heidekrug*«, meldete sich kurz darauf eine weibliche Stimme. Im Hintergrund waren lautes Gelächter und Musik zu hören. Der Leichenschmaus war definitiv aus dem Ruder gelaufen. Klang jetzt eher nach einem Heideblütenfest.

»Können Sie mir bitte Jan Lüttjens ans Telefon rufen?«, schrie ich gegen den Lärm an. »Es ist dringend!«

»Gleich.«

Für eine gestresste Kellnerin ist »gleich« ein dehnbarer

Begriff. Hildes Lächeln fror ein, sie fürchtete offensichtlich um ihre Handyrechnung. Diesen verrückten Heidjern war ja alles zuzutrauen.

»Ich zahle Ihnen das Gespräch«, versprach ich, bevor mir einfiel, dass ich auch kein Geld dabeihatte. Musste Hilde ja nicht wissen.

Sie wirkte jedenfalls beruhigt.

Die Kutsche blieb stehen, und ich stieg mit den anderen aus, das Handy immer am Ohr.

»Hallo?«, meldete sich mein Bruder nach einer kleinen Ewigkeit.

»Jan, endlich!«

»Mensch, Kröte, wo bist du denn abgeblieben?«

Ich sah mich um. »Im Totengrund.«

»Was? Hör mal, ich habe echt keine Lust auf noch mehr Stress. Eben musste ich mit Hans-Dieter und Karl unseren zugedröhnten Papa ins Bett bringen. Mama hat gesagt, sie hätte dich losgeschickt, um Hilfe zu holen. Aber du bist hier nie angekommen. Wir wollten schon die Polizei rufen.«

Ich dachte an unseren Dorfpolizisten Walter Hahnemann, der ausgiebig an Leichenschmaus und Besäufnis teilgenommen hatte. Wäre keine große Hilfe gewesen.

»Jetzt mal im Ernst, Nele. Wo bist du?«

»Hab ich doch gesagt. Im Totengrund. Eine Reisegruppe aus Berlin hat mich in ihrem Bus verschleppt. Ab Sudermühlen ging es dann mit der Kutsche weiter.«

Hilde zuckte beim Wort »verschleppt« zusammen, und Jan begriff langsam, dass ich mich tatsächlich an einem der schönsten Plätze in der Lüneburger Heide befand.

Er lachte laut los.

Half mir gerade nicht viel.

Endlich beruhigte er sich. »Wie ist das denn passiert? Warst du vorübergehend geistig umnachtet?«

»Kann man so sagen.«

»Die Eltern werden sich Vorwürfe machen, weil sie dich so geschockt haben.«

»Es waren nicht die Eltern.«

»Sondern?«

Die Tür in meiner Gedankenwelt öffnete sich einen Spalt breit.

»Das erzähle ich dir später. Ich muss jetzt das Handy zurückgeben.«

»In Ordnung.« Jan reagierte schnell. »Wir kommen dich mit dem Auto holen.«

»Gut«, sagte ich. »Pass auf, ich stehe unter den drei höchsten Wacholderbäumen. Aber denk daran, dass im Park Autos verboten sind. Am besten mietet ihr in Sudermühlen drei Fahrräder. Eines für mich.«

Ich ging davon aus, dass er mit Hans-Dieter kommen würde.

»Machen wir. Bis nachher. Darf ich rumerzählen, was mit dir passiert ist?«

»Wenn du hier begraben werden möchtest, gerne.«

Jan zog es vor, schnell aufzulegen.

»Du fährst nicht mit uns weiter?«, erkundigte sich Hilde mit offenkundiger Erleichterung im Blick. »Wir machen noch eene schöne lange Rundfahrt, und in Undeloh jibt et Kaffee und Kuchen.«

Ich schüttelte den Kopf. »Nein, vielen Dank. Mein Bruder wird mich hier abholen.«

»Na denn, tschüs, Kleene. Und pass jut op dick op.«

Ich winkte der Reisegruppe zu und setzte mich mit einer geschenkten Flasche Wasser auf die Holzbank unter den Wachholderbäumen.

Im Laufe der nächsten Stunde kamen viele Ausflügler bei mir vorbei, beäugten mich und gingen schnell weiter. Eine junge Frau, ganz allein im schwarzen Kostüm im Totengrund – das war ihnen nicht geheuer.

Konnte ich verstehen.

Ich war mir selbst auch nicht ganz geheuer.

Irgendwann nickte ich ein und träumte, mein Traumprinz käme auf einem Schimmel angeritten, um mich zu retten. Die Sonne tauchte Ross und Reiter in goldenes Licht. Das Pferd weckte keine unterbewussten Erinnerungen; wir hatten auf dem Lüttjenshof nie Schimmel gehabt.

»Zu viel Arbeit beim Putzen«, hatte Opa Hermann beschlossen und immer nur Braune oder Rappen gekauft.

Dafür sah der Prinz aus wie Paul Liebling. Statt Überrock und Beinlingen trug er sogar einen schwarzen Anzug.

Perfekt!

Dieser Traum gefiel mir noch besser als der von Paul und mir nackt im Baggersee.

Oha!

Wenn ich güldene Romantik schon der prickelnden Erotik vorzog, dann stand es schlimm um mich.

Dann musste es Liebe sein.

Mein Prinz sprang elegant vom Pferd und kam mit stolzem Schritt auf mich zu.

Nein, halt. Der Traum hakte ein bisschen. Also: Der Prinz plumpste schwer vom Pferd, landete auf seinem

Hosenboden, rappelte sich mit schmerzverzerrtem Gesicht auf und humpelte auf mich zu.

Sein Knappe lachte. »Hab Ihnen doch gleich gesagt: Das sieht einfacher aus, als es ist. Aber Sie mussten ja unbedingt den Helden spielen.«

Der Knappe sah aus wie Jan.

Der Knappe *war* Jan.

Und Paul war echt.

Kein Traum.

Kein Prinz.

Mit einem Satz fuhr ich hoch. »Was zum Teufel machen Sie denn hier?«

Paul war noch nicht in der Lage zu antworten. Er schien zu überlegen, ob er sich entkräftet auf die Bank sinken lassen sollte, entschied sich aber seinem Allerwertesten zuliebe dagegen und lehnte sich nur schwer atmend an die Rückenlehne.

»Er war der einzige fahrtüchtige Mann im *Heidekrug*«, erklärte Jan an seiner Stelle.

»Dafür ist die Pflanze jetzt betrunken«, ergänzte Paul.

Ja, klar. Seine Köms im Blumentopf. Der Mann war wirklich durch den Wind.

Jan sprang jetzt seinerseits vom Pferd, einem kräftigen braunen Wallach. An der Führleine hatte er eine kleine Stute dabei. Er band alle drei Pferde an einen Wacholderstamm und kam dann zu uns.

Ich war wieder ganz wach und bot beiden Männern lauwarmes Wasser aus meiner Flasche an.

»Du solltest Fahrräder ausleihen«, erinnerte ich meinen Bruder.

»Es gab keine mehr. Dies ist ein sonniges Wochenende mitten in der Heideblüte, falls dir das entgangen sein sollte. Die Kutschen waren auch alle unterwegs. Aber ich kenne einen Pferdezüchter in Sudermühlen. Der war so nett, mir auszuhelfen.«

»Lass mich raten. Er ist einer deiner Kunden.«

Jan grinste. »Genau. Es gab keine andere Möglichkeit. Zu Fuß hätten wir mindestens zwei Stunden bis zu dir gebraucht.« Er warf Paul einen kurzen Blick zu. »Sehr viel schneller waren wir jetzt auch nicht. Beim ersten Trab ist er fast aus dem Sattel geflogen. Sie hätten es mir wirklich vorher sagen müssen, Doktor Liebling.«

Der stöhnte nur zur Antwort.

»Sind Sie überhaupt schon einmal geritten?«, fragte ich ihn.

»Selbstverständlich.«

»Und wie alt waren Sie da?«

»Neun oder zehn.«

»Alles klar.«

Die drei Pferde schnupperten am Heidekraut, verschmähten es aber. Logisch – sie waren ja keine genügsamen Heidschnucken.

Eine Großfamilie näherte sich und begann, uns und die Pferde zu fotografieren.

»Warum sind die Leute so komisch angezogen?«, erkundigte sich ein kleines Mädchen bei seiner Mutter. Die wusste keine Antwort. Jan trug übrigens auch noch seinen schwarzen Anzug.

Die Familie zog schnell weiter.

»Sie hätten doch gar nicht mitreiten müssen«, sagte

ich zu Paul. »Es hätte völlig gereicht, wenn Jan mit einem zweiten Pferd hergekommen wäre.«

Paul schaute mich an.

Und schwieg.

Und schaute.

Mir wurde heiß.

»Ich gehe mir mal die Beine vertreten«, sagte Jan.

Ich hörte ihn kaum. Sah in die Augen dieses Mannes, während die Wacholderbäume einfach Wacholderbäume blieben und keine Zedern wurden.

War nicht mehr nötig.

Mein Herz fand seine Heimat, und ich erkannte: Das Warten war zu Ende.

27.

Rechtsanwälte küsst man doch!

Ich ging um die Bank herum zu Paul. Er öffnete seine Arme, und ich schlüpfte hinein. So blieben wir eine Weile stehen.

Dann hob ich den Kopf, und er küsste mich.

Küsste, küsste, küsste mich!

Zärtlich, liebevoll, heiß, leidenschaftlich … Mir gingen die Adjektive aus.

Ein Pferd schnaubte.

Wir kamen wieder halbwegs zu Bewusstsein. Unsere Lippen lösten sich voneinander.

»Aber ich bin nicht die Richtige für dich«, flüsterte ich. »Meine Familie ist nicht normal, ich lebe weit weg, und ich bin sowieso nicht die Frau, für die du mich hältst.«

Ich war überrascht, dass ich einen logischen Satz formuliert hatte, wenn er auch inhaltlich nicht ganz korrekt war. Weit weg leben würde ich bald nicht mehr.

Gleichzeitig hätte ich mich ohrfeigen können. Warum konnte ich nicht genießen, was ich hatte?

Paul löste sich von mir, seine Augen wurden dunkel.

»Kann es sein, dass jemand über mein Privatleben geplaudert hat?«

»Hm«, machte ich vage.

»Und da hast du zu hören bekommen, dass ich von den Frauen tief enttäuscht worden bin?«

»Hm.«

»Und dass ich von der Liebe nichts mehr wissen will?«

Ich konnte nur noch schwach nicken. Fühlte mich einsam, fünfzig Zentimeter von ihm entfernt.

Zölibat, dachte ich. Priesterkragen.

Pauls Blick blieb streng. »Du hast ja schon einiges aufgezählt. Muss ich außerdem befürchten, dass du mich verfolgen wirst und schließlich in die Elbe springst?«

»Höchstens in den Baggersee«, murmelte ich. Mit dir zusammen.

»Wie bitte?«

»Nichts. Ich würde dich niemals kontrollieren und schon gar nicht verfolgen. Lebensmüde bin ich auch nicht.«

»Wie beruhigend.« Der Ton seiner Stimme hatte sich ganz leicht verändert. Ich linste vorsichtig in sein Gesicht. Bevor ich noch ganz begriffen hatte, was geschah, brach Paul in schallendes Gelächter aus.

Ich liebte sein großes Lachen!

Die Pferde hoben die Köpfe, und aus einiger Entfernung starrte mein Bruder zu uns herüber, wohl unentschlossen, ob er zu meiner Rettung herbeieilen sollte, falls Paul durchgedreht war.

»Ach, Nele«, sagte Paul und wischte sich die Lachtränen vom Gesicht. »Was du so von mir denkst!«

Wusste ich gerade selbst nicht so genau. »Was denn?«

»Na, du hältst mich für einen Schwächling, der sich von ein paar Enttäuschungen in seinem Leben unterkriegen lässt und nicht in der Lage ist, die wahre Liebe zu erkennen.«

Die wahre Liebe?

Mir fiel plötzlich das Atmen schwer.

Das logische Denken nicht. »Aber du bist vor mir weggelaufen.«

»Stimmt schon.« Paul war auf einmal ganz ernst. »Das habe ich jedoch getan, um dich zu schützen.«

»Ach …«

»Als das mit uns im Krematorium passiert ist, da war ich … nun ja … auch überrascht. Die Umstände waren nicht gerade günstig.«

»Kann man so sagen«, murmelte ich und schob mich wieder ein paar Zentimeter dichter an ihn ran.

»Du hattest einen Schock erlitten, und ich habe mich geschämt.«

»Wieso das denn?«

»Nun, es fühlte sich so an, als hätte ich deinen Zustand ausgenutzt.«

Ach so.

Noch ein paar Zentimeter.

»Im ICE wurde mir dann klar, dass du dich an nichts erinnern konntest. Da hielt ich es für besser, mich von dir fernzuhalten. Immerhin war ich der Anwalt deines Großvaters gewesen und musste dir noch eine unangenehme Mitteilung über deine Familie machen. Ich wollte dich nicht noch mehr durcheinanderbringen.«

So langsam verstand ich. Paul hatte allein aus Rücksicht auf mich so gehandelt, wie er gehandelt hatte. Und hätte ich mich nicht so in sein unglückliches Liebesleben verrannt, dann wäre mir das auch klar gewesen. Denn genau dasselbe hatte er mir schon gesagt, als ich in seiner Kanzlei gewesen war. Da hatte ich allerdings geglaubt, er löge mich an.

Mir war nach Lachen und Weinen zugleich zumute. Da ich mich nicht entscheiden konnte, tat ich beides.

»Ach, Nele«, sagte Paul leise und zog mich wieder an sich. Wo ich hingehörte. »Alles ist gut.«

Nichts wünschte ich mir mehr, als ihm zuzustimmen. Allein, ich konnte nicht. Da war noch etwas, das ich ihm sagen musste. Die unsichtbare Tür war jetzt sperrangelweit offen. Ich musste hindurchgehen.

Diesmal löste ich mich von ihm und trat ein paar Schritte zurück.

In seinen Augen spiegelte sich Verwunderung wider.

»Es gibt etwas, das du noch nicht weißt«, erklärte ich und zog Opas Brief aus meiner Jackentasche.

»Was immer es ist, es wird nichts an meinen Gefühlen für dich ändern.«

Verdammt! Wie konnte er sich so sicher sein?

»Ich …«

Jan stand plötzlich neben mir.

»Ich störe ja nur ungern, aber wenn wir noch Sudermühlen erreichen wollen, bevor es dunkel wird, müssen wir mal langsam los.«

Erleichterung breitete sich in mir aus. Ich durfte noch ein, zwei Stunden länger glücklich sein. Durfte mir einbilden, Paul würde mich wirklich lieben, ganz gleich, was ich ihm noch zu sagen hatte.

Schnell steckte ich den Brief wieder ein.

Paul wirkte ungerührt, so, als könnte ihn nichts erschüttern. Erst als wir uns zu den Pferden umsahen, verzog er das Gesicht.

»Muss ich wirklich?«

Die Rettung nahte in Form einer Kutsche.

Es waren nicht die Berliner, zum Glück. Wer wusste schon, was Paul von meiner neuen Freundin Hilde zu hören bekommen hätte. Diese Ausflügler hier stammten dem Akzent nach zu urteilen aus dem Ruhrpott und waren gern bereit, einen reitunfähigen Mann mitzunehmen.

Einer der Touristen bot sich sogar an, das Pferd zu reiten, aber Jan lehnte höflich ab.

»Ich kann meinem Freund keinen Schimmel mit Senkrücken zurückgeben«, raunte er mir zu.

Der Mann wog geschätzte hundertfünfzig Kilo.

Jan befestigte die Führleine am Schimmel und hielt meine Stute, damit ich aufsteigen konnte. Meinen Rock musste ich dabei sehr weit hochschieben.

Von der Kutsche her erklangen Pfiffe, die erst verklangen, als Paul böse Blicke in die Runde schickte.

Dann schwang Jan sich selbst auf seinen Wallach und zog den Schimmel mit.

Ich fand mich im Sattel sofort wieder zurecht. Mit dem Reiten ist es wie mit dem Fahrradfahren: Man verlernt es nicht.

Mit dem Küssen ist es ähnlich.

Morgen würde ich allerdings einen heftigen Muskelkater haben.

Vom Reiten, nicht vom Küssen.

»Grün ist die Heide«, sagte Jan.

Ich war mit meinen Gedanken woanders. Bei Opas Brief, der ein Loch in meine Kostümjacke brannte.

»Rudolf Prack und Sonja Ziemann.«

»Jan, wovon redest du?«

Mein Bruder feixte. »Von dir und Paul natürlich. Die Szene eben – wie im Film. So schön kitschig.«

»Idiot«, zischte ich, presste meiner Stute die Unterschenkel in den Bauch und ließ die Zügel lang. Darauf hatte sie nur gewartet. Schon flog sie im gestreckten Galopp davon, ließ Jan, die Kutsche und meine Ängste zurück.

Nein, doch nicht.

Die Ängste kamen mit.

Nach einer Weile parierte ich durch und wartete auf meinen Bruder. Mit einem Pferd an der Hand konnte er nur traben. Sonst hätte er riskiert, dass der Schimmel ausgebrochen wäre und einen Spaziergänger über den Haufen gerannt hätte.

»Bist du glücklich, Kröte?«

»Ja.«

Und nein.

»Dann ist ja alles gut.«

Ist es nicht.

Am liebsten hätte ich Jan erzählt, was mir auf der Seele lastete, aber zum ersten Mal seit Langem war mir nicht mein Bruder am nächsten.

Ich wollte zuerst mit Paul reden.

Eine Stunde später lieferten wir die Pferde wieder ab und fuhren dann zur Kutschenstation, wo wir auf Paul und die Ruhrpöttler warteten.

Jan erklärte sich für fahrtüchtig und übernahm das Steuer.

Paul wirkte erschöpft, als er eintraf. Er hatte die Fahrt im Stehen verbracht und sich am Kutschbock festgehalten.

Seine Retter empfahlen ihm lachend, sich künftig ein weiches Kissen auf den Sattel zu legen.

Er kam auf uns zu, und mein Herz flog ihm entgegen. Kurz nahm er mich in die Arme und streichelte sanft meine Wange. »Ich hab dich vermisst.«

»Oh, Schmalz«, stöhnte Jan. »Das ist ja noch schlimmer als bei dem Prack.«

Paul blickte ihn irritiert an. »Wie bitte?«

»Hör einfach nicht auf ihn«, sagte ich und zog ihn zum Auto.

Paul bat darum, hinten sitzen zu dürfen, und während der Fahrt tat ich so, als würde ich nicht bemerken, wie er immer wieder seine Position änderte, um gewisse Körperteile nicht zu sehr zu belasten. Als ich in einem Dorf sah, dass eine Apotheke Notdienst hatte, bat ich Jan, kurz zu halten, und kaufte eine Wundsalbe.

Paul lächelte mir peinlich berührt, aber dankbar zu.

In Nordergellersen steuerte Jan den *Heidekrug* an.

»Erst mal nach dem Rechten sehen«, sagte er.

Womit er natürlich Hans-Dieter meinte, logo. Ich hatte nichts dagegen, bedeutete es doch einen weiteren Aufschub. Kurz überlegte ich sogar, ob ich Paul nicht vorschlagen sollte, nach Hause zu fahren. Ich würde ihn dann bald besuchen.

Aber ein schneller Blick auf sein erschöpftes Gesicht

zeigte mir, dass er unmöglich heute Abend auch noch allein bis nach Lüneburg würde fahren können. Außerdem ertrug ich den Gedanken nicht, mich jetzt schon von ihm zu trennen. Ich wollte ihn bei mir haben.

Trotz der Konsequenzen, die es für mich bedeutete.

Der Festsaal im *Heidekrug* hatte sich größtenteils geleert. Nur an zwei Enden der Tafel saßen noch Grüppchen zusammen. Wir gingen zuerst dorthin, wo Grete und Marie eisern die Stellung hielten.

»Jemand muss schließlich die Familie vertreten«, brummte Grete zur Begrüßung. »Es kann ja wohl nicht angehen, dass die Angehörigen des Verstorbenen vor den Gästen den Leichenschmaus verlassen.«

Jan und ich nickten.

»Wo seid ihr überhaupt alle gewesen?«, fragte Grete. »Heidi war vorhin auch nur kurz da und ist dann wieder weg. Angeblich muss sie sich um Olaf kümmern, der irgendwas Falsches getrunken hat.«

Oder geraucht.

»Und du, Nele? Wie vom Erdboden verschluckt, und dann auch noch Jan.«

»Jetzt sind wir ja wieder da«, sagte Jan. »Kommt, ich bringe euch nach Hause.«

»Aber die Gäste …«, warf Marie ein und sah dabei aus, als würde sie gleich am Tisch einschlafen. War ein anstrengender Tag gewesen.

Ich schaute zum anderen Tischende. Dort saßen Sissi, Pamela, Anke und Karl.

»Das sind nur noch meine Freunde«, sagte ich. »Um die kümmere ich mich.«

»Also gut.« Grete stand auf. Mühsam, wie mir schien. Auch an ihr hatte dieser Tag gezehrt.

»Ich helfe dir, die Damen heimzubringen«, sagte Hans-Dieter mit einem zärtlichen Lächeln zu Jan.

»Wir sind doch keine Invaliden«, protestierte Grete, stützte sich dann aber schwer auf Hans-Dieter.

Langsam verließ die Gruppe den Saal.

Paul hatte die ganze Zeit schweigend neben mir gestanden. So nah, dass ich seine Wärme spüren konnte.

Beruhigend.

Aufregend.

Er blieb bei mir, als ich zum anderen Tischende ging. Zu Sissi, Pamela, Anke und Karl.

Eine explosive Mischung, hätte man meinen können.

Irrtum.

Ich trat näher und sah, was sie machten.

»Mau, mau!«, verkündete Sissi laut und strahlte.

Die anderen warfen ihre Karten auf den Tisch. Karl schenkte ihr ein Glas Köm ein.

»Hallo«, sagte ich.

»Nele!« Sissi sprang auf, geriet leicht ins Schwanken, fing sich wieder. »Wo bist du denn abgeblieben?« Sie musste irgendwann am Nachmittag eine Trinkpause eingelegt haben, sonst wäre sie jetzt volltrunken und nicht bloß angedudelt gewesen.

»Das ist eine lange Geschichte.« Ich schaute von ihr zu Karl und wieder zurück.

Sissis Blick wanderte zwischen Paul und mir hin und her.

»Doch kein zünftiger Heidjer?«, fragte ich leise.

Sie grinste und schüttelte dabei den Kopf. »Ich glaube, dafür bin ich nicht geschaffen.«

Die ganze Wahrheit war das sicher nicht. Karl war kein Mann für ein schnelles Abenteuer. Ich bemerkte, dass Anke sehr dicht bei ihm saß und dass sein Arm wie zufällig auf der Rückenlehne ihres Stuhls lag.

Die unauffällige Anke. Nicht Sexbombe Pamela.

Ich lächelte. Das passte zu Karl. Nach der kurzen Gefühlsverwirrung mit mir suchte er nun eine ruhige Frau, mit der er eine Familie gründen konnte.

Ich wünschte ihm alles Glück der Welt. Er fing mein Lächeln auf und gab es zurück, woraufhin Paul prompt die Stirn runzelte.

»Und du?«, flüsterte Sissi.

Etwas in meinem Blick musste sie stutzig gemacht haben. »Kein Happy End mit deinem Retter mit den kuscheligen Augen?«

Ich konnte nur hilflos die Schultern heben. Später, oder besser morgen, würde ich ihr alles erzählen.

»Findest du allein nach Hause?«

»Klar.«

»Wir wollen alle noch zu Otto«, verkündete Pamela. »Später bringen wir Sissi dann heim.«

Ich verabschiedete mich von meinen Freunden und ging mit Paul nach draußen.

»Und jetzt?«, fragte er mit einer Zärtlichkeit in der Stimme, die kleine Schauer über meinen Rücken schickte.

»Du kannst bei uns schlafen«, sagte ich und lief dunkelrot an. »Ich meine … die Gästezimmer stehen ja leer und …«

Paul schmunzelte. »Ich habe dich schon richtig verstanden. Ich fürchte, ich bin heute sowieso zu nichts mehr zu gebrauchen.«

»Das sehe ich auch so.«

Wir lachten beide befreit auf, dann machten wir uns Hand in Hand auf den Weg zum Lüttjenshof.

Und ich hätte so glücklich sein können, wäre da nicht dieser verdammte Brief in meiner Tasche gewesen.

28.

Auch Störche können irren

Während ich für Paul in einem der Gästezimmer das Bett bezog, stand er am Fenster und sah mir dabei zu.

Der Moment der Wahrheit war gekommen. Ich zog ihn so lange wie möglich hinaus. Schüttelte das Kissen auf, strich die Decke glatt, führte umständlich all die Handgriffe aus, die ich vor vielen Jahren im Hotel gelernt hatte.

Als es nichts mehr zu tun gab, richtete ich mich auf.

»Ich hole dir noch eine Flasche Wasser«, sagte ich und wollte mich an ihm vorbeidrücken.

Kam nicht weit.

Paul hielt mich sanft am Handgelenk fest.

»Was ist los, Nele?« Seine Finger brannten auf meiner Haut.

»Nichts. Was soll denn sein?« Ich konnte ihm nicht in die Augen schauen.

Feigling, Nele!

»Du wolltest mir im Totengrund etwas sagen, bevor dein Bruder dazukam.«

Ausflüchte halfen nichts, und für eine diplomatische Einleitung fehlte mir die Kraft. »Ich bin die Tochter eines Verbrechers.«

Na, das hatte ich ja mal wieder wunderbar hingekriegt.

Paul wurde blass. Aber er ließ mich nicht los. Jeder andere hätte spätestens in diesem Moment die Flucht vor mir ergriffen.

Paul war aus anderem Holz.

»Kann es sein, dass die letzten Tage zu viel für dich waren?«

»Wenn es nur so wäre! Aber ich bilde mir das nicht ein. Ich habe es schwarz auf weiß.«

Mit meiner freien Hand fischte ich Opas Brief aus der Tasche und reichte ihn Paul.

Er nahm das einzelne Blatt aus dem Umschlag, den ich noch festhielt, und faltete es auseinander. Nur mit einer Hand. So als hätte er Angst, alles wäre vorbei, wenn er die Verbindung zu mir unterbrach.

Dann überflog er die Zeilen, schaute mich fragend an, und als ich nickte, las er laut vor. »Liebe Nele, inzwischen weißt du einiges über unsere Familie, aber da gibt es noch etwas, das du erfahren sollst, und dies kann ich nicht einmal meinem Anwalt anvertrauen. Schweigepflicht hin oder her, es ist eine Nachricht, die nur und ausschließlich für dich bestimmt ist. Du bist nicht Heidis und Olafs leibliche Tochter, sondern ein Findelkind.«

Paul hob den Blick. »Aber das weißt du inzwischen.«

»Ja.« Ich erinnerte mich an das, was ich schon bei der ersten Lektüre von Opas Brief gedacht hatte: Er hatte doch kein Dominospiel in Gang gesetzt, sondern dafür gesorgt, dass ich wirklich alles erfuhr. Mamas Geständnis hatte er nicht vorausahnen können.

»Lies einfach weiter«, bat ich Paul.

»Also gut: Als ich dich an jenem Morgen auf unserer

Türschwelle fand, warst du fest in eine Decke eingepackt. Ich wickelte dich aus und fand einen Zettel...« Wieder unterbrach sich Paul. »Davon hattest du keine Ahnung?«

»Nein. Bitte Paul, mach weiter.«

Er nickte. »Die wenigen Zeilen mussten von deiner leiblichen Mutter sein. Es war eine krakelige Handschrift, und es sind viele Jahre vergangen. Ich habe den Zettel damals gleich vernichtet und kann mich nicht mehr an den Wortlaut erinnern. Trotzdem muss ich dir mitteilen, was sie geschrieben hat. ›Geben Sie meiner Tochter ein Zuhause, ich flehe Sie an. Ich kann es nicht. Ihr Vater ist ein Verbrecher, und ich muss verreisen.‹ Das waren ungefähr ihre Worte.«

Paul ließ den Brief sinken. Das Wichtigste hatte er vorgelesen. Opas Beteuerungen, er habe nach bestem Wissen und Gewissen gehandelt, ließ er aus.

»Wenn du jetzt doch lieber noch nach Hause fahren möchtest...« begann ich zaghaft. »Ich könnte das echt verstehen.«

Paul schwieg. An seiner Schläfe pochte eine Ader.

Ich wartete und wappnete mich gegen den Schlag.

Noch einmal las er sich die Zeilen durch, dann traf er eine Entscheidung.

»Mehr als dreißig Jahre«, sagte er langsam. »Das ist eine sehr lange Zeit. Und Hermann Lüttjens gibt selbst zu, dass er sich nicht mehr genau erinnern kann.«

»Mag sein«, gab ich ohne viel Hoffnung zurück. »Aber ein Wort wie Verbrecher denkt man sich nicht aus. Auch nicht nach so vielen Jahren.«

Erneut schwieg Paul.

Lange.

Dann plötzlich zog er mich an seine Brust. Der Brief flatterte zu Boden.

»Es ist mir egal, Nele. Du bist nicht dafür verantwortlich, was deine Eltern getan haben. Ich liebe *dich* und nicht irgendwelche Menschen, die ich nie kennengelernt habe. Du bist von einer anständigen Familie großgezogen worden, und du bist eine wunderbare Frau.«

Vor Erleichterung bekam ich weiche Knie. »Sag das noch einmal«, bat ich.

»Du bist eine wunderbare Frau.«

»Nein, das andere.«

Paul küsste mich lange und zärtlich, und dann sagte er es wirklich noch einmal. »Ich liebe dich.«

Ich hatte es mir nicht eingebildet.

Erschöpfung übermannte mich, und ich sank mit Paul zusammen auf das Bett, wobei er einen leisen Schmerzenslaut ausstieß. Auch meine Kopfschmerzen meldeten sich zurück. Sie hatten den ganzen Tag auf der Lauer gelegen. Vorsichtig befühlte ich meine Beule. Ziemlich groß, das Ding.

Dann schliefen wir ein, so plötzlich, als hätte jemand einen Schalter umgelegt.

Im Morgengrauen wachte ich auf.

Paul schlief fest. Er lag auf dem Bauch, sein entspanntes Gesicht mir zugewandt.

Liebe durchflutete mich, und im schwachen Licht konnte ich mich kaum sattsehen an ihm. Noch lag Stille über dem Hof, nur hin und wieder erklang draußen ein seltsames Klappern, das ich den üblichen Geräuschen nicht zuordnen konnte.

Meine Gedanken wanderten zu Opas Brief. Ich fragte mich, ob ich jemals herausfinden würde, wer meine leiblichen Eltern waren. Dann fragte ich mich, ob ich das überhaupt wollte. Wozu in der Vergangenheit graben, wenn mir Gegenwart und Zukunft so viel Glück versprachen?

Ich dachte an Pauls Worte im Totengrund und lächelte. »Alles ist gut.«

Manchmal waren die einfachsten Worte die richtigen.

Ich wollte noch einmal einschlafen, dicht an Paul gekuschelt, aber das Klappern störte mich.

Schließlich gab ich es auf. Ich schlüpfte aus dem Bett, ging in mein Zimmer und zog mich an.

Zehn Minuten später stand ich in der Küche und bereitete für alle Hausbewohner und Gäste ein großes Frühstück vor. Der Duft nach frischem Kaffee lockte sie nach und nach alle nach unten.

Grete und Marie kamen zuerst.

»Glaubst du, ich bin zu alt, um Frühstück zu machen?«, schimpfte Grete.

»Ich habe dich auch lieb«, gab ich zurück.

Dazu fiel ihr nichts ein.

Marie lobte mich für den reich gedeckten Tisch, sah sich dann aber suchend um.

»Wo ist denn der Kassettenrekorder?«

»Äh … keine Ahnung.«

Tief vergraben in der Speisekammer.

Paul mochte ja einiges ertragen, sogar die dunkle Vergangenheit meiner leiblichen Eltern. Aber Heino? Nein, das ging zu weit.

Als Nächste erschienen Jan und Hans-Dieter.

Marie lächelte erfreut. »Das ist aber nett, dass Sie bei uns übernachtet haben. Sie müssen ja auch sehr müde gewesen sein nach der langen Feier.«

Jan und ich zwinkerten einander zu. War viel passiert in den letzten Tagen.

Ich hatte schon Kaffee eingeschenkt und den Korb mit duftenden Brötchen herumgereicht, als Mama und Papa in die Küche kamen.

Ich ging zu ihnen und nahm sie beide in die Arme.

»Schön, dass ihr da seid.«

Das konnten sie auffassen, wie sie wollten.

Es wurde langsam eng am Tisch.

Sissi schlurfte herein. »Guten Morgen allerseits. Ich schwöre, dass ich für den Rest meines Lebens keinen Köm mehr anrühre.« Sie hatte Ringe unter den Augen, wirkte ansonsten aber ganz zufrieden. Ihren Plan mit dem zünftigen Heidjer hatte sie aufgegeben. Vermutlich konnte sie es kaum erwarten, nach München zurückzukommen.

Als Letzter kam Paul. Steifbeinig, aber mit einem Leuchten in den Augen, das nur mir galt.

Ich leuchtete zurück und hörte genau das Getuschel am Tisch.

»Kriegt euch wieder ein.«

Alle beschäftigten sich angelegentlich mit Kaffeetrinken oder Butter-aufs-Brötchen-Schmieren.

Bis Marie sagte. »Deswegen, also.«

Grete, Mama, Papa und Jan nickten.

Ich verstand gar nichts. Auch Paul, Sissi und Hans-Dieter schauten fragend in die Runde.

»Komm mal mit«, sagte Jan grinsend und zog mich

hoch. Die gesamte Frühstücksgesellschaft folgte uns nach draußen in den Hof. Dort standen wir dann und sahen zum Dachfirst hoch.

Aha.

Das Klappern.

Zwei prächtige Weißstörche hatten es sich in unserem Nest gemütlich gemacht.

»Ja, und?«, fragte Paul ratlos.

»Das ist eine lange Geschichte«, murmelte ich.

»Und ziemlich kompliziert«, ergänzte Jan.

Ich dachte an das, was letzte Nacht passiert war, beziehungsweise an das, was nicht passiert war.

»Kann gar nicht angehen«, sagte ich laut.

Keiner hörte auf mich. Marie lächelte selig, Grete auch.

Tatsächlich.

Grete lächelte.

Nicht zu fassen.

Mama und Papa hielten sich an den Händen.

Jan und Hans-Dieter auch, nur unauffällig.

Sissi gähnte. So wahnsinnig spannend fand sie die Vögel da oben nicht.

Paul legte seinen Arm um mich.

Der perfekte Moment an einem Sommermorgen.

»Die Störche bringen uns Glück«, sagte ich laut.

Alle nickten, mehr oder weniger überzeugt.

»Ein Wunder!«, rief Marie laut.

Sissi sah mich fragend an.

»Weil sie viel zu früh dran sind«, erklärte ich ihr. »Normalerweise ziehen die Störche erst in einem Monat in Richtung Süden.«

»Dann haben die beiden da oben sich geirrt?«

»Wie man's nimmt«, murmelte Jan.

Paul mochte zwar die besondere Stimmung spüren, blieb jedoch sachlich. »In Skandinavien hat es einen Kälteeinbruch gegeben. Der eine oder andere Vogelzug ist da schon nach Süden gestartet. Diese beiden Störche ruhen sich bei euch für den Weiterflug aus.«

Ich stieß ihm einen Ellenbogen in die Seite. »Du musst noch einiges lernen über meine Familie. Diese Störche sind ein Zeichen.«

Auf einmal fühlte ich mich Opa Hermann sehr nah.

»Und im nächsten Frühjahr kommen sie wieder.«

»Ja«, sagte Marie. »Und ich werde ihnen schöne Namen geben«.

»Bloß nicht!«, riefen die Lüttjens im Chor aus. Dann kehrten wir zurück zu unserem Frühstück.